rowohlt
POLARIS

Katharina Herzog

Das kleine BÜCHERDORF
Winterglitzern

Roman

Rowohlt Polaris

Originalausgabe
Veröffentlicht im Rowohlt Taschenbuch Verlag, Hamburg,
November 2022

Redaktion Anne Fröhlich
S. 22 Songtext «We'll Meet Again»,
Musik + Text: Ross Parker und Hughie Charles
Zitate auf S. 332 und 333 aus: Michaela Zach, Saskia Baisch-Zimmer,
«Das Funkeln der Sterne: Trost finden in Zeiten der Trauer», Freiburg 2021
Covergestaltung FAVORITBUERO, München
Coverabbildung Sabina Wieners
Buchgestaltung Christine Doktor, Hamburg
Satz aus der Nyte
bei CPI books GmbH, Leck
Druck und Bindung GGP Media GmbH, Pößneck, Germany
ISBN 978-3-499-00945-7

Die Rowohlt Verlage haben sich zu einer nachhaltigen Buchproduktion verpflichtet. Gemeinsam mit unseren Partnern und Lieferanten setzen wir uns für eine klimaneutrale Buchproduktion ein, die den Erwerb von Klimazertifikaten zur Kompensation des CO_2-Ausstoßes einschließt.
www.klimaneutralerverlag.de

FSC
www.fsc.org
MIX
Papier aus verantwortungsvollen Quellen
FSC® C014496

«At any given moment,
you have the power to say:
This is not how the story is going to end.»
Christine Mason Miller

Für Papa.
Du hast in mir die Liebe
zu Geschichten erweckt!

✳

PROLOG

Vicky

Der Sturm peitschte den Regen mit voller Wucht gegen das weiße Sprossenfenster. Einige Tropfen klammerten sich einen Moment an der Scheibe fest, bevor sie in Bächlein nach unten flossen, so schnell, dass Vicky ihnen mit den Augen nicht folgen konnte, geschweige denn mit dem Zeigefinger. Andere schafften es, auf ihrem Weg nach unten noch einmal anzuhalten, bevor auch sie der Schwerkraft nachgeben mussten.

Vicky rutschte auf der breiten Fensterbank hin und her, bis sie eine einigermaßen bequeme Sitzposition gefunden hatte, und presste ihre Nase gegen die Scheibe. Durch den immer dichter werdenden Regenschleier sah die Welt draußen ganz verschwommen aus. Wie ein Kaleidoskop aus Grautönen, in dem auf und ab wippende Boote die einzigen Farbkleckse bildeten. Die Straßen waren leer, denn niemand würde bei diesem Wetter freiwillig nach draußen gehen. Nicht einmal Autos waren unterwegs.

Vicky griff nach ihrer Tasse mit Kakao. Er war noch heiß, sie konnte die Tasse nur am Henkel anfassen, und Vicky musste erst ein bisschen pusten, bevor sie trinken konnte. Trotzdem wärmte der Kakao sie nicht. Genauso wenig wie das prasselnde Feuer im Kamin.

Seit sie hier waren, war ihr immer so kalt. Selbst wenn draußen die Sonne schien. Obwohl das Ferienhaus so nah am Meer lag, dass man nur ein paar Minuten gehen musste, um im Meer zu schwimmen oder am Strand Sandburgen zu bauen, wollte sie endlich nach Hause.

Um sich von ihrem Kummer abzulenken, nahm Vicky das Buch, das neben ihr auf dem Schaffell lag. Es war ihr Lieblingsbuch, *Alice im Wunderland*. Sie schlug es auf der Seite auf, an der das Lesezeichen steckte, und schaute sich die bunten Zeichnungen darin an. Die Zwillinge Diedeldei und Diedeldum mit ihren tennisballrunden Körpern und den dünnen Armen und Beinen. Die Grinsekatze. Den Eierkopf Humpty Dumpty. Den Märzhasen. Den verrückten Hutmacher. Die Herzkönigin, wie sie mit den Köpfen von Flamingos eine Runde Krocket spielte.

Aber nur die Bilder anzusehen, genügte ihr schon lange nicht mehr. Inzwischen konnte sie es kaum noch erwarten, in die Vorschule zu gehen und lesen zu lernen. Nach den Ferien war es endlich so weit! Zwar hatte sie es immer wunderbar gefunden, eng an Papa gekuschelt im Bett zu liegen, seinen Arm auf ihrer Schulter zu spüren und seiner dunklen Stimme zu lauschen, wenn er ihr vorlas, doch nun wollte sie endlich selbst erfahren, welche Welten sich hinter den vielen unterschiedlichen Zeichen verbargen, die sich Buchstaben nannten. Und sie wollte endlich wissen, ob Alice den Weg nach Hause fand. Es war schon ein paar Wochen her, dass Papa ihr das letzte Mal aus dem Buch vorgelesen hatte. Die meiste Zeit saß er nur da und starrte vor sich hin.

Vicky nahm wahr, wie sich die Zeichnung der Krocket spielenden Herzkönigin vor ihren Augen auflöste, und blinzelte ihre Tränen weg. Sie wünschte sich so sehr, genauso mutig zu sein wie Alice, die nach ihrem Sturz durch das Kaninchenloch ganz allein all den Gefahren entgegentreten musste, die im Wunderland auf sie warteten. Das würde Vicky sich nie trauen. Sie hatte ja schon vor Spinnen Angst! In jeder Ecke des alten Hauses schienen diese ekelhaften Tiere auf sie zu lauern und nur darauf zu warten, mit ihren vielen langen Beinen über ihre Haut zu krabbeln oder - noch schlimmer - sich in ihren Haaren zu verstecken. Obwohl das riesige Spinnennetz über der Vorhangstange schon seit ihrer Ankunft leer war, behielt sie es sorgsam im Auge, für den Fall, dass seine Bewohnerin doch wieder auftauchen würde. Zu Hause gab es keine Spinnen, dafür sorgte Mama schon.

Auf der Straße tat sich etwas. Ein Auto brauste heran und hielt direkt vor der Tür. Vicky sah, dass jemand ausstieg, aber sie konnte nicht erkennen, wer, denn dazu hatte der Wagen zu dicht an der Hausmauer geparkt. Konnte das sein? Ja! Das Auto war klein und rot.

Endlich war er da! Der Mensch, den sie mehr liebte als irgendjemanden sonst auf der Welt und auf den sie so lange gewartet hatte. Vicky ließ *Alice im Wunderland* fallen und rannte nach unten.

25 JAHRE SPÄTER

KAPITEL 1
Graham

Fertig?»

Finlay schüttelte den Kopf. Dann senkte er seinen brünetten Schopf wieder in Richtung des Blocks, der vor ihm auf dem Schreibtisch lag. Seine Zungenspitze schaute ein Stück zwischen seinen Lippen hervor, wie immer, wenn er sich konzentrierte. Seinen Arm hatte er so auf dem Schreibtisch platziert, dass Graham nicht erkennen konnte, was er schrieb. Er sah nur die ersten beiden Zeilen.

Liebe Mama! Ich weiß, dass Du jetzt im Himmel wohnst, aber ich hoffe trotzdem, dass Du meinen Brief bekommst …

Graham drehte den Kopf weg und blinzelte. Drei Jahre war Patricia nun schon tot, aber weder war der Schmerz weniger geworden, noch hatte Graham gelernt, mit ihm zu leben – so wie es ihm von wohlwollenden Mitmenschen prophezeit worden war, die keine Ahnung hatten, dass man die große Liebe nur einmal im Leben fand. Morgens wachte er mit dem Gedanken an Pat auf, und abends schlief er damit ein. Auch im Buchladen erinnerte ihn alles an sie.

The Reading Fox stand in goldenen Buchstaben auf dem flaschengrünen Metallschild über der Tür. Wie der

Bau eines Fuchses breitete sich der Laden, ausgehend von einer zweigeschossigen Galerie, auch nach hinten zum Garten hin aus. Die engen Gänge führten zu kleinen Zimmern mit niedrigen Decken, die Namen trugen, die noch von Grahams Schwiegervater, dem alten Fox, stammten: *das Transportmittelzimmer, das Schottlandzimmer* oder *das Schnulzenzimmer* - je nachdem, welche Bücher sich in den hohen Regalen stapelten. Pat hatte alle Räume passend zu ihrem Thema dekoriert. Im *Krimizimmer* hingen Pistolen an der Wand und ein Stück Seil, das angeblich ein Original-Galgenstrick war. Im *Musikzimmer* hatte sie ein Skelett an die Decke gehängt, das Geige spielte, und am Fenster stand dort ein Klavier. Die letzten Noten, die sie gespielt hatte, standen noch aufgeschlagen darauf. Es war das Hauptthema des französischen Klassikers *Die fabelhafte Welt der Amélie*.

Auch sonst hatte Graham nichts im ‹Fuchsbau› verändert. Nicht einmal die alte Registrierkasse hatte er gegen ein moderneres Modell ausgetauscht, obwohl sich das riesige Ding zickiger verhielt als eine Hollywood-Diva.

Weil das Musikzimmer das größte Zimmer im Fuchsbau war und sich darin neben dem Klavier auch ein Ungetüm von Schreibtisch befand, das sicher schon den Zweiten Weltkrieg erlebt hatte, ließ Graham Finlay dort den Brief an seine Mutter schreiben.

Da sein Sohn noch immer nicht zum Ende kommen wollte, stand Graham auf und ging zum Klavier hinüber. Er setzte sich auf den mit Leder bezogenen Hocker und legte die Hände auf die Tasten. Geduldig hatte Pat ihm gezeigt, welche Tasten er drücken musste, sie hatte sogar seine Finger geführt, bevor auch sie lachend hatte zugeben müssen, dass er ein hoffnungsloser Fall war. Wenn er die Augen schloss, konnte er sich für einen Moment einbilden, dass sie wieder neben ihm saß.

«So, jetzt!» Die Zungenspitze war wieder zwischen Finlays Lippen verschwunden und hatte Platz für ein zufriedenes Lächeln gemacht. «Ich muss nur noch unsere Adresse auf den Briefumschlag schreiben.»

«Glaubst du, Mummy weiß die nicht mehr?»

«Sicher ist sicher!» Finlay zog den Umschlag zu sich heran. *Finlay Erskine, Harbour Road 8, Swinton-on-Sea*, schrieb er in seiner großen runden Kinderschrift darauf. Dabei drückte er die Spitze seines Schreiblernfüllers so fest auf, dass die i-Punkte zu kleinen Löchern wurden.

Graham sah auf die Uhr. Er würde froh sein, wenn dieser Tag endlich vorbei war! Leider war es erst eins. Er nahm seine Brille ab und massierte sich mit Daumen und Zeigefinger die Nasenwurzel.

Endlich schraubte Finlay den Füllfederhalter zu. Er faltete den Brief zwei Mal und steckte ihn in den Umschlag. «Jetzt müssen wir nur noch den Luftballon aufblasen!», verkündete er.

Den Luftballon hatten sie schon gestern gekauft. Er war herzförmig, und *Wir vermissen dich*, stand in goldenen Schreibschriftbuchstaben auf dem perlmuttfarbenen Plastik. Graham hätte nie gedacht, dass der griesgrämige alte Pebbles so etwas in seinem Sortiment hatte. Aber im Grunde gab es von Zahnseide über Unterwäsche bis hin zu Äpfeln nichts, was er in seinem vollgestopften Gemischtwarenladen nicht führte. Zum Glück! Newton Steward, die nächstgrößere Stadt, lag über zehn Meilen von Swinton entfernt.

«Wo sollen wir ihn steigen lassen? Vor der Tür?»

«Nein!» Finlay sah Graham empört an. Seine runden braunen Augen mit den langen, dichten Wimpern ähnelten denen seiner Mutter viel zu sehr. «Hier unten kann er überall hängen bleiben. Wir müssen auf den Hügel fahren!»

Graham schluckte den Kloß in seiner Kehle hinunter. Auch von dort würde der Luftballon den Weg zu Pat nicht finden. Aber das konnte er Finlay nicht sagen. Er griff nach seinem an den Ellbogen schon etwas abgewetzten Tweedmantel und wickelte sich seinen Wollschal – eines der letzten Geschenke von Pat – um den Hals. Dann hängte er ein Schild mit der Aufschrift *Closed* in die Glastür, und gemeinsam mit Finlay verließ er den Laden, um ins Auto zu steigen und sich auf den Weg zum Swinton Hill zu machen.

Am Morgen hatte es geschneit, doch jetzt waren nur noch die fünf Bergspitzen der *Range of an Awful Hand* weiß bestäubt. Wie eine uneinnehmbare Festung erhob sich Swinton Manor auf dem Hügel und wachte über das gleichnamige Städtchen zu seinen Füßen. Beim Näherkommen kam man jedoch nicht umhin zu bemerken, dass das Herrenhaus, in dem einst einer der ältesten Clans Schottlands residiert hatte, seine besten Tage schon lange hinter sich hatte. Zu allen anderen Jahreszeiten konnten dicht belaubte Efeustränge den bröckelnden Putz kaschieren, doch jetzt, wo diese nur noch dürre, braune Zweige waren, sah man den Verfall des Gebäudes deutlich. Eine Fensterscheibe im ersten Stock hatte sogar einen Riss, das war bei Grahams letztem Besuch im Herbst noch nicht so gewesen.

Er parkte den Mini vor dem Anwesen, und sie stiegen aus. Sofort begann der Wind an dem Luftballon zu zerren und ließ ihn unternehmungslustig tanzen. Gut, dass Graham die Schnur, an der er befestigt war, vor der Abfahrt noch fest um Finlays Handgelenk gebunden hatte! Sein Sohn hätte ein riesiges Drama veranstaltet, wenn sich der Luftballon im falschen Moment losgerissen hätte. Schon seit Tagen plante Finlay, ihn an Patricias Todestag steigen zu lassen. Für diesen feierlichen Moment hatte er sogar Musik ausgesucht.

Finlay nahm Graham bei der Hand und führte ihn zu einer Stelle auf dem Hügel, von der man über die Marschwiesen, die ihr Heimatstädtchen umgaben, bis zum Meer schauen konnte. «Hier lassen wir den Luftballon fliegen! Bestimmt hat sich Mama eine Wolke direkt über dem Meer ausgesucht. Sie war doch immer so gern am Meer.» Finlay löste seine Hand aus der von Graham und ließ sich das Handy geben. Obwohl er erst acht war, konnte er schon besser damit umgehen als sein Vater! Pat würde sich im Grab umdrehen, wenn sie das sehen könnte, dachte Graham.

Finlay drückte auf dem Handy herum, und die ersten Takte von *My Heart Will Go On* erklangen. Graham unterdrückte ein Aufstöhnen. Er hätte wirklich gerne gewusst, wer Finlay all das in den Kopf gesetzt hatte. Bestimmt Gertie. Mick und Tessa ließen ihre Tochter viel zu viel fernsehen. Aber dann schaute er zu seinem Sohn hinunter, der die Schnur des Luftballons fest in beiden Händen hielt und dessen Blick sich irgendwo zwischen den Wolken verlor.

Er ist ein toller Kerl geworden, ich wünschte, du könntest ihn sehen, sagte Graham stumm in das schimmernde Blau hinein. Dann wartete er auf ein Zeichen. Auf einen Sonnenstrahl, der hinter einer Wolke hervorblitzte, einen plötzlichen Windstoß, eine Möwe, darauf, dass der Akku seines Handys plötzlich den Geist aufgab und Céline Dion unterbrach, auf irgendetwas, das ihm sagte, dass Pat wirklich auf einer der Wolken saß und auf sie hinunterschaute. Doch nichts geschah, außer dass sich weiter unten auf der Straße der alte Bus seines Vaters den Hügel hinaufkämpfte. Und das konnte er beim besten Willen nicht als Zeichen deuten.

«Sollen wir den Luftballon schnell fliegen lassen?», fragte er Finlay. Hatten sich seine Augen gerade noch feucht angefühlt, war nun jeglicher Drang zu weinen verschwunden. «Dein Großvater kommt.»

Doch leider tat ihm Finlay nicht den Gefallen zu nicken. «Gran kann ruhig dabei sein», sagte er stattdessen.

Graham seufzte. Schade! Der alte Haudegen hatte die Gabe, allein durch seine Anwesenheit die erhabensten Augenblicke zu zerstören.

So war es auch dieses Mal. «Du hast vergessen, den Laden abzusperren!», erklärte sein Vater, sobald er sie erreicht hatte. «Dabei treibt sich schon seit heute Morgen eine höchst verdächtige Person im Dorf herum und schaut sich überall um.» Paul Erskines hatte die dichten Brauen vorwurfsvoll zusammengezogen.

Graham seufzte erneut, dieses Mal aber unüberhörbar. Sein Dad las leidenschaftlich gerne Krimis, und er bedauerte nichts mehr, als dass die Verbrechensrate von Swinton-on-Sea schon seit Jahrzehnten bei quasi null Prozent lag. Das hielt ihn aber nicht davon ab, überall Verbrechen zu sehen. Seit Paul Erskines im Ruhestand war, spielte er sich als Hüter über Recht und Ordnung auf.

«Und was sollte diese höchst verdächtige Person stehlen? Den Reiseführer aus dem Jahr 1950, der an der Kasse liegt, weil ich vergessen habe, ihn wieder einzusortieren? Oder gleich die komplette Registrierkasse? Viel Spaß beim Öffnen! Oder beim Mitnehmen.» Als das klobige Ding das letzte Mal kaputt gewesen war, hatte sich Reggie McDonald einen Hexenschuss zugezogen, als er es mit in seine Werkstatt nehmen wollte. «Es sind geschätzt zwanzig Pfund drin.»

«Auch Kleinvieh macht Mist», brummte sein Dad. Obwohl es für schottische Verhältnisse unglaublich kalt war, hatte er sich nicht die Mühe gemacht, seinen Parka zu schließen, und darunter trug er nur ein rot kariertes Flanellhemd. Gegen Kälte war er immun. Und auch gegen die Gemütszustände seiner Mitmenschen. Wahrscheinlich hätte er sogar auf der Beerdigung von Prinz Philip unpassende Bemerkungen gemacht, wenn die Queen den Fehler gemacht hätte, ihn einzuladen. «Wieso steht ihr beiden eigentlich mit einem Luftballon hier oben rum und hört euch dieses Gejaule an?»

«Ich habe Mama einen Brief geschrieben, und der Luftballon soll ihn zu ihr in den Himmel bringen», sagte Finlay, und Graham bewunderte seinen Sohn für seine Gelassenheit. Er selbst hätte seinem Vater - wie so oft - am liebsten den Hals umgedreht. *Gejaule* ... Wobei er damit zugegebenermaßen nicht ganz unrecht hatte.

«Oh!» Dad sah aufrichtig betroffen aus. «Heute ist ja ihr Todestag. Daran habe ich gar nicht mehr gedacht.»

Er dachte an so einiges nicht ... «Können wir jetzt weitermachen?», fragte Graham unwillig und zog Finlay an sich. Die Ankunft seines Vaters hatte zumindest etwas Gutes: *My Heart Will Go On* war inzwischen zu Ende, und deutlich beschwingter erklang Vera Lynn mit *We'll Meet Again* aus seinem Handy.

We'll meet again.
Don't know where,
Don't know when.
But I know we'll meet again some sunny day.

Stumm formten Grahams Lippen die Worte mit.

Finlay drückte den Luftballon erst noch einige Augenblicke fest an seine Brust, bevor er die Arme nach oben streckte und ihn freiließ. Einen Moment wirkte der Ballon unentschlossen, so als wisse er nicht, wohin er sollte. Doch dann wurde er durch eine Windbö nach oben gewirbelt und trat seine Reise zum Himmel an. Erst noch in recht gemäßigtem Tempo, dann immer schneller und zielstrebiger stieg er höher und höher. Finlay juchzte und rannte den Hügel hinunter, um ihn ein Stück zu begleiten. Dabei hob sich seine gelbe Jacke leuchtend vom fahlen Wintergrün des Hügelgrases ab.

We'll meet again.
Don't know where,
Don't know when.

Graham spürte eine Hand auf seiner Schulter. «Du vermisst sie immer noch, nicht wahr?», fragte sein Vater.

Er nickte und versuchte, den immer kleiner werdenden Luftballon zwischen den Wolken nicht aus den Augen zu verlieren.

«Ich auch. Patricia war etwas Besonderes.» Dads Stimme

klang ungewohnt sanft. «Aber sie würde nicht wollen, dass du ewig trauerst.» Er knuffte ihn in die Seite. «Du solltest dir endlich wieder ein Mädchen suchen. Auswahl hättest du unten im Dorf genug. Ich verstehe gar nicht, wieso dir keine von den hübschen jungen Dingern gefällt, die nur in den Buchladen kommen, um dich anzuschmachten.»

Ohne den Blick von dem Ballon abzuwenden, der jetzt nur noch als stecknadelgroßer Punkt am Himmel zu erkennen war, lachte Graham auf. Erstens war ihm noch nicht aufgefallen, dass die weibliche Kundschaft seinetwegen Schlange stand - die meisten seiner Kundinnen waren deutlich über fünfzig –, und zweitens ...

«Es ist nicht so leicht, unter den Milliarden Frauen auf dieser Welt genau diejenige zu finden, die dein Herz berührt.»

Ein paar Augenblicke schwieg Dad, bevor er sagte: «Du hast recht, mein Sohn, du hast ja so recht.» Er hieb ihm mit seiner Pranke auf die Schulter, so fest, dass Graham beinahe in die Knie ging. «Aber vielleicht würde es fürs Erste genügen, wenn das hübsche Ding etwas anderes von dir berührt.»

KAPITEL 2

Vicky

Zum Ersten, zum Zweiten und ... zum Dritten!»

Vicky schreckte hoch. Sie war doch tatsächlich eingenickt. Das war ihr ja noch nie passiert! Hoffentlich hatte es keiner gesehen. Sie schielte zu ihrem Vater hinüber. Doch der hatte seinen Füller von Montblanc in der Hand, den ihm Eva zum Geburtstag geschenkt hatte, und schrieb etwas auf den Block seiner Schreibmappe. Obwohl ihm die Höhe der einzelnen Gebote direkt nach der Auktion zusammen mit den Angaben zu den Käufern vorliegen würden, konnte er es nicht lassen, stets alles zu protokollieren. Er schlief nur ruhig, wenn er über alles und jeden die Kontrolle hatte.

Vicky rückte den Blazer ihres cremefarbenen Hosenanzugs zurecht und straffte die Schultern. Auf dem Tisch von Franz, der seit zwanzig Jahren alle Auktionen im Kunsthaus Lambach durchführte, stand das Objekt, das gerade ersteigert worden war: Es war eine Druckgrafik. Sie zeigte den Kopf einer jungen Frau, der auf dem Schoß eines älteren Mannes ruhte, der ihr tröstend die Hand auf den Rücken gelegt hatte. Vicky hatte die Zeichnung bei einem Vorstandsmitglied einer großen Autofirma entdeckt. Der

Mann verfügte über den Nachlass seines Vaters, in dem sich eine Menge Werke von ganz unterschiedlicher Qualität befunden hatten. Der Name der Künstlerin, Sidonie Springer, hatte Vicky damals noch nichts gesagt, und sie glaubte auch nicht, dass ihr Bild viel Geld einbringen würde; auf tausendzweihundert Euro hatte sie den Wert der Grafik geschätzt. Aber etwas an dem Bild hatte sie berührt. Am liebsten hätte sie es dem Mann für diesen Preis selbst abgekauft, vielleicht hätte er es ihr sogar gegeben.

Vicky reckte den Hals, um zu sehen, für wie viel die Grafik versteigert worden war. *14500 Euro* hatte Hubert in seiner steilen Handschrift notiert. 14 500! Hatte ihr Vater vielleicht eine Null zu viel aufgeschrieben? Nein! Er machte niemals Fehler. Vicky setzte sich gerade hin. Bezog sich die Summe vielleicht auf das vorherige Objekt, und die Versteigerung der Grafik fing jetzt erst an? War sie vielleicht länger als nur für ein paar Sekunden eingenickt?

Nein, das war es auch nicht! Jetzt sah Vicky, dass die Druckgrafik durch einen Eichenholzblattschnitt aus dem 15. Jahrhundert ersetzt wurde, auf dem die heilige Veronika mit dem Schweißtuch Christi abgebildet war.

14500! Obwohl Vicky es immer noch nicht so recht glauben konnte, spürte sie, wie sich ein Lächeln auf ihrem Gesicht ausbreitete. Der Preis eines Kunstwerks ließ sich nicht objektiv bestimmen, es war immer so viel wert, wie jemand bereit war, dafür zu bezahlen. Ihr Instinkt, dass diese Druckgrafik etwas Besonderes war, hatte sie nicht getrogen. Auch wenn sie mit einem Gebot in dieser Höhe in ihren kühnsten Träumen nicht gerechnet hätte. Und ausgerechnet diese Auktion hatte sie verpasst …

Vicky hatte in der Nacht nicht gut geschlafen, denn sie

hatte wieder diesen Traum gehabt. Den Traum, den sie viel zu oft träumte. Darin saß sie auf der Fensterbank eines alten Hauses, das direkt am Meer lag, und schaute auf die regennasse Straße hinaus. Sie hielt eine Tasse Kakao in der Hand, und hinter ihr flackerte ein gemütliches Feuer. Trotzdem war ihr kalt. Vicky wusste, dass sie auf jemand wartete. Auf wen, das erfuhr sie in dem Traum nie.

Sie gähnte hinter vorgehaltener Hand. Die letzte Zeit war anstrengend gewesen. Zweimal im Jahr fanden im Kunsthaus Lambach Auktionen statt: eine im späten Frühjahr und eine im späten Herbst, kurz vor Beginn der Adventszeit, wenn Kunstobjekte nicht zum Weiterverkauf, als Sammlerobjekt oder Kapitalanlage ersteigert wurden, sondern auch gerne einmal als Weihnachtsgeschenk. Über neuntausend Kunstwerke wurden in den letzten beiden Novemberwochen angeboten, allein Vicky, die die Abteilung für Druckgrafiken leitete, hatte tausendsechshundert davon bestimmen und katalogisieren müssen. Eine Woche vor den Auktionstagen hatten Interessenten außerdem die Möglichkeit, die einzelnen Objekte zu besichtigen und Fragen dazu zu stellen, was zusätzlich Zeit in Anspruch nahm.

Mit den Überstunden, die Vicky angehäuft hatte, hätte sie vier Wochen auf den Malediven verbringen können. Aber der nächste Urlaub würde noch eine ganze Zeit lang warten müssen.

Sie versuchte unauffällig, ihre verkrampfte Muskulatur zu lockern. Im September war sie wegen ihrer heftigen Rückenschmerzen bei einer Masseurin gewesen. Vickys Assistentin hatte den Termin ausgemacht, weswegen sie erst bei ihrem Besuch in der Praxis erfahren hatte, dass die Frau –

sie sollte sie Abathi nennen – auch als Schamanin arbeitete. Die Luft in ihrem Behandlungszimmer war geschwängert gewesen von Sandelholz-Patschuli-Räucherstäbchen, an den Wänden hingen indische Tücher, und Abathi hatte darauf bestanden, zuerst bei einer Tasse Tee (Kaffee hatte sie nicht) ein eingehendes Gespräch mit ihr zu führen, anstatt sich ihren Verspannungen zu widmen. Als Abathi ihr dann am Ende der Sitzung auch noch eine chronische Anspannung als Grund für ihre Rückenprobleme diagnostiziert hatte anstatt einfach nur eine falsche Sitzhaltung, hatte Vicky sich geschworen, dort nie wieder hinzugehen. Das tat sie auch nicht. Die nächsten Termine in einem sterilen Physiotherapiezentrum hatte sie selbst ausgemacht, sie dauerten praktischerweise nur fünfzehn Minuten und fanden ganz ohne Tee und Gespräche statt.

Zum Abschied hatte Abathi ihr jedoch noch etwas mitgegeben, das Vicky nicht losließ. «In dir liegt viel Schmerz», hatte sie gesagt und ihr dabei beunruhigend intensiv in die Augen geschaut. «Aber dieser Schmerz schenkt dir große Empfindsamkeit. Du hast die besondere Gabe, tief in die Seele eines Kunstwerks zu schauen. Und du kannst sie den Menschen auch zeigen.»

Wie der Schmerz durch ihre verspannte Muskulatur sie zu so etwas befähigen sollte, konnte Vicky sich nicht erklären, aber die Fähigkeit, tief in die Seele eines Kunstwerks zu schauen – vielleicht hatte sie die ja wirklich, jedenfalls hatte sie schon öfter den richtigen Riecher bewiesen. Ob die Händler diese Seele zu würdigen wussten, war jedoch fraglich. Sie erwarben die Objekte schließlich nicht für sich selbst, sondern um sie in ihren Galerien weiterzuverkaufen. Auch ihren Vater würde Vicky mit Abathis esoterischem Geschwätz leider nicht dazu bringen können, ihr im nächsten Jahr die Leitung der Berliner Dependance anzuvertrauen. Und das war Vickys großes Ziel, der Grund, wieso sie mehr arbeitete als alle anderen im Auktionshaus - sogar mehr als ihr Vater – und sich niemals ein paar Tage freinahm.

Seit Hubert vor anderthalb Jahren - mit vierundfünfzig! - noch einmal Vater geworden war, lag ihm seine Frau Eva damit in den Ohren, die Berliner Dependance von jemand anderem leiten zu lassen. Momentan pendelte er nämlich mehrmals im Monat zwischen Berlin und München, und es gab Zeiten, in denen er Klein Carlos nur am Wochenende sah. Erst vor Kurzem hatte er nachgegeben und Eva versprochen, spätestens am traditionellen Firmen-Silvesterball seinen Nachfolger zu ernennen. Man sollte meinen, dass selbstverständlich Vicky als seiner Tochter diese Position zufallen würde, aber Hubert Lambach war niemand, der sich bei beruflichen Entscheidungen von Emotionen leiten ließ.

«Bist du vorhin kurz eingenickt?», fragte Hubert, als sie am Ende des langen Auktionstags das vanillegelbe Jugendstilgebäude verließen, in dem sich das Kunsthaus Lambach befand.

Natürlich hatte er es gemerkt! «Hättest du gedacht, dass die Springer-Grafik so viel Geld einbringen würde?», erkundigte sich Vicky. «13100 Euro mehr als der Schätzpreis.» Noch immer wurde ihr ganz warm bei dem Gedanken, dass sie es gewesen war, die diesen Rohdiamanten entdeckt hatte.

Ihr Vater nickte. «Das Porzellanservice von Meissen hat

gestern 25 000 gebracht statt der sechshundert, auf die Patrick es geschätzt hatte. Zwei Telefonbieter haben sich gegenseitig hochgeboten.»

Die Wärme in Vickys Innerem verschwand schlagartig, und sie fühlte sich, als hätte jemand einen Kübel Eiswürfel über ihr ausgekippt. Patrick, der Leiter der Porzellan-Abteilung, war derjenige, der sich mit ihr zusammen auf den Filialleiterposten in Berlin beworben hatte. Sie wartete ab, ob Hubert noch irgendetwas hinzufügte, doch es kam nichts. Kein ‹*Das hast du gut gemacht!*› oder zumindest so etwas wie ‹*Die Springer-Grafik war aber auch eine erfreuliche Überraschung!*›.

Ihr Magen zog sich zusammen. Solange er ihr nicht mindestens einen Fund wie die *Welken Blätter* zu verdanken hatte, würde sie kein Lob von ihm bekommen. Und die Filialleitung in Berlin auch nicht. Die Friedrich-Olivier-Zeichnung aus dem Jahr 1817 war 2014 bei ihrem Konkurrenten Bassenge auf 120 000 geschätzt und für 2,6 Millionen versteigert worden.

«Soll ich dich mitnehmen?», fragte Hubert.

Vicky schüttelte den Kopf. Es waren nur knapp zwei Kilometer bis zu den Lenbachgärten - der Apartmentanlage, in der sich ihre Wohnungen befanden –, und sie ging gerne ein paar Schritte zu Fuß. Ganz im Gegensatz zu Hubert, der selbst diese kurze Strecke stets mit dem Auto zurücklegte.

Sie wich einer Bulldogge aus, die eine Frau im Wolford-Mantel hinter sich herzog. Man spürte deutlich, dass es bis Weihnachten nur noch vier Wochen waren. In der altehrwürdigen Brienner Straße ging es normalerweise recht ruhig zu, trotz ihrer Nähe zur Fußgängerzone. Doch heute musste Vicky sich im Slalom zwischen all den Passanten hindurchschlängeln, die meist nicht nur eine, sondern gleich mehrere Tüten von teuren Designern in den Händen hielten.

Vicky war froh, als sie die Prachtstraße hinter sich lassen und in den Alten Botanischen Garten einbiegen konnte. Obwohl er zwischen zwei viel befahrenen Straßen lag, war es darin herrlich ruhig. Wenn sie im Sommer durch den kleinen Park schlenderte, konnte sie neben dem Rauschen des Neptunbrunnens sogar Vögel zwitschern hören.

Sie bog vom Hauptweg ab. Etwas versteckt in einem Wäldchen lag der Kunstpavillon. Wenn sie Zeit hatte, schlenderte sie dort gerne vorbei, um zu schauen, welche Ausstellung gerade stattfand. Im Dezember war es die Jahresendausstellung der Freunde und Mitglieder des Kunstpavillons. Hin und wieder fand man darunter vielversprechende Talente. Manchmal dachte Vicky, dass sie gerne wieder in einer Galerie arbeiten würde, so wie sie es nach ihrem Studium in Wien getan hatte. Im Auktionshaus, wo sie fast ausschließlich mit Händlern zu tun hatte, fehlte ihr der persönliche Kontakt zu Künstlern und Kunden.

«Kunst ist kein Luxus!» – das Motto der Ausstellungen – stand in hohen, leicht schräg gestellten Metallbuchstaben über dem hölzernen Eingangsportal. Das würden die Obdachlosen, die auch im Winter die Bänke des Parks bevölkerten, wahrscheinlich anders sehen. Vicky passierte einen älteren Mann mit struppigem Bart. Auch er hatte mehrere Tüten bei sich. Anders als die der Passanten auf der Brienner Straße waren sie jedoch aus Plastik und trugen Logos von Discountern, und sie enthielten keine überteuerte Designerware, sondern Alkohol, Zigaretten, vielleicht auch ihre gesamten Habseligkeiten. In Momenten wie diesem spürte

Vicky heftigen Widerwillen gegen die übergroße Kluft zwischen Protz und Armut, die in München herrschte.

Auf den Straßen gingen gerade Laternen und Adventsbeleuchtungen an. Vor dem Hotel *The Charles*, das sich direkt neben den Lenbachgärten befand, stand trotz der frostigen Temperaturen ein Klarinettist, der seine Hände notdürftig mit Fingerhandschuhen warm hielt. Vicky blieb kurz stehen und lauschte der sehnsuchtsvollen Melodie, die er seinem Instrument entlockte, bevor sie ihm ein paar Münzen in den mit schwarzem Samt ausgeschlagenen Kasten warf. Eine Karte lag darin. *Es gibt nur einen richtigen Weg. Den eigenen* stand darauf.

Der Klarinettist nickte ihr kurz zu, und obwohl er weiterspielte, meinte sie, ein Lächeln auf seinen Lippen gesehen zu haben. Seine zarten Töne verfolgten Vicky bis zum Eingang der Apartmentanlage, in der nicht nur sie, sondern auch Hubert, Eva und Klein Carlos wohnten. Sie dachte an die Karte in dem Klarinettenkasten. *Es gibt nur einen richtigen Weg. Den eigenen.* Ging sie den wirklich noch?

Natürlich, schalt sie sich. Welcher Weg sollte denn sonst der richtige sein?

KAPITEL 3

Vicky

Wie immer im Advent war die Lobby wunderschön geschmückt. Ein echter Tannenbaum stand darin, an dem neben Kugeln in Gewürztönen Tausende von Lichtern funkelten. Duftende Tannenkränze mit großen roten Schleifen hingen in den Fenstern, und auf dem Tresen des Empfangs stand ein Adventskranz, von dem Vicky wusste, dass er nicht bei einem teuren Floristen bestellt worden war. Dawid, der Pförtner, hatte die Lobby in dieses Winterwunderland verwandelt. Das gehörte zwar eigentlich nicht zu seinen Aufgaben, aber es machte Dawid Spaß. Und Zeit dazu hatte er auch. Sein Freund Jannek war Lkw-Fahrer und nur selten da. Zusammen lebten die beiden in der kleinen Hausmeisterwohnung im Erdgeschoss.

«Haben Sie einen Moment Zeit, Fräulein Vicky?», fragte er sie, nachdem er ihr ihre Post gegeben hatte.

«Ja, aber wirklich nur einen Moment.» Sie hatte noch einen Abendtermin. Im Münchner Süden wollte eine Frau die Kunstsammlung ihrer verstorbenen Eltern auflösen, und darunter befanden sich einige vielversprechende Stücke. «Was kann ich für Sie tun?»

Dawids Schulterpartie entspannte sich, und er griff in seine Uniformjacke. «Jannek war bis gestern in Schottland unterwegs, und auf einem Parkplatz hat er das hier gefunden.» Er zog einen schmutzigen Briefumschlag heraus, an dem eine Schnur mit einem schlaffen, glänzend cremefarbenen Luftballon hing. «Der Luftballon hatte sich in einer Hecke verfangen. Wir würden gerne wissen, was in dem Brief steht. Aber wir können nicht gut genug Englisch dafür, und da Sie in England studiert haben, dachte ich ...»

Eine Luftballonpost! Dawid zog ein zerknittertes Blatt Papier aus dem Umschlag und streckte es Vicky hin.

«Liebe Mama, ich weiß, dass Du jetzt im Himmel wohnst, aber ich hoffe trotzdem, dass Du diesen Brief bekommen wirst.»

Ach je! Vicky räusperte sich und fuhr mit ihrer Übersetzung fort:

«Mir und Papa geht es gut. Opa kommt ganz oft zu uns und kocht für uns und passt auf mich auf, wenn Papa arbeitet. Alice im Wunderland *kann ich jetzt schon allein lesen, aber das ist nicht so schön wie mit Dir. Ich vermisse Dich, und ich wünsche mir zu Weihnachten am allermeisten, dass Du mir zurückschreibst. Und einen Zauberkasten, aber das muss nicht sein. Ich drücke Dich so fest, dass Du keine Luft mehr bekommst. Dein Finlay (Ich bin jetzt schon acht.)»*

«Wie traurig!», stieß Dawid hervor, nachdem sie beide einen Augenblick geschwiegen hatten.

Weil seine Augenwinkel feucht schimmerten, zog Vicky ein Papiertaschentuch aus der Pappschachtel auf dem Empfangstresen und reichte es ihm.

«Danke!» Dawid nahm es und schnäuzte sich geräuschvoll. «Jannek und ich sollten dem kleinen Häschen seinen Weihnachtswunsch erfüllen. Es steht eine Adresse auf dem Umschlag.»

Auch Vicky hatte der Brief berührt. Schließlich hatte sie in einem ähnlichen Alter wie Finlay einen Elternteil verloren. Hubert war damals zwar nur ausgezogen und nicht gestorben, aber selbst das war schon schlimm genug gewesen. Und auch er hatte ihr früher immer *Alice im Wunderland* vorgelesen. Da sie damals noch viel zu klein gewesen war, um selbst lesen zu können, hatte sie die Geschichte allerdings nie selbst zu Ende gelesen, sondern sie irgendwann als Zeichentrickserie im Fernsehen angeschaut. Das Lesezeichen steckte noch immer an der Stelle, an der Hubert aufgehört hatte.

Der trat gerade in die Lobby. Wegen des Berufsverkehrs kam er oft erst ein paar Minuten nach ihr zu Hause an.

«Gibt es ein Problem?», fragte er, weil Dawid sich die Tränen aus den Augenwinkeln tupfte.

Vicky schüttelte den Kopf. «Jannek hat nur vor ein paar Tagen auf einem Parkplatz in Schottland einen Luftballonbrief gefunden, und Dawid wollte, dass ich ihn übersetze. Ein Junge hat ihn an seine verstorbene Mutter geschrieben.»

Dawid nickte. «Er hat sogar ein Foto von sich in den Umschlag gesteckt.» Er steckte zwei seiner dicken Finger hinein und zog es heraus.

Das Foto zeigte einen etwas pummligen Jungen, dessen brünette Haare ihm glatt in die Stirn fielen. Er hielt *Alice im Wunderland* in der Hand. Es war eine ziemlich alt aussehende Ausgabe, die sich deutlich von den moderneren, viel opulenter gestalteten unterschied. Auf einem cremefarbenen Hintergrund befanden sich lediglich der Titel des Werks und drei detailverliebte Zeichnungen. Die eine zeigte Alice mit dem Flamingo in der Hand, dessen Kopf sie dazu benutzen sollte, den Igel vor ihren Füßen durch ein Krockettor zu schlagen. Auf der zweiten Zeichnung war der Märzhase mit einer Schriftrolle abgebildet, auf der dritten der verrückte Hutmacher.

«Geben Sie das mal her!» Huberts Blick saugte sich förmlich an dem Foto fest. Ob auch er sich noch daran erinnern konnte, wie oft sie beide aneinandergekuschelt dagesessen hatten, während er ihr genau diese Geschichte vorlas? Vicky spürte, wie ihre Mundwinkel sich hoben.

«Ist das der Brief?» Hubert wies mit dem Kinn auf den Bogen, den sie immer noch festhielt.

Sie nickte, und er riss ihn ihr aus der Hand. Auch den Umschlag wollte er sich noch genauer anschauen.

«Ich würde den Brief und das Foto gerne haben», sagte Hubert schließlich zu Dawid. «Ist das in Ordnung für Sie?»

«Natürlich», antwortete der Pförtner und schaute dabei ein wenig Hilfe suchend zu Vicky. Aber auch sie hatte keine Erklärung für das seltsame Verhalten ihres Vaters. «Ich würde nur gerne die Adresse abschreiben. Um dem Jungen den Zauberkasten zu schicken. Das ist das Mindeste, was Jannek und ich tun können.» Seine Finger spielten mit einem goldenen Knopf an seiner Uniform.

«Das ist nicht nötig.» Auf Huberts Gesicht trat jetzt ein

Grinsen, so breit und diabolisch, dass selbst die Grinsekatze vor Neid erblasst wäre. «Meine Tochter wird dem kleinen Finlay den Zauberkasten höchstpersönlich vorbeibringen.»

«Ich soll *was*?» Vicky riss die Augen auf. War Hubert verrückt geworden? «Warum?»

«Darüber sprechen wir auf dem Weg nach oben.» Er packte sie am Ellbogen und schob sie in Richtung Aufzug. Erst nachdem der Aufzug seinen Weg ins oberste Stockwerk angetreten hatte, redete er wieder. «Ist dir auf dem Foto denn gar nichts aufgefallen?»

«Doch. Der kleine Junge hält eine Ausgabe von *Alice im Wunderland* in der Hand», antwortete Vicky, und am liebsten hätte sie noch nachgeschoben: Aus diesem Buch hast du mir früher immer vorgelesen. Doch sie verkniff sich diese Bemerkung, denn inzwischen dämmerte ihr, dass nicht nostalgische Erinnerungen Grund für seine Aufregung waren.

Und sie sollte recht behalten. «Ja, genau!», bestätigte ihr Vater. «Aber es ist nicht irgendeine Ausgabe.» Huberts Augen funkelten. «John Tenniel hat sie illustriert, und das bedeutet, dass es eine der ersten ist. Vielleicht sogar *die* erste. Das letzte Exemplar aus dieser Erstauflage ist 1998 für 1,5 Millionen unter den Hammer gekommen.»

«Aber es könnte doch auch eine Kopie sein», wandte Vicky ein, und es fiel ihr schwer, ihre Enttäuschung darüber zu verbergen, dass ihr Vater mit keinem Wort darauf einging, welche Rolle das Buch in ihrem gemeinsamen Leben früher einmal gespielt hatte.

Hubert schüttelte den Kopf. «Unmöglich! Tenniel war sehr eigen, was seine Bilder anging, und er hat eine Vervielfältigung posthum sogar verboten. Glaub mir, da haben wir einen Treffer gelandet.» Er rieb sich die Hände. «Ich würde selbst nach Schottland fliegen, um ein Angebot abzugeben, aber ich kann während der Auktionswoche so kurzfristig unmöglich weg. Und deshalb musst du das für mich erledigen.» Er sah Vicky fest in die Augen. «Beschaff mir dieses Buch, und du hast die Filialleiterstelle in Berlin!»

Zum zweiten Mal innerhalb von wenigen Minuten klappte Vicky die Kinnlade herunter. «Und was ist, wenn das Buch nicht verkäuflich ist?»

Hubert winkte ab. «Glaub mir, alles und jeder ist käuflich: Es kommt nur auf die Höhe des Einsatzes an!»

KAPITEL 4

Vicky

Vicky hatte die ganze Nacht kein Auge zugemacht, und nur ihre Nervosität sorgte dafür, dass sie auf dem Weg vom Glasgower Flughafen nach Swinton-on-Sea hinter dem Steuer nicht einschlief.

«Was wollen Sie denn da?», hatte der nette Mann mit dem Rentierwollpullover verwundert gefragt, der Vicky die Schlüssel ihres Mietwagens ausgehändigt hatte.

Sie hatte etwas von *Freunde besuchen* gemurmelt, da ihr ein Blick auf Google Maps bereits gestern Abend gezeigt hatte, dass das Dorf, in dem Finlay und sein Vater wohnten, nicht unbedingt zentral gelegen war. Es befand sich im Grenzland zwischen England und Schottland, und besonders viele Menschen schienen hier nicht zu leben.

Newton Steward, die letzte Stadt, die Vicky passiert hatte, lag schon ein paar Meilen hinter ihr, und die Orte, durch die sie gefahren war, hatten den Namen Dorf nicht verdient - trotz ihrer Ortsschilder. Es waren eher Ansammlungen von Steinhäusern rechts und links der Straße gewesen. Einer Straße, die beunruhigend kurvig und schmal war und die von braunem Gestrüpp und schmutzig grünen

Weideflächen gesäumt wurde, auf denen Rinder mit gelocktem Fell oder bunt gefleckte Schafe weideten.

Vicky schaltete einen Gang hoch, und das Getriebe des BMW ächzte. So kurzfristig hatte sie keinen Wagen mit Automatikschaltung bekommen. Sie warf einen Blick auf die Uhr. Fast elf. Sie lag bereits jetzt eine Stunde hinter ihrem Zeitplan. Und das kam nicht von ihrer Unfähigkeit, mit einer Gangschaltung umzugehen, sondern von den engen, holprigen Straßen und der schlechten Sicht.

Genervt starrte Vicky auf die verlassene Fahrbahn vor ihr. Hatte der Nebel gerade noch in zähen Fetzen auf Wiesen und Feldern gelegen, wurde er jetzt zu einer dichten, alles verschlingenden Suppe. Gab es nicht so etwas wie Nebelscheinwerfer? Vicky meinte sich daran zu erinnern. Leider hatte sie keine Ahnung, wo genau sie danach suchen sollte. Sie betätigte so ziemlich jedes Rädchen, jeden Schalter und jeden Hebel, den sie finden konnte, aber die Armatur des BMW machte der Schaltzentrale der *Enterprise* Konkurrenz. Vicky blieb nichts anders übrig, als anzuhalten und sich das Fahrzeugbuch vorzunehmen. Doch auch nachdem sie die Scheinwerfer gefunden und eingeschaltet hatte, verbesserte sich die Sicht nicht nennenswert.

Fantastisch! Vicky schlug ärgerlich mit der flachen Hand auf das Lenkrad. Zwar hatte sie in ihrem Handgepäckkoffer neben dem Zauberkasten und ein paar wenigen Toilettenartikeln auch Kleidung zum Wechseln, aber sie hatte eigentlich nicht geplant, in Schottland zu übernachten. Am liebsten wollte sie spätestens mit dem letzten Flieger noch heute zurück nach München. Hoffentlich mit einer äußerst seltenen und somit wertvollen Erstausgabe von *Alice im Wunderland* im Gepäck.

Inzwischen hatte sie sich über den Illustrator John Tenniel informiert. Viele Künstlerinnen und Künstler hatten es sich in den vergangenen hundertfünfzig Jahren zur Aufgabe gemacht, *Alice im Wunderland* zu illustrieren. Sogar Salvador Dalí hatte einen Beitrag geleistet. Aber keine Illustrationen waren so populär wie die einfachen Schwarz-Weiß-Zeichnungen des exzentrischen britischen Illustrators.

Er hatte den Druck der Erstausgabe gestoppt, weil er mit der Qualität nicht zufrieden gewesen war. Nur zweitausend Stück existierten noch davon. Wenn der Junge wirklich eines dieser raren Bücher besaß, wäre das eine Sensation! Selbst ein Exemplar aus einer späteren von Tenniel illustrierten Auflage würde man für viel Geld versteigern können.

Wenn der Vater des Jungen ihr das Buch verkaufen würde ... Aber das bezweifelte Vicky nach wie vor. Über den Wert des Buches schien er sich zumindest nicht im Klaren zu sein, denn wenn er davon wüsste, würde er das Buch wohl kaum einem Achtjährigen überlassen, der die Seiten mit seinen Schokoladenfingern vollschmieren oder sogar Risse hineinmachen konnte. Er würde es in einem Safe aufbewahren. Oder hätte es längst verkauft.

Eine kleine Chance bestand also. Und die würde sie nutzen. Musste sie nutzen. *Geht nicht gibt's nicht*. Das war Huberts Leitsatz. Und mit ihm war er weit gekommen. Hindernisse waren dazu da, um überwunden zu werden. Oder platt gewalzt.

Genauso platt gewalzt hatte er Vickys Einwand, dass es ziemlich seltsam wirken würde, wenn sie Finlays Vater erst erzählte, dass sie der Brief seines Sohnes so sehr berührt hatte, dass sie unbedingt einen seiner Weihnachtswünsche erfüllen wollte. Nur um ihm im nächsten Moment ein großzügiges Angebot für das Buch zu machen ...

«Der Mann ist Buchhändler!», hatte Hubert gesagt. «In diesem Job häuft man keine Reichtümer an. Er wird froh um jeden Cent sein, den er zusätzlich einnimmt, und von dem Geld, das wir ihm bieten, kann er seinem Söhnchen einen ganzen Lkw voller neuer Bücher kaufen!» Danach hatte er Vicky noch angewiesen, den größten Zauberkasten zu besorgen, der in München um diese Zeit noch erhältlich war, und den frühestmöglichen Flug nach Schottland zu buchen. Mit den Worten *Melde dich, wenn du das Buch hast!* war das Thema für ihn erledigt gewesen. Ein Scheitern würde Hubert ihr nicht verzeihen. Vicky atmete tief durch, um den Druck in ihrem Brustkorb zu verringern.

Ein Pferdewagen kam ihr entgegen, der von zwei zottigen Ponys gezogen wurde. Auf seinem Kutschbock saß ein Mann im schwarzen Mantel. Als das Gefährt im Nebel vor ihr auftauchte, fühlte Vicky sich an *Outlander* erinnert. Sie schwankte zwischen der Freude, dass es hier menschliches Leben gab, und der Befürchtung, auf dem Weg zwischen Glasgow und Swinton-on-Sea irgendwo unbemerkt in eine Zeitspalte gefallen zu sein.

Vicky ließ die Scheibe hinunter. «Ist es noch weit bis Swinton-on-Sea?»

Die wettergegerbten Züge des Kutschers verformten sich zu einem Lächeln.

«*Gu striet ahied, lassie!*», antwortete er in einem schauderhaften Englisch, das auch auf ihre Nachfragen hin nicht verständlicher wurde.

Vicky konnte nur hoffen, dass sie seine Worte richtig als *Go straight ahead* interpretieren konnte, also *Immer geradeaus!* Eine andere Wahl hätte sie ohnehin nicht gehabt. Wie eine Schlange wand sich die Straße einen Hügel hinauf, und das, ohne nach rechts oder links abzuzweigen. Wieso der Alte sie wohl mit *Lassie* angesprochen hatte? Vicky hatte diesen Ausdruck bisher nur in Verbindung mit einem Fernsehcollie gehört.

Sie reckte sich und warf einen Blick in den Innenspiegel. Abgesehen davon, dass ihre Wimperntusche unter dem rechten Auge ein bisschen verwischt war, sah sie eigentlich ganz normal aus. Sie befeuchtete ihren kleinen Finger und versuchte, die gräulichen Spuren zu beseitigen.

Im nächsten Moment schrie sie auf. Mitten auf der Straße stand ein Rind! Sie trat so abrupt auf die Bremse, dass der BMW ins Schlingern kam. Er rumpelte über den unbefestigten Straßenrand und kam erst zum Stehen, als das linke Vorderrad ein paar Zentimeter tiefer in einem Graben Halt fand. Das war gerade noch einmal gut gegangen! Vicky ließ sich in den Sitz sinken und atmete ein paarmal tief durch. Der Puls des Unfallverursachers dagegen schien sich nicht nennenswert erhöht zu haben: Das gelockte Rind stand immer noch auf der Straße.

Vicky hupte, um es zu vertreiben, doch das störrische Tier bewegte sich keinen Millimeter. Sie hupte noch einmal. Wenn in Nowosibirsk ein Floh hustete, hätte es dem Vieh nicht gleichgültiger sein können. Super! Nun konnte Vicky noch nicht einmal aussteigen und schauen, ob sie es entgegen aller Logik nicht vielleicht doch schaffen konnte, den Wagen unter Einsatz ihrer bescheidenen Armmuskeln aus dem Graben zu schieben. Sie ließ den Kopf auf das Lenkrad sinken.

Irgendwann wurde es dem Rind zum Glück zu langweilig, und es trottete an dem BMW vorbei zurück auf die Weide. Vicky ließ die Scheibe hinunter. «Hättest du das nicht ein bisschen früher machen können?», rief sie dem Tier hinterher. Fast fünf Minuten hatte es dagestanden und sie angeglotzt, aber jetzt würdigte es sie keines Blickes.

Als das Rind sich weit genug entfernt hatte, entriegelte Vicky die Tür und setzte einen Fuß auf den Boden, nur um sofort mit dem spitzen Absatz ihrer Wildlederstiefel im Schlamm zu versinken. Wie hatte sie auch nur auf die schwachsinnige Idee kommen können, sich in ihrer normalen Kleidung in diese Wildnis zu begeben? Statt in hohen Schuhen, Bleistiftrock und Lammfelljacke wäre sie besser in Wanderschuhen, Jeans und Wachsjacke angereist.

Wieder tauchte etwas im Nebel auf. Doch dieses Mal war es zum Glück weder ein Rind mit Dauerwelle noch ein Pferdefuhrwerk, sondern ein schwarzer Wagen, der auf den ersten Blick wie eine Limousine aussah - auf den zweiten wie ein Leichenwagen ...

Die getönte Scheibe auf der Fahrerseite wurde heruntergekurbelt. Vicky atmete auf, als das runde, vergnügte Gesicht eines Mannes von etwa fünfzig Jahren erschien und nicht der skelettierte Schädel von Gevatter Tod, der mit dem Leichenwagen herumfuhr, um verirrte Seelen einzusammeln.

«Haben Sie Probleme, Lady?»

«Ja, wie Sie sehen. Ich bin in den Graben gefahren ... weil ein Rind auf der Straße stand.»

«Ich schaue mal, was ich machen kann.» Der Mann stieg aus. Er war einen halben Kopf kleiner als Vicky in ihren hochhackigen Schuhen, aber kräftig, und er trug einen Blaumann unter seiner derben Winterjacke. Hände, Kleidung und auch Teile seines Gesichts waren schwarz verschmiert. «Steigen Sie ein, und wenn ich *jetzt* sage, geben Sie Gas! Aber nicht zu viel!»

Aus dieser überraschend genauen Anweisung schloss Vicky, dass es nicht selten vorkam, dass Leute in dieser Gegend im Graben landeten. Kein Wunder bei diesen Straßen und den renitenten Rindern! Die Schafe verhielten sich Autofahrern gegenüber wahrscheinlich genauso respektlos!

Leider schaffte es der Mann trotz seines robusten Äußeren und seines offensichtlichen Sachverstands nicht, den BMW herauszuschieben. Immer wenn Vicky dachte, sie hätten es geschafft, rutschte der Wagen wieder in seine ursprüngliche Position zurück. Es wäre auch zu schön gewesen ...

Der Mann kam um das Auto herum und schaute durch das Fenster zu ihr hinein. «Es hat keinen Zweck. Wir müssen Hugh anrufen.»

«Wer ist das?» Vicky strich sich die feuchten Haarsträhnen aus der Stirn. Obwohl sie nichts weiter zu tun gehabt hatte, als das Gaspedal zu betätigen, hatte sie geschwitzt.

«Ihm gehört die Tankstelle. Aber er hat auch einen Abschleppwagen. Den hat ihm mal so ein Kerl aus Newton Steward dagelassen, der sein Benzin nicht bezahlen wollte.»

«Und der hat ihn nie wieder abgeholt?»

«Na ja, der Kerl ist frech geworden, und da hat Hugh ihm seinen Wagenschlüssel abgenommen und ihn hochkant rausgeschmissen. Wenn Sie Hugh sehen, werden Sie wissen, warum der Mann danach nie wiederkam.» Der Mann grinste. «Kommen Sie, Lady! Ich nehme Sie mit ins Dorf.»

«Nach Swinton-on-Sea?»

Er nickte. «Oder wollen Sie hier auf Hugh warten?»

Nein, das wollte Vicky ganz sicher nicht, nach dem, was sie gerade über diesen Menschen gehört hatte. Aber mit einem Leichenwagen mitfahren wollte sie eigentlich auch nicht so gerne. Letztendlich waren ihre Vorbehalte jedoch nicht so groß wie das mulmige Gefühl, das sie bei dem Gedanken beschlich, allein im Nebel vielleicht stundenlang auf einen Mann zu warten, der so furchteinflößend sein musste, dass jemand seinen Abschleppwagen bei ihm an der Tankstelle stehen ließ und danach nie wieder abholte.

«Steigen Sie ein!» Ganz Gentleman, hielt der Mann ihr die Beifahrertür auf, und Vicky versank im purpurfarbenen Samtpolster des Sitzes. Er nahm auf der Fahrerseite Platz und hielt ihr seine schmutzige Hand hin.

«Reginald McDonald. Aber so nennt mich nur meine Frau, wenn ich zu spät vom Pub heimkomme. Sagen Sie Reggie zu mir!»

Vicky nahm seine Hand. «Viktoria Lambach. Aber Viktoria nennt mich nur meine Stiefmutter. Leider auch dann, wenn ich artig bin.» Sie grinste. «Sagen Sie Vicky zu mir!»

Reggie McDonald gluckste. «Sie gefallen mir, Lady! Wo hätte die Reise denn hingehen sollen?»

«Dort, wohin wir gerade fahren. Nach Swinton-on-Sea.»

«Ach! Wegen der Bücher?»

Wegen der Bücher? Eigentlich nur wegen eines Buchs! Aber es war schon beunruhigend genug, dass Reggie das wusste. Hatte er vielleicht übersinnliche Fähigkeiten?

«Wie kommen Sie darauf?»

KAPITEL 5

Vicky

Reggie lachte laut. «Wieso sollten Sie sonst mitten im Winter hierherreisen? Selbst im Sommer kommen Touristen nur wegen der Bücher hierher. Ich selbst lese ja nur die Zeitung und Autozeitschriften. Aber meine Rosie, die ist ganz verrückt danach. Jetzt hat sie auch noch einen Buchklub gegründet, dabei ist sie schon Vorsitzende des Festivalkomitees! Als ob sie als Bürgermeisterin nicht beschäftigt genug wäre, aber mir soll es recht sein. Dann kann sie auch nichts sagen, wenn ich mal länger in der Werkstatt bleibe.»

«Sie sind Automechaniker?» Vicky wusste zwar nicht so recht, wovon genau Reggie redete, aber sie war schon froh, dass er offensichtlich doch keine übersinnlichen Fähigkeiten besaß.

«Ja, ich habe eine kleine Werkstatt.»

«Und wieso fahren Sie mit einem Leichenwagen herum?»

Er grinste. «Wollte ’ne Probefahrt mit der Hübschen machen. Bei dem Nebel war die Gelegenheit günstig. Meine Rosie hat nämlich gesagt, dass sie mich vor die Tür setzt, wenn ich mich damit draußen sehen lasse. Sie findet, ein Leichenwagen ist nichts, womit man einfach so rumfahren soll. Meint, so was würde Unglück bringen.»

Auch wenn Vicky sich selbst nicht als besonders abergläubisch bezeichnet hätte, konnte sie die Bedenken seiner Rosie verstehen.

«Hat schon gemeckert, als ich sie gekauft habe. Aber ich musste zuschlagen. War ein echtes Schnäppchen! Sie ist zwar schon ziemlich verrostet, und der Motor macht auch hin und wieder Mucken, aber innen ist sie noch tipptopp!» Er strich geradezu zärtlich über das Lenkrad. «Wenn ich Sally erst restauriert habe, wird sie ein Schmuckstück sein.»

Oh! Nicht nur, dass Reggie einen Leichenwagen als hübsche Lady bezeichnete, er hatte ihr auch einen Namen gegeben! Vicky fragte sich, ob es nicht doch besser gewesen wäre, bei verriegelten Türen im BMW auszuharren, bis dieser Hugh sich blicken ließ.

Inzwischen hatten sie die Kuppe des Hügels erreicht. Mauern ragten vor ihnen aus den weißgrauen Nebelschwaden. Erst dachte Vicky, dass sie zu einer Ruine gehörten - auf ihrer Fahrt hierher war sie an einigen vorbeigekommen –, doch beim Näherkommen sah sie, dass es ein riesiges kastenförmiges Gebäude war.

«Ist das ein Hotel?», fragte Vicky, die sich inzwischen alles andere als sicher war, dass sie heute Abend wie geplant den Rückflug nach München antreten konnte. Zum Glück hatte sie ihn noch nicht gebucht.

«Nein, das ist Swinton Manor. Dort lebt niemand mehr.» Sie meinte Bedauern aus Reggies Stimme herauszuhören.

Er fuhr den Hügel auf der anderen Seite wieder hinunter, und keine fünf Minuten später bog er in eine Straße ein, an der ein großes braunes Metallschild mit weißer Aufschrift auf *Schottlands Stadt der Bücher, 1 Meile!* hinwies.

Schottlands Stadt der Bücher? Vicky sprach Reggie darauf an.

«Haben Sie das denn gar nicht gewusst?», wunderte er sich. «Unser Städtchen ist zwar in Wahrheit ein Dorf, aber es ist trotzdem eine nationale Berühmtheit.» Stolz erzählte er ihr, dass alles damit anfing, dass ein verschrobener Engländer namens Edward Fox vor ein paar Jahrzehnten auf die Idee kam, einen Laden für antiquarische Bücher zu eröffnen, die er in ganz Schottland zusammenkaufte. «Das meiste war billiger Ramsch, aber es waren auch ein paar echte Raritäten dabei, die Fox aufgetrieben hat. Meine Mum meint, Fox hätte einen echten Riecher dafür gehabt. Offensichtlich war es so, denn bald schon konnte er einen zweiten Laden aufmachen. Und als die britische Regierung 1998 einen Wettbewerb um den Titel *Nationale Bücherstadt* ausschrieb, hat er sich den auch noch geholt. Und das, obwohl unser hübsches Swinton von der Größe her ja wirklich nicht als Stadt zu bezeichnen ist. War auf jeden Fall unser Glück!»

Reggie lenkte den Leichenwagen um eine weitere Kurve, und erste Häuser tauchten inmitten der grauen Nebelsuppe auf. «Unsere Stadt hat schwere Zeiten durchgemacht. Früher war sie durch den Hafen ein richtiges Handelszentrum, aber durch die Zugstrecke und die neuen Straßen wurde der Hafen irgendwann überflüssig. Dann mussten Ende der Achtziger auch noch die Molkerei und die Destillerie schließen, und auf einmal standen eine ganze Menge Leute ohne Job da.» Er sagte das so traurig, als wäre er höchstpersönlich für die Arbeitslosigkeit dieser Menschen verantwortlich. «Aber mit der Auszeichnung kamen die Touristen und somit auch die Arbeitsplätze zurück. Zumindest ein paar. Inzwischen haben wir elf Buchläden, und meine Rosie hat ein riesiges Festival organisiert, das zweimal im Jahr stattfindet, im Frühling und im Herbst. Letztes Jahr war sogar eine berühmte Schauspielerin da. Joan, Joanna? Ach, keine Ahnung! Fragen Sie mich nach einer Automarke, und ich kann Ihnen weiterhelfen, aber bei Namen bin ich eine Niete.»

Elf Buchläden! Das war … unerwartet viel für ein Dorf! Aber zumindest lag die Vermutung nah, dass sich auch der von Finlays Vater darunter befand.

Vicky schaute aus dem Fenster. Alte Steinhäuser in Himmelblau, Vanillegelb, Pfirsich und Pistazie säumten die Straße. Die Ladenschilder zeigten, dass sich ein Schnellimbiss, ein Friseursalon und auch zwei Buchantiquariate darin befanden: *The Old Bank Bookstore* und *Barneys Books*.

«Kennen Sie jemand, der einen Buchladen führt und einen Sohn namens Finlay hat?»

«Natürlich.» Reggie lachte auf. «Wir befinden uns gerade auf der Main Road. Viel mehr zu bieten hat Swinton nicht. Hier kennt jeder jeden. Dann wollen Sie also zum schönen Graham!»

Zum schönen Graham! Vor Vickys geistigen Augen tauchte das Bild eines schlanken, solariumgebräunten Playboys auf, aus dessen weit geöffnetem weißem Hemd dunkles Brusthaar quoll, auf dem ein Goldkettchen ruhte.

«Ähm, also nicht zu ihm direkt, sondern zu seinem Buchladen. Ich habe gehört, dass er ganz besonders rare … Raritäten hat.» Was redete sie denn nur für einen Schwachsinn!

Doch Reggie zuckte nur mit den Schultern. «Auch nicht mehr als andere, denke ich. Aber *The Reading Fox* ist schon aufgrund seiner Geschichte der Touristenmagnet. Das ist der erste Buchladen, den Fox aufgemacht hat. Graham hat seine Tochter geheiratet: Patricia. Doch die ist vor ein paar Jahren gestorben. Krebs. Seitdem führt Graham den Laden, und die Frauen flattern um den Fuchsbau herum wie Krähen um eine Vogelscheuche. Also nicht, dass ich denke, eine Lady wie Sie würde auch ...» Sein Gesicht hatte sich tiefrot verfärbt. «Am besten vergessen Sie einfach, was ich gesagt habe. Graham ist in Ordnung. Unser Sohn arbeitet bei ihm. Er ist ein Büchernarr wie seine Mutter und wollte unbedingt Buchhändler werden.»

«Keine Sorge! Mein Gedächtnis ist miserabel – huch!» Reggie hatte so abrupt das Lenkrad herumgerissen und war in eine Seitenstraße eingebogen, dass der Rosenkranz, der von dem Innenspiegel hing, wild hin und her pendelte und Vicky trotz Anschnallgurt schmerzhaft gegen die Tür geworfen wurde. Sie rieb sich den Oberarm.

«Sorry! Vor uns im Auto, das war Rosie.»

Rosie! Seine Frau musste ja eine äußerst furchteinflößende Person sein, ein richtiger Drache. Sicher war sie einen Kopf größer als Reggie und hatte so breite Schultern wie ein Ringer.

Durch Straßen, die so schmal waren, dass es Vicky wunderte, dass der Leichenwagen überhaupt durchpasste, fuhr Reggie kreuz und quer durch das Dorf, bis er vor einem flachen, rostroten Ziegelbau anhielt, an den sich eine Steinkirche mit weitläufigem Friedhof anschloss.

«Wohnt Hugh in dem Ziegelbau?» Wie ein Wohnhaus sah das Gebäude eigentlich nicht aus.

«Nein, das ist meine Werkstatt. Ich will nur schnell Sally hineinfahren, bevor Rosie mich doch noch mit ihr sieht. Aber ich rufe Hugh gleich an und sage ihm, dass er Sie abholen kommen soll.»

Reggie stieg aus und schloss eine Garage auf, die in einer großen Halle mündete. Dann fuhr er den Leichenwagen hinein. Schließlich zückte er sein Handy.

«Hey, Hugh, altes Haus! Hast du Zeit, den Wagen einer Lady aus dem Graben zu ziehen? Steht eine Meile hinter Swinton Manor.»

Reggies bekümmerte Miene angesichts von Hughs Antwort ließ vermuten, dass er keine guten Neuigkeiten für Vicky hatte.

«Hughs Schwiegermutter hat heute Geburtstag, es ist Dorothys siebenundneunzigster. Sie gehen gleich ins *Craft* zum Lunch. Er hat aber versprochen, den Wagen noch vor dem Afternoon Tea aus dem Graben zu ziehen. Haben Sie eine Handynummer für mich? Dann schicke ich sie Hugh, und er ruft Sie an, wenn er fertig ist.»

Vicky unterdrückte ein Stöhnen. Nun würde sie definitiv nicht mehr heute Abend nach München zurückfliegen. Und in ihrem Handgepäckkoffer befanden sich lediglich ein bisschen Kosmetik, ihre Zahnbürste und saubere Unterwäsche.

«Gibt es noch einen anderen Abschleppdienst in Swinton-on-Sea?»

Reggie schüttelte den Kopf. «Hugh mag keine Konkurrenz. Deshalb hat er ja auch die einzige Tankstelle weit und breit.»

Dieser Hugh wurde Vicky immer suspekter, aber solange er es irgendwie schaffte, ihren Wagen aus dem Graben zu bekommen, sollte es ihr egal sein, dass er sich anscheinend aufführte wie die schottische Version des *Paten*. Sie seufzte.

«Können Sie mir ein gutes Hotel empfehlen?»

«Ja, das *Craft*. Aber das ist leider voll. Die ganze Verwandtschaft ist zu Dorothys Geburtstag angerauscht gekommen. Sie gehen davon aus, dass nicht mehr so viele folgen werden, aber das denken sie, seit Dorothy neunzig geworden ist.»

«Aber es gibt doch sicherlich noch andere Übernachtungsmöglichkeiten?», fragte Vicky zunehmend verzweifelt.

«Außerhalb der Saison? Im Winter ist hier alles dicht. Aber ich könnte Mum fragen, ob sie ein Zimmer herrichten kann. Hat auf ihre alten Tage aus *Hillcrest House* ein B & B gemacht, und sie freut sich immer über Besuch.»

Die Garagentür schwang auf, und eine winzige Person mit rot getönter Dauerwelle und fülligen Hüften, über die sich ein knielanger Tweedrock spannte, trat ein. «Reginald McDonald! Ich habe dich gesehen.» So breite Schultern wie ein Ringer hatte Rosie zwar nicht, aber sie schaffte es schon allein durch ihre kerzengerade Haltung und das herrisch hervorgestreckte Kinn, ihr Gegenüber einzuschüchtern. «Willst du mich endgültig zum Gespött der Leute machen?» In ihren praktischen Halbschuhen stampfte sie auf Reggie zu, der wie eine Schildkröte den Kopf eingezogen hatte.

Auch Vicky wich unwillkürlich einen Schritt zurück. Vielleicht würde sich Hugh ja doch noch früh genug vom Geburtstagsessen seiner Schwiegermutter loseisen können, dass sie den letzten Flieger erwischte? Je eher sie dieses

Dorf wieder verlassen konnte, desto besser! Anscheinend lebten nur Verrückte hier! Während sie auf den Anruf von Hugh wartete, würde sie den Laden des schönen Graham aufsuchen und ihm ein so hohes Angebot machen, dass er unmöglich würde widerstehen können. Vielleicht war es doch gut, dass sie nicht in Jeans, Wachsjacke und Wanderstiefeln in Swinton aufgetaucht war!

KAPITEL 6

Paul

Auch bei Pebbles war nichts Auffälliges zu sehen. Zuerst hatte Paul gedacht, dass der rotznäsige Miller-Junge einen Kaugummi klauen wollte, aber dann hatte er ihn kurz vor der Kasse brav aus seiner Jackentasche gezogen und Pebbles die paar Cent gereicht, die er kostete. Jetzt war nur noch die Ex-Frau vom Doc im Laden und stand an dem Ständer mit den Seidenstrümpfen. Die verkaufte Pebbles nämlich genau wie Äpfel, Waschmittel, Stifte, Lippenstifte. Eigentlich gab es nichts, was es in dem vollkommen zugestopften Laden, den sein Besitzer in einem ungewohnten Anflug von Selbstironie *Biggest Little Store in Town* genannt hatte, nicht gab.

«Gib's auf, hier klaut niemand was!»

Paul fuhr herum. Jack Pebbles stand vor ihm, die buschigen grauen Brauen missbilligend zusammengezogen. «Oder willst du selbst was mitgehen lassen? Könnte man fast meinen, so verschlagen, wie du dich zwischen den Regalen herumdrückst.» Er lachte höhnisch. Wann hatte er sich das letzte Mal rasiert? Sein Gesicht war inzwischen so zugewuchert, dass nur seine Knollennase und die funkelnden Kohleaugen zu erkennen waren. Es war ein Wunder, dass sich der kleine Miller überhaupt in die Nähe der Kasse getraut hatte.

«Ich wollte nur das da kaufen.» Paul griff nach einem Handwärmer in Form eines Teddybären, weil der zufällig an der Kasse hing. «Verdammt ungemütlich heute!»

«Ja, klar. Macht ein Pfund fünfzig.» Pebbles' Lachen wurde noch boshafter.

Wenn Paul erst einmal jemanden auf frischer Tat ertappt hätte, der in seinem Geschäft lange Finger machte, würde ihm das Lachen schon vergehen. Jedem in Swinton, der sich über Pauls Kontrollrunden lustig machte, würde das Lachen noch vergehen!

Es war auf Dauer schlichtweg nicht möglich, dass Swinton bei der Kriminalitätsrate von null Prozent blieb, mit der sich seine Einwohner so gerne rühmten. Bald würde es mit dieser Ruhe vor dem Sturm vorbei sein. Paul spürte es in seinen Knochen. Heute mehr denn je. Vielleicht war es aber auch nur der verdammte Nebel, der ihm in den letzten Tagen zu schaffen machte. Laut Wetterbericht sollte er sich am Nachmittag endlich verziehen.

Er bezahlte den lächerlichen Handwärmer, verließ den Laden und band Tyson los. Sie gingen stets die gleiche Strecke. Ihre Morgentour begann mit der Primary School, wo er Finlay hinbrachte, und setzte sich dann über die Main Road fort bis zum *Sweet Little Things*, wo er zwei von Shonas Cupcakes aß und einen Kaffee trank. Nach seinem Herzinfarkt hatte ihm der Doc zwar zu Tee und Gurkensandwiches geraten, aber Paul war sich sicher, dass die Gefahr viel größer war, an diesem freudlosen Essen zu sterben als an Shonas Törtchen und einer guten Tasse Kaffee.

«Nur noch zwei Seitenstraßen, dann können wir uns endlich ins Warme verziehen», sagte er zu Tyson und zündete sich seine Pfeife an. Der Mops sah nicht so aus, als ob er etwas dagegen hätte.

Niemals hätte Paul sich freiwillig einen Hund geholt, der ihm kaum bis über den Fußknöchel reichte und dessen Gesicht so faltig war, dass es aussah, als würde er sich permanent Sorgen machen. Ein Hund musste für ihn mindestens Schäferhundgröße haben. Aber als er den kleinen Kerl vor zwei Jahren an einer Bank am Bird Hide gefunden hatte, wo ihn irgendein Drecksack angebunden und zurückgelassen hatte, hatte Paul den Fehler gemacht, ihn nicht direkt in die Tierauffangstation zu bringen, sondern erst mit nach Hause zu nehmen. Er hätte sich denken können, dass ein Blick in die braunen Kulleraugen des Hundes reichte, um Finlay entzückt aufkreischen zu lassen. Genauso hätte Paul sich denken können, dass Graham sich vom Flehen seines Sohnes, den Hund zu behalten, erweichen lassen würde. Jubelnd war Finlay durch den Garten gerannt, gefolgt von einem bellenden Tyson, der das alles für ein Spiel gehalten hatte. Und wenn Paul ehrlich zu sich selbst war, war das auch der Grund, wieso er den Mops nicht gleich abgegeben hatte: Er wollte, dass sein Enkel endlich einmal wieder glücklich und unbeschwert war. Dafür hätte er alles gegeben. Paul zog nachdenklich an seiner Pfeife und sah zu, wie der Rauch sich mit der grauen Winterluft vermischte.

Das Klappern von Absätzen auf dem Asphalt ließ ihn aufhorchen. Eine junge Frau kam durch die neblige Gasse auf Tyson und ihn zu. Paul hatte sie noch nie gesehen. An eine Frau wie sie hätte er sich nämlich erinnert: Ihre glatten, kinnlangen Haare lagen wie ein Helm um ihren

Kopf, und sie waren so blond, dass sie fast weiß aussahen. Weiß waren auch ihre Jacke und der knielange Rock, der so eng saß, dass sie nur kleine Trippelschritte machen konnte. Nur ihre Stiefel und die Handtasche waren rehbraun. In der Hand hielt sie eine riesige Plastiktüte. Ohne ihn zu grüßen, ja auch nur den Kopf zu heben, eilte sie an ihm vorbei. Wie unhöflich! Paul schnaubte.

Was sie wohl hier machte? Touristen ließen sich um diese Jahreszeit nur selten in Swinton blicken. Obwohl die Frau in die Richtung ging, aus der Paul gerade gekommen war, drehte er sich um. Er würde sie besser im Auge behalten.

Die Frau bog in die Main Road ein und stöckelte sie entlang, ohne den Blick auch nur ein einziges Mal von dem Handy in ihrer Hand zu lösen. Nicht einmal für den runden Marktplatz mit dem Rathaus hatte sie einen Blick übrig. Und auch nicht für den Weihnachtsmarkt, der davor gerade aufgebaut wurde. Dafür steuerte sie zielsicher den Fuchsbau an. *Open* stand auf dem Schild, das im Glaseinsatz der grünen Holztür hing. Erst jetzt blickte die Frau auf. Doch sie ging nicht in den Buchladen hinein, sondern sah zu dem Metallschild über der Tür hoch. Ein Fuchs war in gelber Farbe auf den grünen Hintergrund gemalt, daneben stand der Name des Ladens: *The Reading Fox*. Dann betrachtete sie ausgiebig die Auslagen. Aber nicht so, wie es die Touristen taten, die im Sommer oder zu den Festivalzeiten wie Lemminge in den Buchladen einfielen. Es hatte etwas Verstohlenes an sich, wie die junge Frau um den Laden herumschlich. Nun ging sie sogar um das graue Steinhaus herum und schaute in jedes Fenster! Paul hielt den Atem an. Wollte sie etwa ausspionieren, wo sie nach

Einbruch der Dunkelheit am besten einsteigen konnte? Im Schutz des Nebels wäre die Gelegenheit günstig. Hatten ihn also seine alten Knochen nicht getrogen. Es war so weit!

Die Frau stand nun wieder vor der Tür des Fuchsbaus, und sie schaute sich um, so als wolle sie sichergehen, dass niemand sie bei ihrem Eintreten beobachtete. Dabei streifte ihn ihr Blick, und Paul tat schnell so, als würde er sich nach Tyson bücken. Das Gebimmel der Messingglocke über der Tür verriet ihm, dass sie den Laden betreten hatte.

Er wartete einen Moment, dann betrat auch er den Buchladen seines Sohnes. Graham konnte er nirgendwo ausmachen, dafür aber Eliyah, den Sohn der McDonalds, den Graham im letzten Jahr erst eingestellt hatte. Gaben Rosie und Nanette dem armen Kerl denn nichts Anständiges zu essen? Die Cordhose schlackerte um seine mageren Hüften, und es sah aus, als ob sie jeden Moment herunterrutschen würde. Auch der Pullover mit dem Karomuster und den braunen Flicken auf den Ellbogen war alles andere als ausgefüllt. Graham hatte Eliyah als Nerd bezeichnet, früher hätte man einfach Bücherwurm zu ihm gesagt. Am liebsten hatte Eliyah überhaupt keinen Kontakt zu Kunden, sondern versteckte sich im Keller und inspizierte dort die Bücherkisten, die ihnen gebracht wurden. Laut Graham hatte er aber ein echtes Gespür für Raritäten, so wie früher Grahams Schwiegervater.

Die Frau huschte durch den Laden und schaute in jedes Zimmer. Erst vor der Abteilung mit den Kinderbüchern, die sich ganz am Ende des Fuchsbaus befand, machte sie halt. Sie drehte sich um, und Paul griff schnell nach dem nächstbesten Buch. Er tat so, als würde er sich darin vertiefen, aber sobald die Frau den Raum mit den Kinderbüchern betrat, stellte er es zurück und schlich ihr nach. Ein Stück hinter dem Türrahmen blieb er stehen und spähte hinein. Diese Frau war wirklich in höchstem Maße verdächtig! Jeden einzelnen Buchrücken schaute sie sich ganz genau an. Sie ging sogar in die Hocke, um auch noch die untersten Reihen zu inspizieren. Dabei schaute sie immer wieder in Richtung Tür, sodass Paul mehrere Male den Kopf einziehen musste. Und dann … endlich! … zog sie ein schmales Büchlein aus dem Regal, auf dessen Cover ein Mädchen mit roten Haaren abgebildet war. Sie blätterte es durch, und dann öffnete sie ihre Handtasche.

KAPITEL 7

Vicky

Das würde ich nicht machen!» Ein älterer Mann war in die Abteilung mit den Kinder- und Jugendbüchern getreten. Er trug eine grob gestrickte Wintermütze auf dem Kopf und dicke Handschuhe an den Händen. So wie er sich aufführte, hätten Sheriffhut und Pistole allerdings viel besser zu ihm gepasst.

«Was würden Sie nicht machen?»

«Das Buch mitgehen lassen.» Er zeigte auf die abgegriffene Ausgabe von *Anne auf Green Gables* in Vickys Hand.

«Aber das wollte ich doch gar nicht.» Sie hatte gerade beschlossen, mit dem Kinderbuchklassiker zur Kasse zu gehen und diese Gelegenheit zu nutzen, um nach dem *schönen Graham* zu fragen.

«Und wieso haben Sie dann Ihre Handtasche geöffnet, hä?»

«Was ist denn los?», fragte der schlaksige Buchhändler, an dessen Pullunder ein Schild mit dem Namen *Eliyah McDonald* befestigt war.

«Die Lady wollte ein Buch stehlen», erklärte der Mann.

«Das wollte ich nicht.» Sah sie etwa so aus, als ob sie es

nötig hätte, ein Buch für zwei Pfund mitgehen zu lassen? Hilfe suchend wandte sie sich an Reggies Sohn. «Ich wollte es kaufen. Ich habe meine Tasche nur geöffnet, um meinen Geldbeutel herauszunehmen.»

«Und wieso haben Sie sich dann so verstohlen umgeschaut, Miss?» Der verhinderte Clint Eastwood baute sich mit geschwellter Brust vor ihr auf. «Und bevor Sie eingetreten sind, sind Sie schon um den ganzen Laden herumgeschlichen.»

Er hatte sie also beobachtet. Auf dem Weg hierher hatte Vicky schon das Gefühl gehabt, dass sein Mops und er ihr gefolgt waren.

«Mir ist diese Diskussion zu dumm.» Sie schob das Kinn vor. «Ich werde dieses Buch jetzt bezahlen, und dann möchte ich gerne mit dem Besitzer des Ladens sprechen. Ist er da?»

«Warum? Um sich über mich zu beschweren?» Clint Eastwood lachte dröhnend. «Na, da werden Sie nicht viel Erfolg haben. Der Besitzer des Ladens ist nämlich mein Sohn.»

Oh! Vicky biss sich auf die Unterlippe. Doch sie war nicht so weit gereist, um sich jetzt, kurz vor ihrem Ziel, von einem Möchtegern-Sheriff ausbremsen zu lassen. «Nein, ich wollte mich nicht über Sie beschweren. Auch wenn Ihre Manieren zu wünschen übrig lassen. Es geht um etwas Geschäftliches.»

Der Vater des schönen Graham hatte den Mund bereits geöffnet, um zu einer Erwiderung anzusetzen, doch Eliyah war schneller.

«Graham ist kurz weg, um ein paar Besorgungen zu machen. Aber Sie können in seinem Büro auf ihn warten.

Kommen Sie!» Er schob Vicky zur Tür. «Ich übernehme das jetzt, Paul!», sagte er über die Schulter hinweg. «Danke, dass du so aufmerksam warst!» Als sie sich ein paar Meter entfernt hatten, sagte er mit gedämpfter Stimme: «Es tut mir total leid, dass Sie Paul in die Finger geraten sind. Paul ist im Grunde sehr nett, aber seit er vor einigen Jahren in Rente gegangen ist, ist ihm furchtbar langweilig. Kennen Sie Leute, die jede Folge von *Grey's Anatomy* oder einer anderen Krankenhausserie schauen und denken, dass sie deswegen eine Operation am offenen Herzen durchführen können?»

«Nein. Wieso?», fragte Vicky, irritiert über diesen Themenwechsel.

«Oh! Okay. Dann kennen Sie aber sicher jemand, der sich immer Fußball im Fernsehen anschaut und fest davon überzeugt ist, dass das Spiel viel besser ausgehen würde, wenn er selbst auf dem Platz stehen würde.»

«So jemanden kenne ich», sagte sie. Ihre Mutter nahm es Vicky immer noch übel, dass sie als kleines Mädchen lieber reiten und Ballett tanzen wollte, als Teutonia München zu unterstützen.

«Gut! Dann wissen Sie, wie Paul tickt. Er ist leidenschaftlicher Krimileser. Ich glaube nicht, dass wir ein Buch in diesem Genre führen, das er noch nicht gelesen hat, und er denkt, dass außer ihm niemand dazu in der Lage ist, in Swinton für Recht und Ordnung zu sorgen. Dabei ist das letzte Verbrechen schon vier Jahre her.»

«Ach! Und was ist damals passiert?», fragte Vicky mehr aus Höflichkeit als aus Interesse, während sie den Blick durch den Laden schweifen ließ. Von einer Wand schaute ein Hirschkopf böse auf Vicky hinunter. An einer anderen hing ein orientalischer Teppich. In einer Ecke stand ein Stuhl, so elegant und filigran, dass er unmöglich etwas anderes als Dekoration sein konnte. Auf einer antik aussehenden Kommode stand eine ebenso antik aussehende Vase mit getrocknetem Lavendel darin.

«Ein Mann aus Bladnoch ist aus dem Altersheim abgehauen und ohne Maske und Waffe in unsere Postfiliale eingedrungen», erklärte Eliyah. «Er wollte, dass Nancy die Kasse öffnet, aber sie hat kurzen Prozess gemacht und ihm mit dem Regenschirm eins übergezogen. Im Grunde war es also gar kein richtiges Verbrechen, aber Nancy hat das Ganze natürlich tüchtig aufgebauscht. ‹Gut, dass das Wetter hier immer so schlecht ist›, hat sie monatelang jedem erzählt. ‹Ich mag mir gar nicht vorstellen, was er mit mir gemacht hätte, wenn ich den Schirm nicht zur Hand gehabt hätte.› Dabei war der Alte psychisch verwirrt und im Grunde vollkommen harmlos.»

«Können Sie abkassieren?» Ein Mann im Trenchcoat erschien im Gang und winkte mit einem alten Schinken in moosgrünem Ledereinband.

«Natürlich. – Einen kleinen Moment, ich mach das schnell! Heute Morgen geht es hier zu wie auf Edinburgh Castle.» Eliyah eilte davon. Vicky, die Angst hatte, in diesem Gewirr von Gängen verloren zu gehen, folgte ihm.

Eliyah steuerte eine riesige graue Registrierkasse an. Er nahm den Geldschein, den der Kunde ihm reichte, und drückte eine Taste. Die Kasse ließ ein melodisches *Pling* ertönen, doch sie öffnete sich nicht.

«Warten Sie kurz!» Eliyah holte einen Hammer unter dem Tresen hervor und schlug damit seitlich gegen das Gehäuse. Die Kasse sprang auf, und der Mann bekam sein

Wechselgeld. Anschließend stellte der Buchhändler ihm noch eine Quittung aus. Mit der Hand ...

«Ist das die einzige Kasse hier?», fragte Vicky, nachdem der Kunde sich verabschiedet hatte.

Eliyah nickte.

«Wieso haben Sie keine elektronische?»

«Ähm, also ...» Eliyah wand sich unter Vickys Blick, bevor er fast schon trotzig hervorstieß: «Alles in allem übertreiben die Leute die Schwierigkeit des Lebens.»

Vicky hob verwundert die Augenbrauen.

«Das Zitat stammt nicht von mir, sondern von Robert Louis Stevenson. Er hat *Robinson Crusoe* geschrieben.»

Sie zog die Augenbrauen noch ein Stück höher. «Und was soll mir dieses Zitat sagen?»

«Dass die Kasse es noch tut.»

Aha! Und wieso sagte Eliyah das dann nicht gleich? Zwar hatte er auf den ersten Blick recht normal gewirkt, doch wie bei allen anderen Einwohnern von Swinton, die ihr bisher begegnet waren, schien bei ihm mehr als nur eine Schraube locker zu sein. Dennoch rieb Vicky sich innerlich die Hände, denn alles lief viel besser als erwartet. Zum ersten Mal, seit Hubert sie nach Schottland geschickt hatte, schöpfte Vicky Hoffnung, nicht mit leeren Händen nach Deutschland zurückzukehren. Ganz offensichtlich hatte Graham nicht das Geld, sich eine neue Kasse zu kaufen – und würde somit für jede Finanzspritze dankbar sein.

Eliyahs Blick wanderte über Vickys Schulter hinweg zum Eingang. «Oh nein! Wenn die Katze aus dem Haus ist, tanzen die Mäuse auf dem Tisch», stöhnte er. Eine junge Frau betrat den Laden. Ihre dünnen Beine steckten in schwarzen Wollstrumpfhosen, zu denen sie klobige Stiefel und einen kurzen roten Schottenrock trug. Ihre Jacke sah aus, als hätte dafür ein Alpaka sein Fell opfern müssen, und sie zog einen Leiterwagen hinter sich her, auf dem sich Kartons in unterschiedlichen Größen türmten. «Was schleppst du denn alles an, Isla?»

«Weihnachtsdeko. Dieses Wochenende ist das erste Adventswochenende. Wann wollt ihr denn anfangen, hier für ein bisschen Weihnachtsstimmung zu sorgen? Im neuen Jahr?»

«Aber du hättest doch nichts mitbringen müssen! Graham hat doch ein paar Kisten im Keller.»

«Ist mir bekannt. Aber wenn ihr nicht wollt, dass dieses Jahr alle Leute ihre Bücher woanders kaufen, sollte Graham mal mit etwas mehr aufwarten als mit einem Wackel-Nikolaus auf der Theke.»

Vicky sah, wie Eliyah ein Grinsen unterdrückte. «Soviel ich weiß, sind in einer Kiste auch ein paar Lamettagirlanden.»

Isla verdrehte die Augen. «Am besten fange ich sofort an.»

«Aber Graham ist nicht da.»

«Umso besser. Wo ist eure Leiter?»

Zwei ältere Damen tauchten hinter Isla auf. Ihre dauergewellten Haare waren leicht bläulich getönt. Die größere der beiden steuerte direkt auf Eliyah zu. «Haben Sie ein Buch über Eisenbahnen? Mein Enkel wünscht sich eins zu Weihnachten.»

Er nickte. «Wenn Sie sich noch einen ganz kurzen Moment gedulden würden, dann bin ich wirklich für Sie da ...» Er wandte sich noch einmal an Isla. «Mach nichts, bevor ich wieder da bin, hörst du? Sonst bekommt Graham einen

Herzinfarkt!» Damit ging er davon, und die beiden Damen folgten ihm.

Ungeachtet seines Verbots zog Isla den Leiterwagen in den nächsten Raum, in dem eine Modelleisenbahn durch ein Miniaturdorf fuhr. Da auf einem Hügel ein herrschaftliches Anwesen thronte, ging Vicky davon aus, dass es eine Nachbildung von Swinton war.

Isla öffnete einen der Kartons und nahm unterschiedlich große, aus Buchseiten gefaltete Tannenbäume heraus.

«Die sind aber hübsch!», entfuhr es Vicky. «Bist du Dekorateurin?»

Isla zog eine Grimasse. «Schön wär's. Nein. Ich arbeite im Friseursalon nebenan. Dabei würde ich viel lieber etwas Kreativeres machen. Hier in Swinton tragen allen Ernstes mindestens fünfzig Prozent aller Frauen eine Dauerwelle. Willkommen im einundzwanzigsten Jahrhundert!» Es schauderte sie sichtlich. «Am liebsten würde ich im Social-Media-Bereich arbeiten. Aber mein Dad hat darauf bestanden, dass ich nach der Schule erst einmal etwas ...», sie malte Anführungszeichen in die Luft, «... *Anständiges* mache. Dabei ist Social Media die Zukunft! Wenn Graham mich lassen würde, hätte ich für den Laden längst eine Instagramseite eingerichtet. Aber er will den Laden unbedingt im Sinne von Patricia weiterführen. Das ist seine verstorbene Frau. Und die hatte es so gar nicht mit Veränderungen.» Sie rollte mit den Augen.

«Ich habe gehört, dass *The Reading Fox* der erste Buchladen in Swinton war», versuchte Vicky, Isla zum Weiterreden zu animieren. Es konnte nicht schaden, ein paar Informationen über diesen Graham zu sammeln, bevor sie ihm ihr Angebot unterbreitete.

«Ja, und er ist der berühmteste. Sogar einer der berühmtesten von ganz Schottland. Patricias Opa hat ihn eröffnet. Der Laden war für ihn erst nur eine Spielerei, denn er war so stinkreich, dass er es überhaupt nicht nötig hatte zu arbeiten. Alter schottischer Adel ...» Isla arrangierte drei unterschiedlich große Buch-Tannenbäume auf einem runden schwarzen Metalltisch. «Aber irgendwann hat er sein ganzes Geld beim Spielen verjubelt, und er musste alles verkaufen, um seine Schulden zu begleichen. Nur diesen Laden hat er behalten. Patricia wollte ihn unbedingt. Und nun hat ihn Graham an der Backe und kann schauen, wie er ihn am Laufen hält. Dabei ist er überhaupt kein Geschäftsmann! Wenn er Bücher bei jemandem abholt und der ihn volljammert, dass er dringend Geld braucht, bezahlt Graham ihm das, was der andere verlangt. Erst vor ein paar Tagen hat er ein Buch verschenkt, weil der Kunde meinte, er habe kein Geld und bräuchte es für seinen Enkel. Das alles führt natürlich nicht unbedingt dazu, dass der Rubel rollt. Er lässt sich viel zu sehr von Persönlichem leiten, sagt mein Dad.»

Vicky atmete auf, denn bei dem Wort *stinkreich* war ihr kurz flau geworden. Aber so hatte sie noch einmal Glück gehabt. «Der Arme!» Es fiel ihr schwer, ein angemessen betroffenes Gesicht zu machen. «Wieso verkauft er den Laden denn nicht und sucht sich etwas anderes, mit dem man mehr Geld verdienen kann?»

Isla zuckte mit den Schultern. «Na ja, Graham hat ja eigentlich einen anderen Job. Er ist Lektor. Und ein verdammt guter. Er hat schon viele Bestseller lektoriert. Aber Patricia war halt seine große Liebe. Und er fühlt sich ihr gegenüber irgendwie verpflichtet. So verpflichtet, dass er sogar versucht, ihren Roman fertig zu schreiben. Auf ihrer Schreibmaschine ... Er würde nie etwas verkaufen, was ihr gehört hat. Nicht mal ihre Kleider hat er weggegeben. *Liebe macht kluge Leute zu Narren*, würde Eliyah jetzt wahrscheinlich sagen. Er liebt es, mit Zitaten von schlauen Leuten um sich zu werfen.» Sie verdrehte die Augen.

Zu früh gefreut! Vicky versuchte, den Kloß in ihrer Kehle hinunterzuschlucken, der sich bei Islas Worten gebildet hatte und immer größer geworden war. Graham war also wirklich ein armer Schlucker, wie ihr Vater es ihr prophezeit hatte, aber er hielt krampfhaft an allem fest, was Patricia ihm hinterlassen hatte. Sogar an einer Registrierkasse, die sich nur unter Einsatz von körperlicher Gewalt öffnen ließ.

Vicky knöpfte ihre Jacke auf, weil sie das Gefühl hatte zu ersticken. Wenn das Buch Patricia gehört hatte - und davon ging sie aus –, dann würde er es ihr niemals verkaufen! Sie müsste mit leeren Händen nach Deutschland zurückkehren. Hubert würde maßlos enttäuscht sein.

«Oh nein!» Isla schlug sich die Hand vor den Mund. «Du musst denken, dass ich eine furchtbare Tratschtante bin. Quatsch dich hier über Graham und Pat voll. Dabei bin ich das gar nicht. Ich finde es nur total schade, dass er so lange nach ihrem Tod immer noch unter ihrer Fuchtel steht. Aus dem Fuchsbau könnte man so viel machen.»

«Fuchsbau?», wiederholte Vicky mit trockenem Mund.

«So nennen wir den Laden. Wegen seines offiziellen Namens, aber auch, weil er so viele Gänge hat.» Sie stellte eine große Holzlaterne mit einer Lichterkette darin hinter die Buch-Tannenbäume. «Da er der erste Laden in Swinton war und der, dem wir die Bezeichnung *Schott-*

lands nationale Bücherstadt zu verdanken haben, hat sich unter Büchernerds auf jeden Fall ein richtiger Kult um ihn entwickelt. Vor allem in den Sommermonaten wimmelt es hier nur so von Touristen. Und viele sind sogar bereit, unentgeltlich auszuhelfen! Weil sie unbedingt mal Buchhändler spielen wollen. Von überall auf der Welt kommen sie her.» Isla schüttelte den Kopf über diese Verrücktheit. «Inzwischen gibt es sogar eine Warteliste. Die Aushilfe, die im Advent kommen sollte, hat aber abgesagt. Macht wahrscheinlich doch lieber selbst Weihnachtsshopping, als sich hier in diesem zugigen Kasten die Beine in den Bauch zu stehen und alte Bücher zu verkaufen.» Sie hielt einen Augenblick inne und sah Vicky neugierig an. «Was willst du eigentlich von Graham?»

«So, da bin ich wieder.» Eliyah betrat das Zimmer. Sein Blick fiel auf Islas Weihnachtsarrangement. «Wieso wusste ich, dass du nicht auf mich hörst?»

Isla grinste. «Weil du mich kennst.»

«Offenbar nicht gut genug. Ich hatte mir deine Dekoration weniger schlicht vorgestellt. Das sieht richtig gut aus. Mal schauen, was Graham dazu sagt. Er sollte jeden Moment zurückkommen.» Er wandte sich an Vicky. «Möchten Sie in seinem Büro auf ihn warten?»

Vicky nickte stumm, obwohl sie inzwischen kaum noch Hoffnungen hatte, dass ihr Projekt von Erfolg gekrönt sein würde. Aber sie durfte nicht aufgeben. Einen Versuch zumindest musste sie wagen. *Alles und jeder ist käuflich. Es kommt nur auf die Höhe deines Einsatzes an*, hatte Hubert gesagt. Vicky fragte sich nur, wie um Himmels willen ihr Einsatz aussehen sollte, wenn das Buch Grahams geliebter verstorbener Frau gehört hatte. Die Tüte mit dem Zauberkasten an ihrer Hand schien in den letzten Minuten mindestens drei Kilo schwerer geworden zu sein.

Durch das Labyrinth des Buchladens brachte Eliyah sie zu einer Holztreppe, die zu einer Galerie führte, über der sich eine mit kunstvollem Fries verzierte Decke wölbte. Fast sah es aus wie in einer Kathedrale. Der Laden war wirklich ein Schmuckstück.

Am Fuß der Treppe war mit Reißzwecken ein Blatt Papier an der Wand angebracht. Es trug die Aufschrift *Privat*. Die Treppe knarzte unter ihren Füßen, als Eliyah und Vicky den Weg auf die Galerie antraten.

«Hereinspaziert!», sagte Eliyah, als sie oben angekommen waren und vor einer dunkelroten Tür standen. «Sobald Graham da ist, sage ich ihm Bescheid, dass Sie hier auf ihn warten.»

Vicky betrat das Büro - und erstarrte. Das Zimmer! Es sah aus wie das aus ihrem Traum.

KAPITEL 8

Vicky

Ach je! Ist Ihnen nicht wohl?» Eliyah musterte Vicky besorgt.

Nicht wohl … Wer unter achtzig redete denn heutzutage noch so. Wäre die Situation eine andere gewesen, hätte Vicky sicher geschmunzelt. So konnte sie aber nur ein krächzendes «Es geht schon» herausbringen.

«Darf ich Ihnen eine Tasse Kaffee anbieten? Oder einen Tee?»

Immer noch benommen, schüttelte Vicky den Kopf. «Nein danke.»

«Dann vielleicht ein Glas Wasser?»

«Ein Wasser wäre nett.» Ihr Mund fühlte sich ganz trocken an.

«Kommt sofort.» Eliyah verzog sich.

Langsam ging Vicky durch das Zimmer. Der Kamin mit dem flackernden Feuer darin, die schweren Eichenmöbel, der raue Putz an den Wänden, die breite Fensterbank, auf der man es sich mit einer Tasse Kakao gemütlich machen und aufs Meer hinausschauen konnte … Es lag ein ganzes Stück weiter entfernt als in ihrem Traum, hinter den

Marschwiesen, aber es war da, und bunte Boote tanzten darauf; das Wetter schien sich hier ganz schön schnell zu ändern. Genauso hatte es in dem Zimmer aus ihrem Traum ausgesehen.

Vicky ließ sich auf die Fensterbank sinken und atmete ein paar Mal tief ein und aus. Sie hatte sich immer gefragt, woher der Traum wohl kam. Wenn sie in München oder in all den anderen Städten, in denen sie gelebt hatte, aus dem Fenster geschaut hatte, hatte sie stets nur auf die gegenüberliegende Fassade geblickt. Bei ihrer Mutter in Wolfratshausen sah sie Berge und Bäume. Natürlich hatte sie schon mehrere Male Urlaub am Meer gemacht, aber nie in alten Häusern, sondern immer nur in schicken Hotelanlagen. Und nun war sie hier.

Um das Gefühl von Unwirklichkeit loszuwerden, lehnte sie ihre Stirn gegen die kühle Fensterscheibe und schaute nach draußen. Minutenlang. In ihrem Traum war die Straße leer. Hier und jetzt durchquerten aber immer wieder Autos ihr Blickfeld. Schwarze, graue, weiße, sogar ein sonnengelbes war darunter. In ihrem Traum wartete Vicky auf ein rotes. Und wenn es endlich erschien, ließ sie voller Freude das Buch, in dem sie gelesen hatte, auf die Fensterbank fallen und stürmte nach unten.

Manchmal blieb sie auch sitzen, lauschte dem Geräusch der Schritte auf den knarzenden Bodenplanken und wartete darauf, dass die Türklinke heruntergedrückt wurde und jemand eintrat. So wie jetzt! Vicky fuhr herum, sie blickte in Richtung der Tür und sprang auf.

«Entschuldigen Sie, dass Sie warten mussten!» Ein Mann trat ein. Seine dunkelblonden, leicht gewellten Haare waren feucht vom Regen. Genau wie sein Tweedmantel. Ein paar Tropfen befanden sich auch auf seiner Brille. In der Hand hielt er eine kleine Flasche Wasser und ein Glas.

Vicky blinzelte. Sie wusste nicht, wen sie erwartet hatte, aber diesen Mann sicherlich nicht. War das etwa der schöne Graham? Er sah eher wie ein zerstreuter Professor aus als wie der goldkettenbehängte Gigolo, als den sie sich den Besitzer des *Reading Fox* vorgestellt hatte.

«Einen Augenblick noch!» Der Mann stellte Flasche und Glas auf einem schweren Mahagonischreibtisch ab - den Schreibtisch gab es in ihrem Traum nicht –, und er nahm seine Brille ab und polierte sie am Saum seines cremefarbenen Wollpullovers. Dann setzte er sie wieder auf. «Viel besser!» Er lächelte sie an, und auf einmal konnte Vicky verstehen, wieso die Frauen laut Reggie um seinen Laden flatterten wie Krähen um eine Vogelscheuche. Auf eine intellektuelle, leicht unbeholfene Art sah er wirklich gut aus. Seine Augen hatten das intensive Blau von Vergissmeinnicht.

«Graham Erskine.» Er reichte ihr die Hand.

«Viktoria Lambach.»

«Eliyah hat gesagt, dass Sie mich sprechen möchten. Was kann ich für Sie tun?» Er lehnte sich gegen die Schreibtischplatte. Die Schreibmaschine, von der Isla erzählt hatte, stand darauf.

«Ja, ähm, also ...»

Graham sah sie erwartungsvoll an, aber Vicky wusste beim besten Willen nicht, was sie ihm antworten sollte. Ihr Kopf war wie leer gepustet. Sie schaute über seine rechte Schulter auf das Regal an der Wand. Ein paar Bücher waren so angeordnet, dass ihre Cover nach vorne zeigten: eine goldene, mit Schnörkeln verzierte Ausgabe von *Moby Dick*.

Hemingways *Der alte Mann und das Meer*. Lees *Wer die Nachtigall stört*. Alle waren mit opulenten Covern ausgestattet. Und … *Alice im Wunderland. Die* Ausgabe von *Alice im Wunderland*! Vicky konnte gerade noch ein Keuchen unterdrücken. Das Buch war so nah. Zum Greifen nah … Sie hätte nur einen Schritt nach vorne treten und die Hand ausstrecken müssen. Aber zwischen ihr und dem, was sie sich gerade am allermeisten auf der Welt wünschte, stand dieser Mann, und auf einmal purzelten, ohne dass sie auch nur eine Sekunde darüber nachgedacht hatte, folgende Worte aus ihrem Mund: «Brauchen Sie für die Weihnachtszeit noch eine Aushilfe?»

«Ach! Dann hat die Agentur doch noch jemand gefunden?» Graham sah ausgesprochen erfreut aus.

Agentur?

«Ja, genau», antwortete Vicky aufs Geratewohl, obwohl sie keine Ahnung hatte, von welcher Agentur er sprach. Sie griff sich in die Haare, um sich eine Strähne um den Finger zu wickeln. Eine blöde Angewohnheit, die sie immer überkam, wenn sie nervös war. Ihretwegen hatte sie sich vor ein paar Wochen dazu entschlossen, sich die Haare auf Kinnlänge schneiden zu lassen.

«Wie schön!» Graham wirkte geradezu euphorisch. «Das ganze Jahr über kann ich mich vor Anfragen kaum retten, aber gerade in der Vorweihnachtszeit ist es schwierig, jemanden zu bekommen. Vor allem an den Wochenenden ist wahnsinnig viel Betrieb, und Eliyah ist lieber im Keller und sichtet Bücher, als sie zu verkaufen. Sie haben ihn ja bereits kennengelernt. Außerdem macht er die Buchführung. Wahrscheinlich haben Sie auch ein besseres Händchen für die Weihnachtsdekoration als er und ich.»

Er goss ihr ein Glas Wasser ein, und Vicky nahm es dankbar an. «Wenn Sie ausgetrunken haben, führe ich Sie am besten erst einmal herum. Lassen Sie Ihre Tüte ruhig im Büro, hier klaut niemand etwas!»

Vicky nickte zustimmend. «Sehr gerne. Aber könnten Sie mir vorher noch zeigen, wo die Toilette ist?»

Auf der Mitarbeitertoilette, einem winzigen Raum mit einer funzeligen Glühbirne an der Decke, in dem Putzgeräte standen, schloss Vicky einen Moment die Augen und versuchte, gegen den Nebel in ihrem Gehirn anzukämpfen und wieder einen einigermaßen klaren Gedanken zu fassen. Graham Erskines Büro war ein Schock für sie gewesen, und sie hatte einen Moment lang wirklich das Gefühl gehabt, in ihren Traum katapultiert worden zu sein. Dabei war die Ähnlichkeit, mit etwas Abstand betrachtet, gar nicht so groß. Im Grunde beschränkten sich die Gemeinsamkeiten zwischen den beiden Räumen nur auf den Kamin mit dem prasselnden Feuer und das Fenster mit der breiten Holzbank davor, von dem aus man aufs Meer hinausschauen konnte. Rauen Putz und schwere dunkle Holzmöbel fand man sicher in einem Drittel aller Zimmer. Sie hielt sich mit beiden Händen am Waschbecken fest.

Es war eine Schnapsidee ihres Vaters gewesen, sie mit einem Zauberkasten für den Jungen nach Schottland zu schicken und davon auszugehen, dass Graham ihr das Buch verkaufen würde. Selbst wenn ihm sein Wert vielleicht gar nicht bewusst war, hätte er doch spätestens bei ihrem Angebot Lunte gerochen. Sie wohnte schließlich nicht im Nachbardorf, sondern war seinetwegen erst zwei Stunden geflogen und dann weitere zwei Stunden mit dem Auto gefahren. Aber jetzt hatte sie die Möglichkeit, ihm dieses Angebot weit unauffälliger zu unterbreiten. Nicht als Viktoria Lambach, Tochter von Hubert Lambach, dem Eigentümer des Auktionshauses Lambach, sondern als Vicky Lambach, die Bücher liebte. Vor allem *Alice im Wunderland*. Isla hatte schließlich gesagt, dass bei Graham alles über das Persönliche lief. Vicky straffte die Schultern und strich sich die Haare glatt.

Auf dem Weg zurück zu Grahams Büro klingelte ihr Handy. Sie befürchtete schon, dass Hubert sich danach erkundigen wollte, ob sie das Buch schon in den Händen hielt, doch es war Reggie.

«Hugh zieht Ihren Wagen zwischen Mittagessen und Teatime aus dem Graben und bringt ihn zu mir in die Werkstatt. Ich checke ihn kurz durch, und ab drei können Sie ihn abholen», sagte er. «Und wenn Sie immer noch ein Zimmer brauchen: Ich habe bei meiner Mutter angerufen. Sie können bei ihr übernachten. Sie wohnt im Hillcrest House, Hill Road 64.»

Hätte Reggie jetzt neben ihr gestanden, hätte sie ihn umarmt. «Vielen Dank, dass Sie das alles für mich organisiert haben!» Die Idee, über die Aushilfsstelle an das Buch zu kommen, war ihr so spontan gekommen, dass sie überhaupt nicht mehr daran gedacht hatte, dass das einzige Hotel in Swinton, das um diese Jahreszeit offen hatte, wegen Hughs Familienfeier ausgebucht war. Es war wirklich ein Geschenk des Himmels, dass gerade Reggie sie aufgelesen hatte.

Sie beendete das Telefonat und betrat wieder das Büro. «So!» Sie lächelte Graham an. «Ich bin jetzt bereit für die Führung.»

Der Name *Fuchsbau* traf es wirklich perfekt, denn genauso verzweigt war der Laden. Von dem großen Hauptgang gingen mehrere kleinere Gänge ab, die weitere Zimmer miteinander verbanden, und nach hinten schien sich der Buchladen endlos auszudehnen. Ein richtiges Labyrinth war er.

Überall standen dunkle Holzregale, sogar in den Gängen, und immer wieder gab es kleine Sitzecken mit Sofas und Sesseln, manche aus Leder, andere aus Samt, die dazu einluden, es sich mit einem Buch darin gemütlich zu machen. Es musste ewig her sein, dass Vicky sich das letzte Mal die Zeit genommen hatte zu lesen. Tief sog sie den Geruch nach Staub und alten Buchseiten in sich ein. Offene Kamine in fast jedem Zimmer verbreiteten eine behagliche Wärme.

«Ansonsten würden wir in diesem alten gregorianischen Kasten während der Wintermonate erfrieren», erklärte Graham. «Die Elektroheizung ist nämlich leider kaum jünger.»

Zimmer für Zimmer zeigte er ihr den Laden, und in jedem gab es etwas zu entdecken: wertvoll aussehende Antiquitäten, ausgestopfte Tiere und einen riesigen alten Hut. Hogwarts lässt grüßen, dachte Vicky. Im Musikzimmer baumelte ein Skelett von der Decke, das Geige spielte.

«Das war sicher jemand, der sich hier verlaufen und nie wieder hinausgefunden hat.» Vicky deutete nach oben, und Graham lachte laut auf.

«So groß ist der Laden nun auch wieder nicht. Glauben Sie mir, in zwei Tagen werden Sie sich hier wie zu Hause fühlen.»

In zwei Tagen *war* sie hoffentlich wieder zu Hause! Mit einem äußerst wertvollen Buch im Gepäck.

In der Eingangshalle baute Isla gerade einen Weihnachtsbaum auf, der ganz aus Büchern bestand. Graham lächelte ihr zu. Offenbar trug er die Verschönerung seines Ladens mit Fassung.

«So, und das ist unsere Kasse», erklärte er jetzt. Er trat hinter den Verkaufstresen und nahm den Hammer zur Hand.

«Ich habe schon gesehen, dass man ihr damit zu Leibe rücken muss.»

«Ansonsten funktioniert sie aber tadellos», verteidigte Graham die Kasse. «Ich hoffe, Sie sind jetzt nicht abgeschreckt.»

«Nein, mein Wunsch, in Ihrem Laden auszuhelfen, ist größer als meine Angst, körperliche Gewalt anzuwenden, bevor ich Ihren Kunden ihr Wechselgeld geben kann.» Vickys Wangen fühlten sich von ihrem Dauerlächeln inzwischen schon ganz verkrampft an.

«Sehr gut. Dann nehme ich jetzt Ihre Daten auf. Ich habe nämlich überhaupt keine Mail von der Agentur bekommen.»

«Vielleicht ist sie im Spam-Ordner gelandet.» Vicky spürte, wie ihr Kopf heiß wurde. Sie reichte ihm ihren Personalausweis, und Graham warf einen Blick darauf.

«Sie kommen aus Deutschland! Aufgrund Ihres Nachnamens hätte ich mir das zwar denken können, aber man hört überhaupt keinen Akzent. Ein klein wenig Deutsch kann ich auch, allerdings verstehe ich mehr, als ich sprechen kann.»

«Ich habe mein Abitur auf einer internationalen Schule gemacht und danach in England *History of Art* studiert.»

Gleich nach dem Abitur war Vicky nach York gegangen.

Die Universität dort gehörte zu den besten fünf in Großbritannien. Ihr erstes Auslandspraktikum hatte sie in Florenz gemacht, danach weitere in Auktionshäusern in London und Paris. Ihre erste Festanstellung hatte sie in Wien angetreten – Hubert hatte nicht gewollt, dass sie gleich in seine Firma einstieg. All diese Stationen hatte sie mit Spitzenzeugnissen verlassen. Sie musste niemanden davon überzeugen, dass sich die harte Arbeit, die sie schon seit zehn Jahren leistete, ausgezahlt hatte. Niemanden außer ihren Vater.

«Ich bin beeindruckt.» Graham legte den Kopf schief. «Und mit diesen Qualifikationen wollen Sie wirklich hier im Laden arbeiten?»

Vicky senkte den Blick. Sie war noch nie eine besonders gute Lügnerin gewesen. Daran sollte sie schnellstens arbeiten, denn so, wie es aussah, würde sie in den nächsten Tagen noch einige Lügen brauchen. «Ja, ich liebe Bücher. Und ich muss mal ein paar Wochen raus.»

«Das kann ich gut verstehen.» Er seufzte. «Wo wohnen Sie denn in Swinton?» Er legte den Hammer weg und holte stattdessen einen Schreibblock aus der Schublade unter der Ladentheke.

«In Hillcrest House.»

«Ach! Bei Nanette! Na, dann können Sie sich auf Swintons schillerndste Persönlichkeit freuen.»

Vicky sah ihn zweifelnd an. Noch schillernder als die, die sie bisher kennengelernt hatte?

KAPITEL 9

Vicky

Hillcrest House lag auf einer kleinen Anhöhe und sah mit seinen groben Natursteinen und den vielen Erkern aus wie ein Miniaturschlösschen. Vicky parkte den Mietwagen am Straßenrand und ging auf das halbrunde Eingangsportal zu. Sie hatte sofort mit der Arbeit beginnen wollen - je schneller sie anfing, desto schneller würde sie auch wieder verschwinden können –, doch Graham hatte leider gemeint, dass der nächste Tag vollkommen ausreichte.

Skeptisch musterte Vicky die Tür. Statt einer Klingel gab es einen Türklopfer in Form eines ziselierten Löwenkopfs, der einen goldenen Ring im Maul trug. Vicky ließ ihn gegen das dunkle Holz fallen.

«Einen Moment!», flötete jemand von drinnen. Kurz darauf wurde ihr die Tür geöffnet. Vicky blinzelte und fragte sich, ob sie nicht aus Versehen in einer Kulisse von Downton Abbey gelandet war. Graham hatte nicht zu viel versprochen, als er Nanette als schillernd beschrieben hatte, denn die Frau, die jetzt vor ihr stand, war nicht nur stark geschminkt und hatte ihr blond gefärbtes Haar zu einer perfekt geföhnten Außenwelle frisiert, sie trug auch ein smaragdgrünes Abendkleid aus Samt zu langen Perlenketten und hielt eine Zigarettenspitze in der Hand.

«Oh, wie schön!», rief sie. «Mein Gast aus Deutschland! Herzlich willkommen! Ich freue mich so über Besuch. In den Wintermonaten ist in Swinton immer furchtbar wenig los. Sie sehen übrigens zauberhaft aus, Liebes. Genauso zauberhaft, wie mein Sohn Sie mir beschrieben hat.»

Hatte Reggie das? Vicky spürte, dass sie rot wurde.

«Kommen Sie rein! Ich habe Ihnen das J.-M.-Barrie-Zimmer fertig gemacht. Wenn sich der Nebel endlich verzogen hat, werden Sie sehen, dass es das hellste im ganzen Haus ist, und von dort hat man auch den schönsten Ausblick.»

«J. M. Barrie! Ist das nicht der Autor von Peter Pan?»

«Genau.» Nanettes graue Augen funkelten vergnügt. «Alle unsere Zimmer sind nach schottischen Schriftstellern benannt. Aber das Samuel-Rutherford-Crockett-Zimmer erschien mir für Sie viel zu schottisch, das Robert-Burns-Zimmer zu mädchenhaft und das Sir-Walter-Scott-Zimmer zu opulent.» Sie drückte ihre Zigarette in einem Aschenbecher aus und eilte auf ihren hochhackigen Pantoffeln die Treppe hinauf in den ersten Stock. «Ich achte immer darauf, dass die Zimmer zu meinen Gästen passen. Ich bin gespannt, ob ich Ihren Geschmack getroffen habe.»

Das hatte sie. Das J.-M.-Barrie-Zimmer war entzückend. Die weißen Möbel, der Blauton der Wände, die Blümchenvorhänge an den Fenstern … Das ganze Zimmer sah so hell und luftig aus, dass Peter Pan und die Fee Tinkerbell sich hier sicher auch wohlgefühlt hätten. Ein Exemplar des Klassikers lag auf einem runden Beistelltischchen, gleich neben einer Etagere mit Obst und zwei Törtchen sowie einer Karaffe mit Wasser.

«Ist das alles, was Sie dabeihaben?», fragte Nanette mit Blick auf Vickys Handtasche und den Handgepäckkoffer. «Ich muss gestehen, ich selbst nehme immer viel zu viel mit und verreise grundsätzlich nur mit einem Überseekoffer.» Sie lächelte schelmisch.

«Ja, das ist alles. Ein paar Kleinigkeiten müsste ich mir allerdings noch kaufen. Meine Abreise von Deutschland ...» Vicky stockte. «Sie war ... recht spontan. Gibt es hier eine Drogerie und eine Boutique?»

«Eine Drogerie haben wir nicht, aber bei Jack Pebbles sollten Sie alles bekommen, was Sie brauchen. Es gibt eigentlich nichts, was dieser Mann nicht in seinem Sortiment hat. Und was Kleider angeht ...» Sie begutachtete Vickys Outfit von oben bis unten. «Der Stil meiner Swintoner Mitbürgerinnen ist leider ziemlich rustikal. Am ehesten wird eine Frau wie Sie bei Ann Webster etwas finden, der Ex-Frau vom Doc. Sie führt einen Vintageladen, aber nur mit erlesenen Teilen. In der alten Molkerei sollten Sie sowieso mal vorbeischauen, dort haben in den letzten Jahren ein paar wirklich schöne kleine Läden aufgemacht.»

Rustikal fand Vicky gar nicht so schlecht. Zumindest würde sie in Jeans und Wachsjacke auf den Straßen von Swinton und im Buchladen weniger Aufmerksamkeit erregen als in ihren schicken Designerkleidern. Aber zuerst würde sie die köstlich aussehenden Törtchen essen und sich danach ein paar Minuten aufs Bett legen. Inzwischen war sie so müde, dass sie kaum noch die Augen offen halten konnte.

Als Vicky eine Stunde später ihren Weg ins Dorf antreten wollte, traf sie in der Diele auf Nanette, die vor einer weißen Chippendale-Kommode stand und drei voll erblühte Amaryllen in einer Vase arrangierte. «Da sind Sie ja schon wieder, Liebes. Sie sahen vorhin so erschöpft aus, dass ich Sie gar nicht fragen wollte, was Sie morgens gerne essen. Aber jetzt wirken Sie schon viel frischer. Ich hole Ihnen meine Frühstückskarte, dann können Sie sich in Ruhe etwas aussuchen.» Sie eilte mit klappernden Absätzen davon, und Vicky schaute sich um.

Eine goldene Tapete mit riesigen blutroten Mohnblumen darauf schmückte die Wände, die außerdem über und über mit Bilderrahmen behängt waren. Auf einem der ersten Fotos, dem größten, war Swinton Manor abgebildet, das riesige Gebäude, das sie zuerst für ein Hotel gehalten hatte. Sie erkannte es an den Zinnen und dem hohen Turm, der alles überragte. Nanette, ein schlanker, gut aussehender Mann, der sie um zwei Köpfe überragte, und zwei Kinder standen in der Einfahrt. Der Junge musste Reggie sein. An der Hand hielt er ein kleines Mädchen, das ein weißes Kleid und Lackschuhe mit Rüschensöckchen darin trug. Das Bild darunter war ein Porträt dieses Mädchens. Mit seinen goldblonden Locken und dem runden pausbäckigen Gesicht hätte die Kleine wie ein Engel aussehen können, wenn nicht das verschmitzte Lachen und die funkelnden Augen gezeigt hätten, dass sie es faustdick hinter den Ohren hatte. Das Glas des Bilderrahmens war mit Fingerabdrücken übersät, so als ob es schon viele Hundert Male von der Wand genommen und wieder aufgehängt worden war.

Vicky schlenderte weiter. Der Mann und das Mädchen tauchten noch auf einigen anderen Fotos auf, aber im Gegensatz zu Nanette und Reggie wurden sie nicht älter. Auch auf einem aktuellen Familienfoto - darauf waren auch Rosie und Eliyah zu sehen – waren die beiden nicht zu finden. Was war mit ihnen passiert? Und wieso hatten sich Nanette und ihr Mann mit den Kindern für das Familienfoto gerade vor Swinton Manor aufgestellt?

Das nächste Foto in der Bildergalerie brachte Vicky zum Schmunzeln. Man sah darauf Nanette, wie sie lachend, winkend und in einem eleganten Kleid eine Seilrutsche hinuntersauste. Vicky hätte nichts dagegen, wenn sie in Nanettes Alter auch noch so viel Lebensfreude ausstrahlte.

«Das ist an meinem achtzigsten Geburtstag aufgenommen worden.» Nanette war neben sie getreten. «Leider ist auch der inzwischen ein paar Jährchen her.» Sie seufzte. «Reggie hatte die Flying Fox für mich gemietet. Als Überraschung. Er weiß, wie er seiner alten Mutter eine Freude machen kann. Von der Party hat man in Swinton noch wochenlang gesprochen.» Sie zeigte auf ein Foto, das schräg darunter hing. «Das hier bin ich übrigens auch.» Auf dem Bild in dem ovalen Rahmen war eine junge Frau im Badeanzug zu sehen, die mit herausgedrückter Brust und übereinandergeschlagenen Beinen auf einem Stapel Autoreifen saß und kokett in die Kamera lächelte. «Bevor ich meinen Mann Frank kennenlernte, habe ich als Modell und Tänzerin gearbeitet. Das war ein Skandal, kann ich Ihnen sagen. Der Herr über Swinton und das Pin-up-Girl. Aber irgendwann haben sich die Leute an mich gewöhnt. Zum Glück kann ich nämlich auch hervorragend Kuchen backen.» Sie kicherte.

Der Herr über Swinton! «Dann gehört Ihnen Swinton Manor? Auf dem Weg hierher bin ich daran vorbeigekommen.»

Ein Schatten fiel auf Nanettes gerade noch so vergnügtes Gesicht. «Es hat mir gehört. Aber das ist lange her. - So, Liebes, nun aber zu Ihrem Frühstück morgen. Hier ist die Karte. Diesen Sommer habe ich Avocado-Toast mit pochierten Eiern in meine Menüliste aufgenommen, und es kam bei den Gästen gut an.»

Der Nebel und der Regen hatten sich verzogen, und es hatte angefangen zu schneien, als Vicky das Hillcrest House verließ. Sie überlegte, ob sie das Auto nehmen sollte, um ihre Einkäufe zu erledigen, aber dann entschied sie sich dafür, zu Fuß zu gehen. Auch wenn sie dafür wirklich nicht das perfekte Schuhwerk anhatte. Aber bis zur Main Road war es nicht weit, und vom vielen Sitzen fühlten sich ihr Nacken und die Schultern immer noch ganz verspannt an.

Vicky streckte sich ein paarmal und ließ dann den Blick schweifen. Kleine, perfekt geformte Schneeflocken tanzten vom milchweißen Himmel. Schon bald würden sie Straßen, Büsche und Bäume bedecken. Und die pastellfarbenen Häuschen, die hier oben fast alle so feudal wie Hillcrest House waren. Sie lagen eingebettet in Marschwiesen, und gleich dahinter erstreckte sich das Meer. Wie sie es liebte! Der Wind trieb seinen salzigen Geruch bis zu ihr auf den Hügel hinauf, und sie atmete ihn tief ein. Obwohl es erst halb vier war, leuchteten die Hügel schon kupferfarben. Bald würde die Sonne untergehen.

Ha-ha. Ha-ha-ha, machte über ihrem Kopf irgendwo eine Lachmöwe, und auf einmal war auch Vicky nach Lachen zumute. Sie war sich nicht sicher, ob sie an Schicksal glaubte, aber sie wusste auch nicht, wie sie die Anhäufung von Zufällen sonst beschreiben sollte, die sie in dieses

Städtchen mit seinen verrückten Bewohnern geführt hatte. Zu diesem Buch, das - sollte sie es schaffen, es Graham abzukaufen - die Erfüllung ihrer Träume bedeuten könnte.

Sobald die Information an die Öffentlichkeit gelangte, dass eine der wenigen Erstausgaben von *Alice im Wunderland* aufgetaucht war, einem der berühmtesten Kinderbücher aller Zeiten, würden nicht nur Fachzeitungen, sondern auch die Tagespresse darüber berichten. Ihr Fund wäre eine genauso große Sensation wie der der *Welken Blätter* ein paar Jahre zuvor.

Vor ihrem inneren Auge sah Vicky, wie das Buch in den vollkommen überfüllten Auktionssaal getragen wurde und ein Raunen durch das Publikum ging. Franz, der seit Jahren fast alle Auktionen im Kunsthaus Lambach leitete, pries das Buch an. Seine Geschichte, die kunstvollen Zeichnungen darin, seine Bedeutung für die Literaturwelt. Gebote wurden abgegeben. Nicht zögernd und vereinzelt, so wie es bei manchen Stücken der Fall war, sondern die Leute überschlugen sich, um dieses ganz besondere Buch zu bekommen, und am Ende wurde es für eine exorbitante Summe an einen reichen Sammler verkauft. Vicky sah Hubert vor sich, wie er dem Sammler zu seinem Kauf gratulierte und sie anschließend mit einem Gesichtsausdruck betrachtete, den sie viel zu selten von ihm zu sehen bekam: Stolz.

Vicky breitete die Arme aus, legte den Kopf in den Nacken und blickte in den Himmel hinauf. Sie schloss die Augen, spürte die Schneeflocken auf ihrem Gesicht, wie sie auf ihrer Haut zu kühlen Bächlein wurden, und dann drehte sie sich mit ausgebreiteten Armen übermütig im Kreis.

KAPITEL 10

Finlay

Glaubst du, das ist ein Engel?»

«Quatsch!» Obwohl Gertie nur zwei Monate älter war als Finlay, gelang es ihr mit einem einzigen mitleidigen Blick aus ihren braunen Augen, dass er sich wie ein kleines Baby fühlte. «Es gibt keine Engel.» Sofort bedauerte er es, dass er bei ihr geklingelt und sie gefragt hatte, ob sie Lust hatte, mit Tyson und ihm rauszugehen.

«Aber sie ist weiß angezogen, so wie Engel. Und es sieht aus, als ob sie gleich fliegen würde.» Finlay zog den Mops von einem Hundehaufen weg.

«Ich glaube, sie tanzt», sagte Gertie.

«Wieso macht sie das?»

«Keine Ahnung, aber wir können sie fragen.»

Bevor Finlay sie davon abhalten konnte, war Gertie schon davongestapft.

«Wieso tanzt du hier draußen?», fragte Gertie, und die blonde Frau blieb stehen und sah auf seine Freundin hinunter.

«Ich tanze nicht», antwortete sie. «Wobei … vielleicht doch. Hast du noch nie im Schnee getanzt?»

«Nein, nur bei mir zu Hause, auf Kindergeburtstagen und in der Ballettschule.»

«Du solltest es unbedingt mal im Schnee probieren.» Auf der Wange der Frau erschien eine kleine Kuhle. Grübchen nannte man die, hatte Daddy ihm einmal erklärt. «Wie heißt du?», fragte sie.

«Gertie. Und das sind Finlay und Tyson.»

«Hi!» Finlay hob die Hand. Er fühlte sich ganz unbehaglich, weil die Augen der Frau bei seinem Anblick auf einmal ganz groß geworden waren. Tyson dagegen freute sich über ihre Aufmerksamkeit. Sein Ringelschwanz fing an zu wackeln, und er legte sich in sein Geschirr und zerrte Finlay hechelnd zu ihr hinüber.

«Und wie heißt du?», fragte Gertie.

«Vicky», antwortete die Frau.

«Ich habe dich hier noch nie gesehen.»

«Das kommt daher, dass ich eigentlich in Deutschland wohne und erst heute Morgen angekommen bin.» Vicky hielt Tyson die Hand hin. «Du bist ja ein freundliches Kerlchen!» Ihre Finger zitterten leicht, stellte Finlay fest, und das wunderte ihn, denn sie wirkte nicht so, als hätte sie Angst vor Hunden. «Bin ich auf dieser Straße eigentlich richtig, wenn ich ins Dorf will?»

Gertie nickte. «Ja. Wir müssen jetzt auch nach Hause, um Hausaufgaben zu machen. Du kannst mitkommen, dann zeigen wir dir den Weg.»

«Hast du deinen Hund eigentlich nach Mike Tyson benannt, dem Boxer?», fragte Vicky Finlay, als sie zu viert den Hügel hinuntergingen.

Gertie antwortete an seiner Stelle. «Finlays Opa hat das gemacht», sagte sie. «Weil er eine genauso platte Nase hat.»

«Der Boxer hat mal jemandem ein Stück vom Ohr abgebissen.» Jetzt erst traute sich auch Finlay, etwas zu sagen. «Aber das würde Tyson nie machen. Wobei ... vielleicht bei einer Katze. Katzen mag er nicht. Aber die meisten sind sowieso viel schneller als er. Gran sagt, er muss ein bisschen abnehmen.»

«Heißt dein Opa Paul?», fragte Vicky unvermittelt.

Finlay nickte verwundert. «Woher weißt du das?»

«Ich bin Tyson und ihm heute Morgen begegnet. Und deinem Papa. Ich werde ihm in der Weihnachtszeit im Laden helfen.»

«Cool!», rief Gertie.

«Wieso findest du das cool?», wollte Vicky wissen.

Das fragte Finlay sich auch.

«Weil es cool ist, in einem Buchladen zu arbeiten. Bücher sind cool. Jedenfalls wenn es keine Schulbücher sind.» Gertie strahlte, und Finlay verstand gar nichts mehr. Im Gegensatz zu ihm las sie überhaupt nicht, sondern sah viel lieber fern. «Und Finlays Dad ist auch cool», plapperte sie weiter. «Mögen Sie ihn? Alle Frauen mögen Finlays Dad, sagt meine Mum.»

Finlay spürte, wie sein Kopf ganz heiß wurde. Was war denn nur in Gertie gefahren?

Doch Vicky lachte nur. «Na, dann bin ich ja ein richtiger Glückspilz, dass ich die Stelle bekommen habe!» Sie sah sich um. «Fahrt ihr gerne Schlitten? Wenn es so weiterschneit, liegt bestimmt bald genug Schnee dafür.»

Finlay war froh, dass sie vom Thema ablenkte, und er war auch froh, als hinter der nächsten Kurve das Honeysuckle Cottage auftauchte. Er machte Tyson von der Leine los, und der Hund lief durch das offene Tor in den Garten.

«Hier wohnt Finlay, und wir wohnen daneben. Finlay und ich sind Nachbarn.» Gertie zeigte auf das *Rose Cottage*, das mit seiner leuchtend rot gestrichenen Tür und den ebenso roten Fensterläden und der ganzen Weihnachtsdekoration im Vorgarten viel hübscher aussah.

Aber Vicky schaute nur auf das *Honeysuckle Cottage*. Anscheinend gefiel es ihr, was Finlay wirklich freute. Was ihn weniger freute, war, dass Gertie sich immer merkwürdiger benahm.

«Komm uns doch mal besuchen», sagte sie zu Vicky, und Vicky antwortete lächelnd: «Das werde ich bestimmt.»

«Was ist denn los mit dir?», fragte er Gertie, nachdem sie sich von Vicky verabschiedet hatten. «Du liest doch überhaupt keine Bücher! Und warum soll sie uns besuchen kommen? Und wieso hast du gesagt, dass alle Frauen Dad mögen?»

Aber Gertie gab ihm keine Antwort. Stattdessen legte sie ihre Hände in den viel zu großen Handschuhen auf seine Schultern und sah ihn ernst an. «Finlay», sagte sie, «ich habe eine neue Mutter für dich gefunden.»

Finlay blieb der Mund offen stehen, so wie Vicky gerade beim Anblick des Honeysuckle Cottages. Er wusste nicht, was er darauf erwidern sollte, aber das musste er auch gar nicht, denn Gertie redete schon weiter: «Glaub mir, sie wäre ideal. Sie ist zwar kein Engel, aber sie ist so hübsch wie einer. Sie trägt schöne Kleider, sie ist total nett, sie mag Hunde, und anscheinend mag sie uns auch. Und das Beste ist: Sie wird bei euch im Laden arbeiten. Dein Dad und sie werden also ganz viel Zeit miteinander verbringen.» Gertie grinste breiter als die Grinsekatze aus *Alice im Wunderland*. «Es spricht also wirklich alles dafür, dass sie deine neue Mutter wird.»

KAPITEL 11

Vicky

Nachdem die Kinder gemeinsam in dem hübschen Rose Cottage verschwunden waren, blieb Vicky noch einen Moment stehen, um das Honeysuckle Cottage ein wenig genauer zu betrachten. Der hellblaue Lack der Tür war schon etwas abgeblättert, genau wie der weiße an den Sprossenfenstern. Sie konnten einen neuen Anstrich gebrauchen, dachte Vicky. Auch das Dach des Natursteinhäuschens gehörte erneuert. Es bog sich durch wie der Rücken eines alten Pferdes. Graham wäre total verrückt, wenn er ihr nicht ihren Herzenswunsch erfüllte, sondern ihr Angebot ausschlug. Das Geld konnte er offensichtlich gut gebrauchen.

Sie wandte sich ab und setzte ihren Weg ins Dorf fort. Nur ein paar Minuten später hatte sie die Main Road erreicht. Erst jetzt fiel Vicky auf, dass die Straße so kerzengerade durch den kleinen Ort führte, dass man bis zum anderen Ende schauen konnte. Gerade wurde die Weihnachtsbeleuchtung aufgehängt. Zwei Männer spannten Lichterketten über die Straße. Die meisten Ladenbesitzer waren Graham tatsächlich schon voraus, denn fast alle hatten ihre Schaufenster bereits festlich geschmückt. Am verrücktesten dekoriert waren die des Friseurladens: Scheren, Föhne, Glätteisen und Bürsten baumelten von Lamettagirlanden, Haarspraydosen und Shampooflaschen trugen Weihnachtsmützen. Ein großes Rentier, das einen Schlitten voller Haarpflegeprodukte hinter sich herzog, hatte eine blonde Perücke mit Lockenwicklern auf dem Kopf. Das war sicher Islas Werk. Vicky musste unwillkürlich lächeln.

Besonders hübsch fand sie ein kleines Café mit dem Namen *Sweet Little Things*. Dort gab es neben köstlich aussehenden Törtchen auch jede Menge Nippes: Traumfänger, Postkarten, hübsche Vasen, Bilderrahmen und vieles mehr sah Vicky in dem kleinen, ganz in Rosa und Weiß gehaltenen Laden. Hinter dem Verkaufstresen stand eine hübsche, ein wenig mollige Frau mit schulterlangen brünetten Haaren und band eine babyblaue Schleife um einen rosafarbenen Karton. Vor dem Verkaufstresen lag ein schokofarbener Labrador in einem Korb und schlief. Die Szene hätte aus einem Werbespot stammen können.

Auch am *Craft Hotel* kam Vicky vorbei. Dort trat gerade eine ganze Horde älterer Damen durch die Tür. Keine schien jünger zu sein als achtzig. Alle wirkten außerordentlich gut gelaunt, waren schick und ausgesprochen glitzernd gekleidet und trugen Partyhütchen. Ob Hughs Schwiegermutter auch unter ihnen war?

In *Pebbles Shop* kaufte Vicky ein Deo, eine Schachtel Minzbonbons und eine Wärmflasche, denn im Hillcrest House war es ziemlich kalt gewesen. Tatsächlich schien der griesgrämige Besitzer dieses Ladens so ziemlich alles zu führen, was man sich vorstellen konnte: von Kaminholz über Zeitungen bis hin zu Süßigkeiten, die in großen Gläsern hinter der Kasse standen. Vicky fühlte sich wie in *Charlie und die Schokoladenfabrik* - und in ihre Kindheit zurückversetzt. Zu Hause, in dem Tante-Emma-Laden um die Ecke, der inzwischen längst einem Wohnhaus zum Opfer gefallen war, hatte es auch solche Gläser gegeben.

In der Boutique, die nur ein Haus weiter lag, fand Vicky auch genau die Art von rustikaler Kleidung, von der Nanette gesprochen hatte. Sie entsprach zwar nicht unbedingt ihrem Geschmack, aber immerhin würde sie nicht mehr angeschaut werden wie ein kariertes Zebra, wenn sie darin durch die Stadt lief. In dem Laden mit dem witzigen Titel *Cat with a Hat* gab es, wie der Name bereits vermuten ließ, eine ganze Menge Hüte in den unterschiedlichsten Formen und Farben, aber auch Kleider, die zweckmäßig, aber nicht völlig unmodern waren. Vicky erstand eine dunkelblaue eng anliegende Jeans, einen dunkelblauen Wollpullover, einen cremefarbenen mit Zopfmuster und ein Paar schwarze gefütterte Stiefel, klobig wie Motorradschuhe, aber unglaublich bequem.

Catherine, die Besitzerin der Boutique, die einen schwarzen Bowler mit Nadelstreifen trug, war ganz aus dem Häuschen, als Vicky mit ihrer Ausbeute zu ihr an die Kasse trat. So viel verkaufte sie sonst wahrscheinlich an einem Tag, vielleicht sogar in einer Woche. Angesichts der vielen Papiertüten, mit denen Vicky kurz darauf das *Cat with a Hat* verließ, bedauerte sie es, nicht doch mit dem Auto gefahren zu sein.

Da die Alte Molkerei nun nur noch ein paar Hundert Meter entfernt lag, beschloss Vicky dennoch, auch dort vorbeizuschauen. Neben dem *Vintage & Couture*, der Secondhandboutique, von der Nanette gesprochen hatte, gab es hier auch einen Kunstschmied, einen Tee- und Geschenkeladen und ein Blumengeschäft. Schließlich entdeckte Vicky auch eine kleine Galerie. Entschlossen ging sie darauf zu und trat ein.

Das meiste war nichts Besonderes. Überwiegend Landschaftsmalereien und Impressionen von Swinton-on-Sea. Nette Bilder in Acryl und Öl, manchmal auch Aquarelle, wie sie jeder leidlich begabte Hobbykünstler hinbekam und die in überschwänglichem Urlaubsgefühl gerne von Touristen gekauft wurden, zu Hause aber selten den Weg an die Wohnzimmerwand fanden. Einige Zeichnungen jedoch erregten Vickys Interesse.

Es waren Buntstiftzeichnungen, die sie in ihrer Naivität und mit ihren leuchtenden Farben an Kinderbilder erinnerten. Sie meinte, etwas in der Art schon einmal gesehen zu haben, konnte sich aber nicht erinnern, wo. Doch das war nicht der Grund, wieso sie den Blick nur schwer von den Zeichnungen lösen konnte. Trotz ihrer Farbenpracht hatten alle Motive etwas Verlorenes, Melancholisches an sich, und sie berührten Vicky auf eine Weise, wie es auch die Sidonie-Springer-Druckgrafik getan hatte. Da war eine tanzende Frau, über deren Kopf vier Vögel flogen, und ein Junge, der inmitten eines üppigen Gartens in einem Sessel saß und las. Ein weiteres Bild zeigte zwei Mädchen, die an einem Strand saßen und in den Sternenhimmel schauten. *E. Smith* stand klein und unscheinbar in der rechten unteren Ecke der Bilder.

Vicky beschloss, den Galeristen nach diesem Künstler – oder der Künstlerin – zu fragen, aber weit und breit war niemand zu sehen. Sie hätte vermutlich auch eines der Bilder nehmen und damit auf Nimmerwiedersehen verschwinden können, denn die Kunstwerke sahen nicht aus, als wären sie alarmgesichert. Erst beim Hinausgehen entdeckte Vicky ein kleines Schild im Schaufenster, auf dem stand, dass man sich bei Interesse an Ann Webster aus der Vintage-Boutique nebenan wenden sollte.

In der Vintage-Boutique gab es tatsächlich eher ausgefallenere Kleidung. Eine Kleiderpuppe trug ein wunderschönes Brautkleid, eine andere einen strengen Hosenanzug, wie ihn Marlene Dietrich in *Marokko* anhatte, die dritte ein Rockabilly-Kleid mit weitem Petticoat. Auch auf den Stangen hingen durchweg exklusive Einzelstücke, und was Vicky am meisten faszinierte: Zu vielen gab es kurze Geschichten über den früheren Besitzer. Ein schwarzes, perlenbesetztes Charleston-Kleid mit langen Fransen hatte laut der Mitteilung, die am Kleiderbügel hing, einmal einer Pariser Varieté-Tänzerin gehört. Vicky stellte sich unwillkürlich eine Frau wie Nanette vor, eine zierliche, energiegeladene Person, die sich - in der einen Hand eine Zigarettenspitze, in der anderen ein Glas Champagner - mit Männern unterhielt, unter deren Dandy-Anzügen Hosenträger hervorlugten, während eine Jazzband vor schweren Samtvorhängen spielte.

Als es das Kunsthaus Lambach noch lange nicht gegeben hatte und Hubert noch das Antiquitätengeschäft seines Vaters führte, hatte er zu jedem der Stücke im Laden etwas erzählen können, und er hatte dabei so voller Leidenschaft gewirkt. Wann war seine Leidenschaft für Kunst eigentlich durch die für Geld abgelöst worden?

«Haben Sie die Geschichten selbst geschrieben?», fragte

Vicky die Besitzerin, eine hübsche Frau von Anfang vierzig mit langen, glatten kastanienfarbenen Haaren, als sie mit einem hübschen schwarz gemusterten Seidenschal an die Kasse trat.

«Ja.» Ein Lächeln huschte über Ann Websters schmales Gesicht. «Ich bin immer auf der Suche nach exklusiven Kleidern von interessanten Vorbesitzern. Dafür fahre ich durch ganz Schottland, manchmal sogar bis nach England. Die meisten Stücke verkaufe ich allerdings nicht hier im Laden, sondern über das Internet.»

«Alles andere hätte mich auch gewundert.» Vicky konnte sich ein Grinsen nicht verkneifen. «Aber ich gehe davon aus, dass Nanette McDonald hier Stammkundin ist.»

Ann Webster zog die Nase kraus. Sie hatte ein paar vereinzelte Sommersprossen, genau wie Isla. Überhaupt sah sie Isla ziemlich ähnlich. «Nanette ist in der Tat eine meiner besten Kundinnen. Wohnen Sie in ihrem B & B? Ich habe Sie in Swinton noch nie gesehen.»

«Ja, ich wohne im Hillcrest House.» Vicky überlegte kurz, dann fügte sie hinzu: «Ich helfe während der Vorweihnachtszeit im *Reading Fox* aus.» Vielleicht konnte sie von Ann noch etwas über Graham erfahren? Je mehr sie über ihn wusste, desto besser. Jede Information konnte der Schlüssel zu dem Buch sein. Leider tat ihr die Frau nicht den Gefallen, sie mit Klatsch zu versorgen, sondern sagte nur: «Wie schön, dass Graham Unterstützung hat. Im Dezember hat er immer viel zu tun.»

Vicky bezahlte den Seidenschal. Im Gegensatz zu Grahams Kasse war die von Ann Webster vollelektronisch. «Ich habe außerdem noch ein anderes Anliegen», sagte sie, nachdem sie das Wechselgeld eingesteckt hatte. «In der

Galerie nebenan steht, dass man sich bei Interesse an Sie wenden soll. Ich interessiere mich für einen Künstler oder eine Künstlerin namens E. Smith.»

«E. Smith sagt mir leider gar nichts. Ich kenne mich mit Kunst überhaupt nicht aus und weiß gerade einmal, wer Picasso, Monet und Salvador Dalí waren», entschuldigte Ann Webster sich. «Ich habe den Laden nur Al zuliebe mit übernommen. Er hat einen Bandscheibenvorfall, und es wird wohl noch ein paar Wochen dauern, bis er wieder im Laden steht.»

«Ich bin vorhin einfach so hineinspaziert. Haben Sie denn gar keine Angst, dass jemand etwas stiehlt?», fragte Vicky.

Ann Webster lachte auf. «Nein, Swinton hat wahrscheinlich die niedrigste Kriminalitätsrate von ganz Schottland. Hier passiert nie etwas. Und unter uns gesagt hat Al selbst in den Sommermonaten kaum Kundschaft. Ich frage mich schon länger, wieso er die Galerie nicht längst geschlossen hat. Ich erkundige mich aber gern bei ihm nach diesem E. Smith. Kommen Sie Anfang der nächsten Woche wieder vorbei. Oder rufen Sie an!» Sie reichte Vicky ihre Karte.

Es war bereits dunkel, als Vicky die Alte Molkerei verließ. Am Abendhimmel glitzerten ein paar Sterne mit den Lichterketten der Weihnachtsbeleuchtung um die Wette.

Auf dem Weg zurück zum Hillcrest House kam sie zwangsläufig noch einmal am Honeysuckle Cottage vorbei. Da keine Vorhänge vor den Fenstern hingen, sah sie Clint Eastwood alias Paul drinnen herumwerkeln. Wahrscheinlich kochte er. Aus einem der Schornsteine stieg Rauch. Durch ein anderes Fenster sah sie Finlay an einem großen Holztisch sitzen. Er nagte an einem Bleistift, ein aufgeschlagenes Heft lag vor ihm.

Ein Auto fuhr vor, ein schwarzer Mini Cooper. Graham saß darin. Vicky trat unwillkürlich hinter einen kahlen Busch und beobachtete, wie er ausstieg. Kaum hatte er die Gartentür geöffnet, ging die Tür auf, und Finlay rannte hinaus. Der Mops folgte ihm auf seinen kurzen Beinen.

«Endlich!», rief Finlay und stürzte sich in die Arme seines Vaters. «Ich habe den besten Aufsatz der Klasse geschrieben. Mrs Snuggle meint, ich soll Schriftsteller werden!»

«Bei den Eltern habe ich nichts anderes erwartet.» Vicky hörte das Lächeln in Grahams Stimme. Er hob seinen Sohn hoch und wirbelte ihn herum. Finlay kreischte vor Vergnügen, der Mops hüpfte auf und ab, aus dem Cottage drang der köstliche Duft von geschmortem Fleisch, und obwohl Vicky wusste, was Vater und Sohn verloren hatten, beneidete sie die beiden in diesem Augenblick.

KAPITEL 12

Vicky

«Kra-kra, Kra-kra!»

Vicky blinzelte, und es dauerte einen Moment, bis sie erkannte, dass sie sich nicht in ihrem Münchner Apartment befand, sondern im J.-M.-Barry-Zimmer von Hillcrest House. In Schottland. Und dass nicht ihr Radiowecker sie geweckt hatte, sondern das Geschrei der Möwen.

Mit bloßen Füßen tapste sie über den knisternden Polyesterteppich zum Fenster und öffnete es. Die Luft war frisch und klar wie ein Fisherman's Friend und nicht, wie zu Hause, geschwängert von Abgasen und Essensdünsten. Vicky blickte auf einen Flickenteppich von schneebestäubten Dächern, bewachsen mit struppigen Grasbüscheln, auf denen Schornsteine aus grauen, graugrünen, blauen und schwarzen Steinen saßen. Jedes Dach sah anders aus, und die Gärten waren genauso individuell. Steinmauern trennten sie, angenagt vom Zahn der Zeit, und sie wurden von braunen, blattlosen Efeuranken durchzogen. Anders als gestern leuchtete der Himmel blau. Er spannte sich über Hügel und Wiesen, die weiß von Schnee waren.

Eine Straße führte durch sie hindurch und schien im

Nichts zu verschwinden. Vielleicht führte sie nach Swinton Manor. Wie ein in die Jahre gekommener Wächter thronte das Anwesen auf einer der Hügelkuppen, um ein Auge auf die Einwohner des Küstendörfchens zu haben.

Kälte kroch über ihre nackten Füße in ihren Körper, und Vicky fröstelte es. Es war eisig im Zimmer. Zwar hatte es eine Heizung, aber die dicken Wände von Hillcrest House waren kalt, und die Wärme schien durch die Ritzen des alten Mauerwerks sofort wieder zu entweichen. Bei ihrer Ankunft hatte sie sich über das unglaublich dicke Federbett gewundert. Jetzt wusste sie, warum ihre Decke so dick und hoch wie das Frosting eines Cupcakes war.

Nachdem Vicky in die Jeans und den dunkelblauen Wollpullover geschlüpft war, die sie gestern gekauft hatte, ging sie hinunter in Nanettes minzfarbene Küche, wo sie von Kaffeegeruch empfangen wurde. Und von Wärme. Wie im *Reading Fox* hatte auch im Hillcrest House fast jedes Zimmer einen eigenen Kamin. Den in der Küche hatte Nanette mit getrockneten Lavendelsträußchen geschmückt. Ein Feuer flackerte darin, und Vicky spürte, wie die Kälte langsam von ihr wich.

«Guten Morgen, Liebes!» Heute war Nanette nicht so opulent gekleidet wie gestern, sondern trug einen schlichten Hausanzug aus violettem Nickistoff. «Setzen Sie sich und nehmen Sie sich eine Tasse Kaffee. Ich muss schnell noch die pochierten Eier machen und den Toast rösten, damit Sie alles schön warm essen können. Alles andere ist schon vorbereitet.»

Vicky nahm an dem großen Holztisch Platz. In den Sommermonaten, wenn mehrere Gäste daran saßen, war es bestimmt sehr gemütlich in dieser Küche. So ganz allein fühlte Vicky sich allerdings etwas verloren. Nachdem sie ein paar Schlucke Kaffee getrunken hatte, zückte sie ihr Handy. Gestern war sie zu müde gewesen und schon früh ins Bett gegangen. Nun googelte sie den Namen E. Smith. Obwohl Smith so ein gebräuchlicher Name war, spuckte die Suchmaschine tatsächlich ein paar passende Ergebnisse aus. Doch viel gaben die nicht her. Vicky erfuhr lediglich, dass E. Smith ein schottischer Kinderbuchillustrator war, der zurückgezogen in einer kleinen Stadt an der Südwestküste Schottlands lebte. In einer kleinen Stadt an der Südwestküste ... Vicky nagte an ihrer Unterlippe. Swinton lag an der Südwestküste! Vielleicht wohnte der Mann oder die Frau sogar hier.

Sie fragte Nanette nach ihm, als sie die beiden Avocado-Toasts mit pochierten Eiern vor sie stellte, doch auch Nanette hatte den Namen noch nie gehört.

«Dabei kenne ich jeden hier», sagte sie erstaunt und setzte sich neben Vicky auf einen Stuhl. «Viele Einwohner hat Swinton ja nicht. Das war früher mal anders, als der Hafen noch eine Bedeutung hatte und die Molkerei und die Destillerie noch nicht geschlossen waren.» Sie griff nach der Thermoskanne und schenkte sich einen Kaffee ein. Die Tasse war, ebenso wie die von Vicky, am Rand leicht angeschlagen. «Ich bin wirklich froh, dass Sie gekommen sind, Liebes.» Sie lächelte Vicky an. Trotz der frühen Morgenstunde trug sie bereits Lippenstift. «Im Winter, wenn kaum Touristen kommen, ist es immer ein wenig einsam hier. Gestern konnte ich immerhin mal wieder ausgehen. Zumindest zum Mittagessen. Eine alte Freundin von mir hatte Geburtstag. Es war der siebenundneunzigste!» Es schauderte sie sichtlich. «Aber in meinem Alter sind Geburtstagsfeiern einfach nicht mehr dasselbe wie früher. Jedes Mal ist eine Person weniger dabei. Wenn das so weitergeht, werde ich meinen Pimm's an meinem Hundertsten allein trinken müssen, habe ich zu meinem Enkel gesagt.» Sie schaute Vicky mit ihren blassblauen Augen an. «Eliyah arbeitet übrigens auch bei Graham. Haben Sie ihn schon kennengelernt?»

Vicky nickte. Der Avocado-Toast schmeckte köstlich. Herzhaft biss sie ein weiteres Stück davon ab.

«Er macht mir etwas Sorgen.» Nanette gab einen Teelöffel Zucker in ihren Kaffee. «Wenn er sich nicht im Keller des Buchladens vergräbt, um Bücher zu sortieren, sitzt er in seinem Zimmer und liest. Nicht, dass ich etwas dagegen hätte, ich lese selbst hin und wieder gern ein gutes Buch. Aber wie soll er denn auf diese Weise jemals ein nettes Mädchen kennenlernen?»

Diese Sorge kam Vicky bekannt vor. Nur dass in ihrem Fall nicht ihre Oma davon geplagt wurde, sondern Eva. Weil Vicky ihrer Meinung nach viel zu viel arbeitete.

«Welche Art von Büchern lesen Sie denn gerne?», fragte sie Nanette. Bestimmt waren es Liebesromane.

«Thriller. Je blutiger, desto besser. Und am liebsten die von Ian Rankin oder Val McDermid.» Nanette kicherte. «Ich mache mir dann ein Feuer im Kamin, kuschele mich in eine dicke Decke, trinke einen Rotwein oder ein Glas Whiskey und freue mich daran, wie gut ich es im Vergleich zu den armen Menschen in den Büchern habe. Außerdem bringt es etwas Würze in mein Leben. Hier in Swinton passiert außerhalb der Festivals leider so gut wie nie etwas Aufregendes.» Sie seufzte. «Wenn Sie gleich zum Buchladen gehen, würden Sie Eliyah daran erinnern, dass wir heute

Abend eine Verabredung zum Schlittenfahren haben?» Sie nahm ihre Zigarettenspitze von der Küchenablage und zündete sie sich an.

«Zum Schlittenfahren?» In München machten das nur Menschen, die jünger als zwölf waren.

Doch Vicky hatte sich nicht verhört, denn Nanette nickte. «Der Winter ist bei uns die Zeit für Winter-Pimm's, warme Eintöpfe, Abende vor dem Kaminfeuer und Schlittenfahren, wenn mal Schnee liegt. Das kommt leider nicht besonders oft vor. Vor allem das erste Schlittenfahren des Winters ist immer etwas ganz Besonderes. Jeder geht hin. Sie sollten mich begleiten, Liebes!» Nanette stieß einen Rauchkringel aus.

Nein, das sollte ich nicht, dachte Vicky. Sie sollte schauen, dass sie so schnell wie möglich an das Buch kam, und dann verschwinden. Hubert hatte ihr bereits gestern Abend eine Nachricht geschrieben und gefragt, wann sie zurückkam. Heute Morgen war bereits die nächste gefolgt. Bisher hatte sie seine Nachrichten ignoriert, aber lange würde er sich nicht mehr hinhalten lassen. Sie musste Graham so schnell wie möglich davon erzählen, welche wundervollen Kindheitserinnerungen sie mit *Alice im Wunderland* verband, und darauf hoffen, dass er darauf einging und den Bogen zu seiner Ausgabe schlug.

«Wo ist denn Graham?», fragte Vicky Eliyah, der gerade mit einem Buch in der Hand durch den Laden marschierte.

«Hat er Ihnen nichts gesagt?» Eliyah sortierte das Buch in einem der Regale ein. «Der kommt heute nicht. Er ist den ganzen Tag unterwegs, um Bücher zu kaufen.»

Oh nein! Langsam wurde Vicky nervös. Hubert hatte

ihr gerade zum dritten Mal geschrieben. Was sollte sie ihm antworten? Dass sie das Buch noch nicht hatte und selbst nicht wusste, wann sie wieder zurückkommen würde? Weil sie eine Stelle als Aushilfsbuchhändlerin angenommen hatte?

Nachdem Eliyah ihr alles gezeigt hatte, verschwand er mit den Worten «Rufen Sie mich, wenn Sie nicht weiterwissen, und ich eile herbei!» im Keller. Zum Glück waren nur wenige Kunden im Laden, und keiner von ihnen schien Hilfe zu benötigen. Oder bezahlen zu wollen. Vicky hoffte, dass sie nicht den Hammer einsetzen musste, um die Registrierkasse zu öffnen.

Isla hatte ganze Arbeit geleistet, stellte Vicky fest, als sie durch den Fuchsbau schlenderte. In jedem Fenster hing ein Stechpalmenkranz. Das Rot ihrer Schleifen harmonierte wunderbar mit dem flaschengrünen Holz der Fenster. Schleifen schmückten auch die künstlichen Tannengirlanden an den Wänden. Schalen mit Potpourri dufteten köstlich nach Marzipan, Zimt und Vanille, und neben den Tannenbäumen aus Buchseiten hatte Isla auch ebensolche Sterne aus einem ihrer vielen Kartons gezaubert. Das Mädchen hatte wirklich Talent. Genau wie Dawid. Der Pförtner ihrer Apartmentanlage zu Hause, überhaupt München, erschien ihr bereits jetzt, nach nur einem Tag in dieser kleinen Stadt, erschreckend weit weg.

Den ganzen Vormittag über ging es ruhig zu, und Vicky verkaufte nur drei Bücher - die Registrierkasse ging zum Glück beim dritten Schlag mit dem Hammer auf –, aber nach ihrer Mittagspause füllte es sich merklich. Vicky kam überhaupt nicht dazu, darüber nachzudenken, dass Hubert inzwischen weitere zwei Male versucht hatte, sie anzurufen.

Ich melde mich heute Abend, hatte sie ihm immerhin geschrieben, damit er sich keine Sorgen machte.

Leider zeigte sich schnell, dass nicht alle Kunden so pflegeleicht waren wie die am Morgen. Ein junger Schnösel mit Hipster-Brille versuchte doch allen Ernstes, noch einen Rabatt auszuhandeln, obwohl die drei Bücher, die er ihr an die Kasse brachte, zusammen nicht mehr als zehn Pfund kosteten. Ein alter Mann nieste sie beim Abkassieren an. Eine gestresst aussehende Frau zerrte ein kleines Mädchen in den Laden, das einen Lolli in der Hand hielt und seine klebrigen Fingerabdrücke überall verteilte. Als besonderes Highlight zerbrach das Kind am Ende ein Windlicht, das Isla gestern aufgestellt hatte. Natürlich waren solche Kunden in der Unterzahl. Trotzdem fühlte Vicky sich wie gerädert, als ihre Schicht um sechs Uhr zu Ende war.

Graham war immer noch nicht aufgetaucht. Nachdem sie sich in einer kleinen Fischbude *Fish and Chips* geholt und beides gleich gegessen hatte, wollte sie nur noch ein Bad in Nanettes frei stehender Badewanne nehmen und danach ins Bett. Doch aus diesem Plan wurde nichts.

«Da sind Sie ja endlich, Liebes!» Als Vicky das B & B erreichte, stand Nanette dick eingepackt vor dem Hillcrest House. «Fast wäre ich ohne Sie losgezogen. Wir wollten doch Schlitten fahren!»

Nanette wollte Schlitten fahren. *Vicky* dagegen wollte ein Bad in Nanettes frei stehender Badewanne nehmen und dann ins Bett! Sie musste am nächsten Tag unbedingt fit sein, um sich, wenn Graham wieder da war, voll und ganz ihrer Mission widmen zu können.

«Worauf warten Sie noch?» Nanette sah sie abwartend an.

«Ich würde ja wirklich gerne, aber leider habe ich keinen Schlitten.»

«Aber das macht doch nichts», zwitscherte Nanette und deutete auf den Schlitten, der vor ihr im Schnee stand. «Wir können uns doch abwechseln!»

KAPITEL 13

Vicky

Der *Swinton Golf Club* lag ein Stück außerhalb der Stadt, und in seiner Mitte ragte ein stattlicher Hügel auf. Das musste der Schlittenberg sein. Sie waren in Nanettes altem Fiat Nuova hingefahren, einem hellblauen Auto, das zwar hübsch aussah, aber winzig war. Vicky hegte schon die schwache Hoffnung, dass auf der Rückbank niemals ein Schlitten Platz finden würde. Einen Kofferraum hatte das Auto nicht, aber letztendlich war der Wagen doch geräumiger, als er aussah.

Als Nanette Vicky gesagt hatte, dass jeder in Swinton Schlittenfahren ging, wenn Schnee lag, hatte sie das für maßlos übertrieben gehalten. Es schien aber tatsächlich ein richtiges gesellschaftliches Event zu sein. Flutlicht war eingeschaltet, Weihnachtsmusik schallte aus Lautsprechern, und überall standen Autos.

Eliyah wartete schon auf sie. «Sind Sie freiwillig mitgekommen, oder hat Granny sie gezwungen?», fragte er, nachdem sie schon aus dem Wagen gestiegen war und Nanette noch einen Parkplatz suchte.

«Na ja, sie hat mir nicht wirklich eine Wahl gelassen»,

sagte Vicky. Sie wäre jetzt wirklich lieber in ihrem Bett gewesen.

Eliyah nickte. «Das dachte ich mir. Mir hat sie damit gedroht, dass ihr schwaches Herz es nicht verkraften würde, wenn ich sie nicht begleite. Das ist wirklich eine ganz besonders perfide Masche von ihr.»

«Ist ihr Herz denn wirklich schwach?» Ihr kam Nanette eigentlich noch ganz rüstig vor.

«Natürlich nicht. Weil sie mich öfter damit erpresst, habe ich sogar letztens Doc Webster danach gefragt. Grannys Herz ist kerngesund. Aber man will sich ja trotzdem nichts vorwerfen müssen.» Er seufzte.

«So, der Spaß kann losgehen!» Nanette hatten den Fiat rückwärts in eine Lücke zwischen zwei Autos gequetscht und war ausgestiegen. Es schien sie überhaupt nicht zu stören, dass er halb auf der Straße stand.

Zu den Klängen von *Let it Snow* betraten sie den Golfplatz. Dort ging es zu wie auf einem Rummelplatz. Überall waren Menschen. Sie standen in kleinen Gruppen herum, zogen Schlitten hinter sich her oder rutschten alleine oder zu zweit einen Hügel hinunter. Auf einem Tisch standen mehrere große Thermoskannen, an zwei weiteren Tischen wurde Essen ausgegeben, Würstchen an dem einen und gebrannte Mandeln an dem anderen.

Nanette schien hier wirklich jeden zu kennen. Immer wieder grüßte sie jemanden oder blieb stehen, um ein paar Worte zu wechseln. «Hast du gesehen, Eliyah? Dorothy kommt auch gerade. So beschwipst, wie sie gestern war, habe ich gar nicht damit gerechnet.» Nanette schaute kichernd in die Richtung einer alten Frau im Rollstuhl, die von einem Mann durch den Schnee geschoben wurde.

«Ist das Hugh?», fragte Vicky, obwohl sie sich diese Frage hätte schenken können. Der Mann war riesig und seine Schultern so breit, dass rechts und links bequem jeweils ein Kind darauf Platz gefunden hätte. Vielleicht sogar sie selbst, wenn sie den Po etwas zusammenkniff. Und seine Hände ... Eine Orange hätte in seiner Handfläche so klein wie eine Lychee gewirkt. Scheinbar mühelos schob er damit den Rollstuhl durch den Schnee.

«Ja, das ist Hugh. - Huhu, ihr Lieben!» Nanette winkte den beiden zu. Hughs gerade noch so finsterer Gesichtsausdruck erhellte sich, er winkte mit einer Pranke zurück und sah dabei gleich viel weniger bedrohlich aus. Vicky beschloss, nachher noch bei ihm vorbeizugehen und sich zu bedanken. Der Preis, den er für das Abschleppen ihres Mietwagens verlangt hatte, war ein Witz gewesen.

«Und da ist Graham», sagte Eliyah.

Wo? Vickys Kopf fuhr herum.

Er stand an einer der Essensbuden. Zusammen mit der molligen Brünetten aus dem Cupcake-Laden und einem hochgewachsenen Mann, der seinen Arm um eine deutlich kleinere Frau gelegt hatte. Finlay und seine Freundin Gertie tollten mit dem schokofarbenen Labrador herum, den Vicky ebenfalls im *Sweet Little Things* gesehen hatte. Tyson, der Mops, lag zu Füßen der hübschen Dunkelhaarigen im Schnee. Ob sie Grahams Freundin war? Aus irgendeinem Grund versetzte es Vicky einen Stich, als sie die beiden so vertraut miteinander reden sah.

«Ich gehe mal hin und sage *Hallo*», sagte Eliyah, und da Nanette ihm folgte, blieb Vicky nichts anderes übrig, als sich den beiden anzuschließen.

«Oh, Miss Lambach! Sie sind ja auch da. Wie schön!»

Graham lächelte sie an. «Ich muss mir unbedingt Ihre Handynummer notieren. Wenn ich die gehabt hätte, dann hätte ich Ihnen natürlich gesagt, dass ich heute nicht da sein würde, weil ich auf Büchertour bin. Der Anruf kam gestern ganz spät. Aber ich gehe davon aus, dass Eliyah mich bestens vertreten hat.» Er wandte sich an die anderen. «Das ist Miss Lambach. Sie unterstützt mich im Dezember im Laden», stellte er sie der Runde vor.

«Oh, du hast doch noch eine Aushilfe für die Vorweihnachtszeit bekommen? Das hast du gar nicht erzählt!», rief die Brünette.

Vicky spürte, dass sie rot wurde, denn die Frau hatte das Wort *Aushilfe* nicht gerade freundlich betont, und ihr Blick klebte an ihr wie die Saugnäpfe einer Krake. So lieblich wie ihr Laden und so süß wie ihre Törtchen war sie leider nicht.

Vicky beugte sich zu Tyson hinunter und streichelte ihn. Der Mops wackelte zaghaft mit dem Ringelschwanz. Sein kurzes lohfarbenes Fell war fast ganz von einem dunkelroten Mäntelchen bedeckt.

«Er schämt sich», erklärte Graham. «Aber der arme Kerl friert so sehr, wenn er sich nicht bewegt, dass wir ihm so einen kaufen mussten. – Den Pelzkragen hätte es aber nicht gebraucht», sagte er mit belustigtem Seitenblick auf seine Begleitung.

«Finlay und ich finden, dass er dem Outfit etwas ganz Besonderes gibt», entgegnete diese, ohne mit der Wimper zu zucken.

Sie hatte den Mantel also zusammen mit Finlay ausgesucht. Nun, dann war sie ganz sicher mehr als nur eine flüchtige Bekannte. Wieder spürte Vicky, dass ihr der Gedanke aus irgendeinem Grund nicht gefiel. Wahrscheinlich, weil sie Graham jemand Sympathischeren gewünscht hätte, sagte sie sich.

«Ich bin übrigens Shona», stellte sich die Frau jetzt vor. Die Hand reichte sie ihr nicht.

«Shauna? Wie Shaun das Schaf?», konnte Vicky es sich nicht verkneifen nachzufragen.

«Nein, wie Shona Robinson. Das ist eine Politikerin. Mein Name wird mit einem O geschrieben», entgegnete sie ohne jeden Anflug von Humor.

Vicky beschloss, sie Shona, die Ziege, zu nennen. Mit O natürlich. Sie richtete ihre Aufmerksamkeit auf das Paar, das Graham ihr als Mick und Tessa, die Eltern von Gertie, vorstellte, der besten Freundin seines Sohnes Finlay. Anders als Shona, die Ziege, waren sie sehr nett zu ihr.

«Ich bin Gertie und Finlay schon auf dem Weg in die Stadt begegnet, und wir haben uns ein bisschen unterhalten», erzählte Vicky. «Ist der Name Gertie die Abkürzung von Gertrude?»

«Ja, wir haben sie nach Gertrude Stein benannt, der Schriftstellerin. Ich bin ein großer Fan von ihr. Aber leider hat unsere Tochter mit Büchern überhaupt nichts am Hut. Sie schaut sich lieber Filme an.» Gerties Mutter Tessa, eine hübsche rothaarige Frau mit einem kantigen Kinn und Augen, die fast so hell wie die von Graham waren, seufzte.

«Vicky!» Nun hatte auch Gertie sie entdeckt und kam auf sie zugestürmt. «Cool! Du fährst also auch gerne Schlitten?» Das kleine Mädchen strahlte Vicky an.

«Ja, sehr gerne.» Früher zumindest hatte sie das getan. «Ich fürchte nur, ich bin ein wenig aus der Übung.»

«Ach! Das verlernt man doch nicht», mischte sich Nanette ein. «Außerdem muss man doch sowieso nichts anderes tun als sich draufsetzen und die Beine hochhalten. Und das werden Sie doch sicher hinbekommen, Liebes. Den Rest erledigt die Schwerkraft.»

«Sollen wir ein Wettrennen machen?», fragte Gertie. «Du und Graham gegen mich und Finlay.» Sie stupste Finlay an, der zusammen mit dem Schoko-Hund ebenfalls hergekommen war. «Sag was!», zischte sie ihm zu.

«Ja, das wäre super.» Finlay grinste breit und zeigte dabei zwei Zahnlücken.

Vicky hob die Augenbrauen. Was heckten die beiden denn aus?

«Jetzt belagert Miss Lambach doch nicht so!», mahnte Graham. «Sie ist doch gerade erst angekommen. Außerdem glaube ich nicht, dass ...»

«Ich nehme die Herausforderung an», unterbrach Vicky ihn. «Jedenfalls wenn Sie mich dabei unterstützen. Ich bin, wie gesagt, schon ein paar Jahre nicht mehr gefahren.» Shona sah aus, als würde sie ihr gleich an den Hals springen, und auch Nanette, Eliyah, Gerties Eltern und leider auch Graham wirkten äußerst überrascht. Trotzdem durfte Vicky sich die Gelegenheit nicht entgehen lassen, ein paar Minuten mit ihm allein zu sein.

Bis zur Kuppe des Hügels waren es ein paar Meter, und diesen Weg wollte sie dazu nutzen, um mit Graham über Bücher zu plaudern. Vor allem über ein ganz bestimmtes Buch.

«Gut, dann will ich kein Spielverderber sein, aber ich warne euch.» Graham schaute auf Finlay und Gertie hinunter. «Ich war jahrelang ungeschlagen beim Schlittenrennen. Es wird also sehr hart für euch.» Er schaute zweifelnd auf den Schlitten. «Auch wenn ich mir nicht wirklich vorstellen kann, wie Miss Lambach und ich zusammen daraufpassen.»

Vicky riss die Augen auf. Dachte er etwa, dass ... Für sie war klar gewesen, dass sie zwar ein Team bildeten, dabei aber jeder auf einem eigenen Schlitten sitzen würde! Er auf seinem und sie auf dem von Nanette. Doch sie kam nicht dazu, das Missverständnis aufzuklären, denn Graham und die Kinder markierten bereits die Ziellinie mit zwei dünnen Ästen.

«Hat Ihnen Ihr erster Tag gefallen?», erkundigte sich Graham auf dem Weg den Hügel hinauf. «Ich hoffe, die Kunden waren nett.»

«Zweimal ja. Ich fand nur befremdlich, dass es Kunden gibt, die bei den niedrigen Preisen immer noch handeln wollen.»

Er stieß einen Seufzer aus. «Das kommt leider immer wieder vor. Interessanterweise aber meist bei den Kunden, die sowieso schon zu den billigeren Büchern greifen. Die, die ein teures kaufen, bezahlen fast immer anstandslos. Heute war ich auf einem Landsitz bei Ayr. Der Laird wollte einen Teil seiner Bibliothek auflösen. Dort waren ein paar richtige Schätze dabei, die bestimmt schnell wieder einen neuen Besitzer finden.»

Im Grunde war sein Job ihrem gar nicht so unähnlich, dachte Vicky. Schade, dass sie nicht mit ihm darüber sprechen konnte!

Graham erzählte noch ein bisschen weiter von seinem Besuch auf dem Landsitz, während Vicky zunehmend aus der Puste kam und in ihrer dicken Kleidung auch langsam ins Schwitzen geriet. Sie versuchte wirklich, sich zu beeilen, aber irgendwie kamen alle anderen schneller vorwärts als sie. Von Finlay und Gertie war überhaupt nichts mehr zu sehen. Dabei trugen die beiden dicke Schneeanzüge, die sie wie Lebkuchenmännchen aussehen ließen, und klobige Moonboots an den Füßen! Auch von anderen wurde sie überholt. Deprimierenderweise sogar von einem älteren Herrn, der einen Schlitten mit gleich zwei Kindern darauf hinter sich herzog.

«Ich wünschte, ich wäre dabei gewesen», keuchte Vicky, als Graham mit seiner Erzählung fertig war. «Ich liebe Bücher!»

Sehr originell!, ärgerte sie sich im nächsten Moment. Natürlich liebte sie Bücher. Warum sonst sollte sie in einem Buchladen arbeiten wollen? Außerdem hatte sie ihm das bereits bei ihrem Kennenlernen gesagt. Sie überlegte, wie sie das Gespräch über ihre Bücherliebe weiterführen und das Thema dann unauffällig auf ein ganz bestimmtes Buch lenken konnte, aber leider löste der Gedanke, gleich mit Graham auf Tuchfühlung gehen zu müssen, eine gedankliche Schockstarre in ihr aus. Ihr Kopf fühlte sich ganz leer an, und um sie herum gab es auch nichts, was es ihr ermöglicht hätte, eine Verbindung zu Lewis Carrolls Roman herzustellen. Nicht mal ein Hase oder eine Katze lief hier herum.

Vicky schaute den Hügel hinauf. Auf der Kuppe hatte jemand einen Tannenbaum aufgestellt. Um ihn herum war genauso viel los wie unten im Tal. Auch Finlay und Gertie waren schon oben und bewarfen sich gegenseitig mit Schneebällen.

Sie dagegen hätte sich am liebsten rücklings in den weichen Schnee fallen lassen und wäre niemals wieder aufgestanden. Wenn sie wieder in München war, musste sie unbedingt damit anfangen, Sport zu treiben. Doch jetzt musste sie erst einmal lebend den Hügel wieder hinunterkommen. Mit ihrem aktuellen Chef. Auf einem Schlitten. Die ganze Aktion war ein einziger Witz!

In Vickys Tasche vibrierte ihr Handy. Es war Hubert. Schon wieder! Genervt drückte sie den Anruf weg.

KAPITEL 14

Vicky

Endlich oben angekommen! Vicky stützte die Hände auf den Oberschenkeln ab und atmete ein paarmal tief durch. Dann richtete sie sich auf und schaute sich um. Vom Hügel aus hatte man einen wunderbaren Blick auf Swinton. Die Straßenlaternen und die Weihnachtsbeleuchtung der kleinen Stadt funkelten mit dem Lichternetz des Weihnachtsbaums um die Wette. Hinter Swinton glitzerte das Meer, und der kreisrunde Mond zeichnete eine leuchtende Straße darauf.

«Herrlich, dieser Ausblick, nicht wahr?», sagte Graham, und Vicky pflichtete ihm bei. Obwohl sie nun schon fast zwei Tage in Schottland war, war sie bisher noch kein einziges Mal am Strand gewesen. Das musste sie unbedingt nachholen!

Hatte sie das wirklich gerade gedacht? Vicky schüttelte den Kopf, um diesen absurden Gedanken zu vertreiben. Sie war schließlich nicht hier, weil sie Urlaub in Schottland machte, sondern weil sie eine Mission hatte.

Graham schaute weiter unverwandt aufs Meer. «Pat, meine verstorbene Frau, hat immer gesagt, dass diese Gegend Schottland in Miniaturformat sei: Wald, Hügel, das Meer, Hochland – es ist alles da.»

«Können Sie sich vorstellen, woanders zu wohnen?», fragte Vicky.

Er schüttelte den Kopf. «Aber manchmal fehlt mir der Trubel der Stadt schon ein wenig. Früher war ich alle paar Wochen beruflich in Edinburgh. Ich habe dort für einen Verlag als Lektor gearbeitet», ergänzte er, als Vicky ihn fragend ansah.

«Wieso machen Sie das nicht mehr?»

Grahams Miene wurde verschlossen. «Weil ich jetzt Buchhändler bin.»

Inzwischen waren die Kinder fertig mit ihrer Schneeballschlacht und kamen angeflitzt. «Wir wollen jetzt fahren!», rief Finlay und klatschte unternehmungslustig in die Hände. Da er eine dicke Pudelmütze und einen Schal trug, waren von seinem Gesicht kaum mehr als die Augen zu sehen.

Vicky zog sich ihren Schal auch ein bisschen enger um den Hals. Nun war es also so weit!

«Wollen Sie vorne oder hinten sitzen?», fragte Graham, und sie zuckte die Achseln. Sie fand beides gleich fürchterlich.

«Dann setzen Sie sich vorne hin!», entschied Graham. Falls er die Situation genauso unangenehm fand wie Vicky, so ließ er es sich nicht anmerken. Ungelenk stieg sie auf den Schlitten, und Graham nahm hinter ihr Platz. Seine Oberschenkel lagen eng an ihren, und sie überlegte, ob sie ein Stück nach vorne rutschen sollte, aber erstens hätte das vielleicht verklemmt gewirkt – es waren schließlich mehrere Lagen dicker Stoff zwischen ihnen –, und zweitens hätte sie dann nur noch auf den beiden Holzstreben gesessen. Neidisch schaute sie zu Finlay und Gertie hinüber, die so viel besser zu zweit auf ihrem Schlitten Platz fanden und darüber hinaus überhaupt keine Berührungsängste kannten.

Die hatte Graham allerdings auch nicht. Von hinten schlang er jetzt beide Arme um Vicky, um das Seil zu fassen.

«Auf die Plätze, fertig, los!», gab Gertie das Startkommando. Graham holte mit beiden Beinen Schwung, und schon glitten sie den Hügel hinunter.

Hui! Vicky klammerte sich an dem Schlitten fest. Dieser Start war rasant gewesen!

«Muss ich irgendwas machen?», schrie sie.

«Nur die Beine oben halten», rief Graham zurück. «Und nicht runterfallen!»

Haha! Das war gar nicht so einfach. Waren die Kufen dieses Schlittens so viel glatter als die von dem aus ihrer Kindheit? Oder lag es daran, dass sie zu zweit sicher an die hundertfünfzig Kilo auf den Schlitten brachten? Vielleicht hatte sich Graham über die Jahre eine wirklich ausgefeilte Technik angeeignet. Auf jeden Fall waren sie schnell. Sehr schnell!

Davon, Kinder absichtlich gewinnen zu lassen, schien ihr Wettkampfpartner auch nichts zu halten. Finlay und Gertie waren weder vor noch neben ihnen. Sich umzudrehen traute Vicky sich nicht. Hoffentlich fuhren sie niemanden um! Überall standen Menschen auf der Piste. Aber Graham lenkte den Schlitten sicher um sie herum. Spaß machte es ja, das Schlittenfahren! Komisch, dass man als erwachsener Mensch auf so viele Lieblingsbeschäftigungen der Kindheit einfach verzichtete! Sie hatte auch schon ewig nicht mehr geschaukelt. Und wie lange sie schon auf keinem Pferd mehr gesessen hatte …

Waren die vielen Menschen, die am Fuß des Hügels standen, von der Kuppe aus betrachtet noch klein wie Ameisen gewesen, wurden sie schnell größer. Auch die beiden Äste, die das Ziel markierten, kamen schon in Sicht. «Du musst dich nach vorne beugen!», hörte sie, wie Gertie hinter ihnen Finlay anwies. Auch Vicky lehnte sich – gepackt von Ehrgeiz – nach vorne, um auf den letzten Metern noch einmal Geschwindigkeit aufzunehmen.

«Schneller!», feuerte sie Graham an. Sie sah sich schon mit ihm zusammen auf dem Siegertreppchen stehen, als auf einmal ein Hund auf sie zu flitzte. Ein Hund in einem dunkelroten Steppmantel mit Lammfellkragen. Seine Leine schleifte über den Schnee.

«Weg!», brüllte Graham, doch Tyson gehorchte nicht, sondern rannte ihnen weiter entgegen und bellte dabei fröhlich.

Vicky schrie auf. Sie würden ihn über den Haufen fahren! Mit ganzer Kraft rammte sie beide Beine in den Boden. Der Schlitten kam ins Schlingern. Schließlich kippte er, und Vicky und Graham landeten übereinander im Schnee.

Als Vicky den Kopf hob und die Augen öffnete, war Grahams Gesicht nur ein paar Zentimeter von ihrem entfernt.

«Gewonnen!», hörte sie, ein paar Meter entfernt, Finlay und Gertie jubeln.

Oh Gott! Sie stemmte sich nach oben, dazu musste sie allerdings ihre Hände auf Grahams Brust abstützen. «Es tut mir so leid! Aber der Hund … Ich hatte Angst, dass wir ihn überfahren.»

«Das muss Ihnen doch nicht leidtun! Ich habe selbst gebremst. Leidtun sollte es dem verfluchten Hund.» Graham rückte seine Brille gerade, dann rappelte er sich hoch und schaute sich nach Tyson um. Der Mops sprang aufgeregt um die Kinder herum.

«Ich hoffe, Sie hatten wenigstens eine weiche Landung!», sagte Graham und streckte Vicky eine Hand entgegen.

«Ja.» Vicky räusperte sich. «Sie waren eine äußerst bequeme Unterlage.» Sie ergriff Grahams Hand und kam nach oben.

«Alles in Ordnung?» Shona kam ihnen entgegen. «Der Frechdachs ist mir ausgebüxt.»

Vicky nickte. Ihr Kopf fühlte sich plötzlich ganz heiß an. Shona hatte also alles beobachtet - und ihr Blick war kein bisschen freundlicher als zuvor. Im Gegenteil! Sie schaute sie so frostig an, als hätte Vicky dafür gesorgt, dass der Schlitten umgekippt war, damit sie sich auf Graham stürzen konnte.

Graham schien von den Spannungen zwischen ihnen überhaupt nichts zu spüren. «Kommt!», rief er fröhlich und klopfte sich den Schnee von Hose und Jacke. «Ich spendiere allen ein *Toad in the Hole*. Ich habe heute Abend noch gar nichts gegessen.»

«*Toad*?» Vicky runzelte die Stirn.

«Genau», antwortete Shona. «*Toad* - Kröte. Das ist eine schottische Spezialität. Lassen Sie sich einfach überraschen!» Ihre Augen funkelten boshaft.

Vicky hätte vermutlich erleichtert darüber sein sollen, dass die Schotten nicht wirklich gegrillte Erdkröten aßen und dass sich ein *Toad in the Hole* als Würstchen im Teigmantel entpuppte, bedeckt mit einer klebrig aussehenden Soße. Schweinefleisch aß sie jedoch genauso wenig wie Krötenfleisch. Sie aß schon seit Jahren kein Fleisch mehr. In ihrem Münchner Bekanntenkreis tat das kaum noch jemand.

Aber Graham, Mick, Jessica und natürlich Shona, die Ziege, schauten sie so erwartungsvoll an, dass Vicky nicht zugeben wollte, dass sie Vegetarierin war. Schicksalsergeben schloss sie daher die Augen und biss in das Würstchen. Es schmeckte salzig und kräftig, die Soße dagegen süßlich wie Ketchup. Vicky hatte gedacht, dass sie das Ganze mit einer Menge Glühwein, *Mulled Wine*, hinunterspülen musste, aber alles in allem war es gar nicht so schlimm, wie sie befürchtet hatte.

«Schmeckt es Ihnen?», erkundigte sich Graham, und zu Shonas sichtlicher Enttäuschung nickte sie.

Diese Feuerprobe hatte sie bestanden. Bei *Haggis*, gefülltem Schafsmagen, den es am selben Stand gab, hätte sie definitiv passen müssen.

In ihrer Jackentasche vibrierte es. Sie zog ihr Handy hervor, und ein Blick auf das Display verriet ihr, dass Hubert innerhalb der letzten Minuten noch weitere zwei Male versucht hatte, sie zu erreichen. Sie konnte ihn unmöglich weiterhin ignorieren, also entschuldigte sie sich und stellte sich ein Stück abseits der Truppe, um den Anruf anzunehmen.

«Na endlich!», sagte Hubert anstelle einer Begrüßung. «Wieso gehst du nicht an dein Handy? Und wo bist du überhaupt?»

«Immer noch in Schottland.» In Vickys Magen begann es zu rumoren. Sie glaubte nicht, dass es daran lag, dass er gegen das *Toad in the Hole* rebellierte.

«Hast du das Buch?»

«Nein, ich ...», Vicky senkte die Stimme. «Ich habe dem Vater des Jungen noch gar kein Angebot gemacht», gab sie dann zu. Nervös schaute sie sich um, um sich zu vergewissern, dass sie auch wirklich niemand belauschte.

«Du hast ihm noch kein Angebot gemacht?», wiederholte Hubert ungläubig. «Wieso nicht?»

«Ich ... ich konnte noch nicht, weil ich ...», Vickys Magen grummelte schon wieder. «... weil mich kurz nach meiner Ankunft so ein fieser Magen-Darm-Virus erwischt hat. Deshalb bin ich auch nicht ans Handy gegangen. Ich lag die ganze Zeit im Bett. Oder war auf der Toilette.»

«Hast du was Falsches gegessen?», erkundigte sich Hubert. Besonders besorgt klang er nicht, aber wann war er schon jemals besorgt, wenn es nicht um Geschäftliches ging?

«Ja, so eine schottische Spezialität. *Toad in the Hole.*» Vicky merkte, wie ihre Stimme von Satz zu Satz fester wurde.

«*Toad* wie Kröte?»

«Ja, aber es war ein Würstchen im Teigmantel.»

«Seit wann isst du denn wieder Fleisch?»

«Swinton-on-Sea ist nicht München. Es gab nichts Vegetarisches im Pub, und ich hatte Hunger.» Vickys gerade erst gewonnenes Selbstbewusstsein schrumpfte schon wieder. Was sie da sagte, hörte sich wirklich alles ziemlich hanebüchen an. «Du, mir wird schon wieder übel. Ich melde mich morgen, wenn ich mit dem Mann gesprochen habe. Und dann hoffentlich mit guten Neuigkeiten.»

«Das hoffe ich auch. Es geht schließlich um eine ganze Menge. Enttäusch mich also nicht.» Mit diesen Worten legte Hubert auf.

Vicky brauchte noch einen Augenblick, bis sie sich dazu in der Lage sah, ihr Handy wieder einzustecken und zu den anderen zurückzugehen.

Enttäusch mich nicht! Immer noch klangen die Worte ihres Vaters in ihr nach. Es musste ihr gelingen, an das Buch zu kommen. Egal, wie.

KAPITEL 15

Graham

Schlechte Nachrichten?»

Viktoria Lambach schüttelte den Kopf. «Alles in Ordnung! Mir liegt nur die Kröte etwas im Magen.» Sie wich seinem Blick aus und zeigte auf eine Stelle hinter ihm. «Da drüben ist der Mann, der meinen Wagen aus dem Graben gezogen hat. Hugh. Ich gehe kurz zu ihm, um mich zu bedanken.» Als sie davonlief, wehte ihr langer Schal hinter ihr her.

Graham spürte, wie eine feuchte Hundeschnauze seine Hand berührte. Bonnie Belle, Shonas Labradorhündin, buhlte um seine Aufmerksamkeit.

«Ich frage mich, wieso sie bei dir arbeiten will.» Shona war zu ihm getreten. «So jemand wie sie liest doch keine Bücher», sagte sie mit angeekeltem Gesichtsausdruck. «Höchstens E-Books. Sie sieht auch ganz anders aus als die anderen Frauen, die sonst immer bei dir aushelfen.»

«Wie sehen denn die Frauen aus, die bei mir arbeiten?»

Sie verdrehte die Augen. «So wie Eliyah. Verschroben und weltfremd. Ich kann mir wirklich nicht vorstellen, was so ein Püppchen wie sie hier zu suchen hat.»

«Willst du Miss Lambach etwa auch eine kriminelle Absicht unterstellen?», fragte Graham belustigt. «Dad hat sie gestern schon für eine Ladendiebin gehalten. Dabei wollte sie nur den Geldbeutel aus ihrer Handtasche holen.»

«Das kann ich ihm nicht verdenken. Ich hab sie bei ihrer Ankunft gesehen: Alle Bände von *Game of Thrones* hätten in ihre Tasche hineingepasst, so riesig war sie!» Shona sagte das ohne jede Spur von Humor. Sie machte aus ihrer Abneigung gegen Viktoria Lambach keinen Hehl. Was war nur mit ihr los? Shona neigte doch sonst nicht so zu Stutenbissigkeit!

«Sie hat gesagt, dass sie mal rausmuss», fühlte er sich verpflichtet, seine neue Aushilfe zu verteidigen. «Wahrscheinlich ist sie einfach eine gestresste Führungskraft, die kurz vor dem Burn-out steht.»

«Und dann steht sie lieber in deinem zugigen Buchladen, als in einem Wellnesshotel zu relaxen?»

Graham zuckte mit den Schultern. Es wunderte ihn selbst manchmal, wer alles im Fuchsbau aushelfen wollte. Seit zwei Jahren musste er sogar eine Jobagentur zwischenschalten, weil er der Masse an Bewerbungen nicht mehr Herr wurde. Unglaublich, wie viele Leute dazu bereit waren, sich unbezahlt in einen alten Buchladen zu stellen und Bücher zu verkaufen! Er wünschte sich, er könnte eine ähnliche Begeisterung dafür aufbringen.

So jung und attraktiv wie Viktoria Lambach war allerdings bisher zugegebenermaßen noch keine seiner Aushilfen gewesen. Er blickte zu ihr hinüber. Sie stand jetzt bei Hugh und Dorothy und unterhielt sich mit ihnen. Auch wenn sie heute dicke Winterkleidung trug, hatte sie etwas Elegantes an sich. Sie hielt sich aufrecht, so als hätte sie jahrelang Ballett getanzt. Ihre Haare waren blond, sehr blond. Fast schon silbern, vor allem jetzt im Mondlicht. Und ihre Augen waren grün wie die einer Nixe. Als sie vorhin auf ihm gelegen hatte, hatte er sich davon überzeugen können.

Bei der Erinnerung daran stieg eine Hitze in ihm auf, die ihm gar nicht gefiel. Die letzte Frau, die ihm körperlich so nah gekommen war, war Pat gewesen. Drei Jahre war das schon her ...

«Wahrscheinlich hat sie ein Auge auf dich geworfen und möchte deshalb für dich arbeiten», riss Shona ihn aus seinen unzüchtigen Gedanken. «In der Zeitung wurdest du immerhin als der begehrteste Junggeselle von Swinton bezeichnet.»

Graham verzog das Gesicht. Dass ihn selbst nach einem Jahr immer noch jeder mit diesem unsäglichen Artikel aufziehen musste! «Das stand in der *Swinton Press* und nicht im *National* oder in der *Times*, und ich glaube kaum, dass unser Käseblatt den Weg bis nach Deutschland gefunden hat.»

Shonas braune Augen verengten sich zu Schlitzen. «Ich werde sie trotzdem im Auge behalten.»

«Na wunderbar, dann seid ihr schon zwei.» Graham stöhnte. «Das hat Dad nämlich auch gesagt. Dabei kann ich euch beiden versichern, dass ich durchaus selbst dazu in der Lage bin, sie mir vom Leib zu halten.»

«Ich bin mir sicher, dass du das kannst.» Shona sah ihn unter ihren langen dunklen Wimpern provozierend an. «Aber willst du das auch?»

«Red nicht so einen Blödsinn! Miss Lambach ist meine Aushilfe, mehr nicht.» Graham hatte jetzt endgültig genug. Er ließ Shona stehen und ging davon, um Tyson zu holen.

Der Hund hatte sich vor den Essensstand gesetzt, und der Blick aus seinen runden Mopsaugen hätte selbst das Herz der Eiskönigin zum Schmelzen bringen können.

«Noch eine Abfahrt!», rief Graham seinem Sohn zu. Finlay und Gertie hatten sich gerade noch einmal auf den Weg zur Kuppe gemacht.

«Aber morgen ist doch keine Schule!», protestierte Finlay.

«Keine Widerrede!» Im Gegensatz zu seinem Sohn musste Graham am nächsten Tag nämlich früh aufstehen. Er beugte sich zu dem Mops hinunter. «Und du hörst jetzt mal auf, die Leute zu belästigen, und kommst mit», sagte er in genauso strengem Ton. Damit klemmte er sich das Tier unter den Arm und gesellte sich zu Viktoria, die ihr Gespräch mit Dorothy und Hugh inzwischen beendet hatte.

«Darf ich Sie auf einen Mulled Wine einladen?», fragte sie ihn. «Ich habe Angst, dass Nanette mich zwingt, noch eine Runde Schlitten zu fahren, und unsere gemeinsame Abfahrt war mir für heute rasant genug.» Sie zog eine Grimasse.

«Ich bin leider mit dem Auto da», antwortete Graham bedauernd und kam sich dabei unglaublich spießig vor.

«Dann nehmen Sie doch wenigstens einen Früchtepunsch. Ich trinke auch einen mit. Dann können wir eine Teeparty feiern, wie bei *Alice im Wunderland*.»

«Gut, dann einen Früchtepunsch», antwortete Graham. Aus irgendeinem Grund schien sie das zu enttäuschen. Dabei hatte sie doch den Vorschlag gemacht! Hätte er doch den Glühwein nehmen sollen?

«Was machen Sie eigentlich, wenn Sie nicht bei mir im Laden aushelfen?», fragte er Viktoria, während sie sich an der Schlange vor dem Getränkestand anstellten. Auch wenn er sie weder für eine Ladendiebin hielt noch glaubte, dass sie ein Auge auf ihn geworfen hatte - ein wenig beschäftigte ihn das Gespräch mit Shona schon.

Sie zögerte einen Moment, bevor sie antwortete. «Ich arbeite in einer Galerie. Als ich gestern Abend hier in der Stadt war, habe ich übrigens gesehen, dass es in Swinton auch eine gibt.» Über ihr Leben in Deutschland schien Miss Lambach offensichtlich nicht besonders gern zu sprechen. «Ein paar Buntstiftzeichnungen hingen dort, die mir wirklich gut gefallen haben. Ich habe sie fotografiert.» Sie zückte ihr Handy und zeigte ihm die Fotos. «Sie sind von einem gewissen E. Smith. Ich habe den Namen gegoogelt, aber nur herausgefunden, dass es sich dabei um einen Mann handelt, der in einer kleinen Stadt an der Südwestküste Schottlands lebt, und ich frage mich, ob das Swinton sein könnte. Kennen Sie ihn?»

Graham schüttelte den Kopf. «Der einzige Smith, den ich kenne, ist Jo, dem die Fish-and-Chips-Bude gehört, und der malt ganz sicher nicht. Haben Sie in der Galerie nachgefragt?»

«Ja, aber der Galerist ist krank, und seine Vertretung kennt sich mit Kunst nicht aus. Sie will ihn aber fragen.»

Noch einmal schaute Graham auf das Display. «Der Name sagt mir zwar nichts, und ich wüsste auch nicht, wer in Swinton professionell malt, aber der Stil kommt mir bekannt vor. Kann es sein, dass dieser Smith auch Kinderbücher illustriert?»

«Ja, davon habe ich etwas gelesen.»

«Ich glaube, er hat auch die Bilder in einer Ausgabe von *Nils Holgersson* gemalt.»

«Das Buch kenne ich!» Viktoria ließ das Handy sinken, und ihre gerunzelte Stirn glättete sich wieder. «Deshalb kamen mir die Zeichnungen so bekannt vor! Das war eines der ersten Bücher, die mein Vater mir vorgelesen hat.»

Graham meinte, einen Hauch von Wehmut aus ihrer Stimme herauszuhören. «Und ich habe es Finlay vorgelesen. Ich bin mir sicher, wir haben es zu Hause noch irgendwo herumliegen. Wenn ich es finde, schaue ich nach, ob der Name des Illustrators darin steht.»

«Das wäre toll!» Viktoria strahlte ihn an. «Vielleicht finde ich ja noch heraus, wer dieser E. Smith ist. Seine Zeichnungen gefallen mir sehr.»

Ihr Lächeln war umwerfend.

Schnell schaute Graham weg.

KAPITEL 16

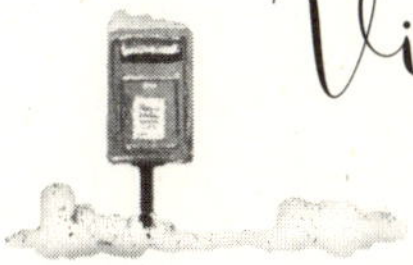

Vicky

Die Temperaturen waren über Nacht noch einmal gefallen. Als Vicky am Morgen aufwachte, waren die Scheiben ihres Fensters mit Eisblumen verziert. Fasziniert zog sie das filigrane Frostmuster mit dem Zeigefinger nach. Solche eisigen Kunstwerke hatte sie noch nie gesehen, und hier im Hillcrest House entstanden sie sogar auf der Innenseite der Scheibe. Es war aber auch kalt in diesem Kasten! Vicky rieb sich die Hände. Der Atem vor ihrem Mund bildete ein weißes Wölkchen in der Zimmerluft. Immerhin war sie bei diesen Temperaturen sofort hellwach. In ihrem Apartment in München brauchte sie dafür immer ein bisschen.

Nachdem sie ausgiebig gefrühstückt hatte, war es eigentlich immer noch zu früh, um aufzubrechen. Der Buchladen öffnete erst in einer Stunde, und sie brauchte nur etwa fünfzehn Minuten bis dorthin. Da sie aber keine Ahnung hatte, wie sie die Zeit überbrücken sollte, beschloss sie, sich noch ein bisschen im Ort umzuschauen.

Die Luft prickelte kalt und belebend auf Vickys Haut. Mit schnellen Schritten, um nicht völlig auszukühlen, marschierte sie den Hügel hinunter auf das frostige Marschland zu, das Swinton umgab. Obwohl das Gras dick mit Schnee bedeckt war, weideten Kühe darauf, manchmal auch Pferde. Dahinter erstreckte sich das silbrige Meer. Einladend wippten seine weißen Schaumkronen, und Vicky überlegte, ob sie zum Strand gehen sollte. Einmal zumindest wollte sie vor ihrem Rückflug dort gewesen sein! Doch zu einem Ausflug würde die Zeit heute Morgen nicht reichen. Sie würde ihren Besuch auf den Nachmittag verschieben.

Möwen zogen ihre Kreise am grauen Himmel, während Vicky die Straße hinunterlief. Lange Zeit waren ihre heiseren Schreie das einzige Geräusch, bis Vicky hinter sich den Motor eines Autos hörte. Sie drehte sich um. Es war ein alter grauer Wagen, und er fuhr viel zu schnell für die schmale Serpentinenstraße. Ein paar Meter hinter ihr kam er sogar ins Schlingern, sodass Vicky sich vorsichtshalber mit einem beherzten Sprung in den Straßengraben in Sicherheit brachte. Dabei knickte sie mit dem Fuß um und fluchte.

Im Wagen saßen zwei alte Frauen, die sicher schon älter als Nanette waren. Die Beifahrerin nickte Vicky freundlich zu, ganz so, als hätte ihre Begleitung sie nicht gerade fast über den Haufen gefahren. War in diesem Kaff denn wirklich jeder verrückt?

Vicky rieb sich den schmerzenden Knöchel und schaute dem Wagen hinterher, der mit unverminderter Geschwindigkeit weiterfuhr. Vorbei an Reggies Werkstatt und am Friedhof. Wie viele Einwohner von Swinton diese beiden Damen wohl schon dorthin gebracht hatten?, überlegte Vicky sarkastisch. Sie betrat ihn durch ein rostiges Eisentor.

Der vordere Teil des Friedhofs schien jahrhundertealt

zu sein. Schief wie alte Zähne ragten die Grabsteine kreuz und quer aus dem Boden, und Brombeerranken klammerten sich daran fest. Vor einem besonders großen und schönen Stein blieb Vicky stehen.

Mary Sinclair. Geboren am 18. April 1800, gestorben am 6. August 1864. Sie liebte alle Kinder ... Den Rest konnte Vicky nicht lesen. Auch andere Grabsteine versprachen, ganze Geschichten über den oder die Verstorbene zu erzählen, aber auch sie waren meist so verwittert, dass Vicky nicht alles entziffern konnte. Dennoch hätte sie sich stundenlang hier aufhalten können.

Der hintere Teil des Friedhofs hatte nichts mehr von diesem morbiden Charme und hätte sich auch in München befinden können. Wie mit dem Lineal gezogen lagen die Grabstätten nebeneinander. Die Steinplatten waren frei von Moos und Flechten, die Erde davor ordentlich bepflanzt. Auf den meisten flackerte ein ewiges Licht im fahlen Morgenlicht. Vicky hielt Ausschau nach dem Grab von Grahams Frau, Patricia, als ein kleines graues Gebäude ihre Aufmerksamkeit erregte. *Clan McDonald* stand über dem von zwei Säulen flankierten Eingangstor. Neben der einen Säule hing eine große Tafel, auf der die Namen aller McDonalds eingraviert waren, die hier ihre letzte Ruhe gefunden hatten. Der vorletzte Name lautete Elisabeth McDonald. Der letzte Frank McDonald. Dahinter stand *Für immer geliebt, niemals vergessen, ewig vermisst.* Betroffen las Vicky, dass das Mädchen nicht viel älter als zwei Jahre geworden war. Es musste sich bei Elisabeth um Nanettes Tochter handeln. Was wohl mit ihr passiert war? Und mit Nanettes Mann? Er war auf den Tag genau ein Jahr nach der Kleinen gestorben. Das konnte doch unmöglich ein Zufall sein, oder?

Vicky beschloss, Graham oder Isla danach zu fragen.

Als sie den Friedhof verließ, öffnete Reggie McDonald gerade seine Werkstatt.

Ein breites Lächeln zog sich über sein rundes Gesicht, als er sie bemerkte. «Na, schon ein bisschen eingelebt?», fragte er.

«Ja, Ihre Mutter kümmert sich sehr gut um mich.»

«Das kann ich mir vorstellen», entgegnete er schmunzelnd. «Manchmal bin ich in Versuchung, selbst wieder bei ihr einzuziehen, aber mein Bauchumfang lässt es nicht zu.» Er tätschelte sich die runde Körpermitte. «Ich habe Sie gestern auf dem Golfplatz gesehen, aber als ich zu Ihnen wollte, sind Sie gerade mit Graham und den Kindern den Hügel hinaufgestiegen, und danach musste ich dringend weg, weil meine Serie anfing. *Traces*. Kennen Sie die? Es ist eine Krimiserie, und sie spielt in Dundee.»

Vicky schüttelte den Kopf.

«Bestimmt lesen Sie lieber. Genau wie mein Eliyah und meine Rosie. Warum sollten Sie sonst auch im Buchladen arbeiten wollen?» Er fuhr sich mit den gespreizten Fingern durch das schüttere Haar. «Wieso haben Sie mir eigentlich nicht gesagt, dass Sie Grahams neue Aushilfe sind?»

Vicky senkte den Blick. Es war klar gewesen, dass eine solche Nachfrage nicht ausbleiben würde! «Ich ... es war mir unangenehm. Von wegen *der schöne Graham* und *Frauen flattern um ihn herum wie Krähen um eine Vogelscheuche*.»

Reggie errötete. «Das hätte ich wirklich nicht sagen dürfen. Ich weiß gar nicht, was da über mich gekommen ist. Ich soll Ihnen übrigens was von meiner Rosie ausrichten: Jeden ersten Freitag im Monat findet das Treffen ihres

Buchklubs im Rathaus statt. Die Mädels lesen jeden Monat einen anderen Roman und sprechen darüber. Sie würde sich freuen, wenn Sie mal vorbeischauen.»

«Das mache ich gerne», log Vicky. Das war ja schon bald! Sie hoffte inbrünstig, dass sie zu diesem Zeitpunkt längst wieder in München war. Wie blöd, dass Graham gestern mit keinem einzigen Wort auf ihre Liebe zu *Alice im Wunderland* eingegangen war! Ihr kindischer Einwurf, dass sie mit dem Früchtepunsch eine Teeparty feiern könnten, war ihr immer noch peinlich. Danach hatte sie sich nicht mehr getraut, das Buch noch einmal zu erwähnen. Stattdessen hatte sie sich darum bemüht, ihre Beziehung zu Graham noch etwas weiter zu vertiefen, und hatte ein Gespräch über die Bilder in der Galerie angefangen. Wobei sie zugeben musste, dass dieser E. Smith ihr wirklich nicht mehr aus dem Kopf ging. Wieso der Mann wohl so ein Geheimnis um seine Identität machte?

In der Main Road öffneten gerade die Geschäfte. Morgengrüße schallten von Haus zu Haus. *Morgen, Jane! - Hallo, Joe! - Hey, Sadie, treffen wir uns heute Mittag zum Lunch?* Es musste schön sein, seine Nachbarn zu kennen. Vicky war sich nicht einmal sicher, wer in München aktuell unter ihr im Haus wohnte.

Auf dem Platz vor dem gregorianischen Rathaus waren bei ihrer Ankunft schon Holzbuden aufgebaut und mit künstlichen Tannengirlanden, Sternen und Lichterketten geschmückt worden. Noch waren die Buden verwaist, aber am Nachmittag würde der traditionelle Swinton-on-Sea-Weihnachtsmarkt eröffnet werden. Das hatte Eliyah ihr gestern erzählt.

Da Vicky immer noch ein wenig Zeit hatte, schlenderte sie auch an den anderen Buchläden vorbei. Sie hießen *Open Book*, *Book Shop*, *Barneys Books*, *Well-Read Books of Swinton* und *Old Bank Bookstore*. Alle waren nette Läden, aber keinen fand Vicky so schön wie *The Reading Fox*, nicht einmal den *Old Bank Bookstore*, an den ein entzückendes Café angrenzte. Dieser Laden hatte schon geöffnet, und es gab sogar Kaffee zum Mitnehmen. Während sie auf ihren Latte macchiato wartete, schlenderte Vicky zwischen den Regalen hindurch. Im Gegensatz zum *Reading Fox* gab es im *Old Bank Bookstore* keine Abteilungen, sondern die Bücher standen ziemlich wahllos nebeneinander. Auf jeden Fall konnte Vicky kein besonderes System erkennen. *Moby Dick* war neben einem Gartenbuch einsortiert, ein Kriminalroman von Elizabeth George neben *Die Welpenschule*, und zwischen *Der Pferdeflüsterer* und einem Gedichtband von William Wordsworth entdeckte sie *Alice im Wunderland*. Vicky zog es heraus. Es war eines dieser Bilderbücher, bei denen ein integriertes Element herausklappte und sich aufstellte, wenn man eine Seite aufschlug. Auf der ersten Seite stellte eine spiralförmige Papiergirlande ein Kaninchenloch dar, in dem eine Miniatur-Alice gerade verschwand.

«Wunderschön, nicht wahr?» Die Frau, bei der Vicky ihren Latte macchiato bestellt hatte, war mit einem dampfenden Pappbecher neben sie getreten.

«Ja. Wie viel kostet das Buch?»

«Fünfzig Pfund», sagte die Frau, ohne mit der Wimper zu zucken. «Es ist wirklich eine Rarität.»

Das glaubte Vicky zwar nicht, aber sie bezahlte zähneknirschend den Wucherpreis. Denn sie hatte die Hoffnung, dass dieses Buch ihr den Weg zu einer echten Rarität ebnete. Wenn sie Graham das Buch zeigte, würde er ihr glauben, dass sie Ausgaben von *Alice im Wunderland* sammelte. Wenn sie ihn dann fragte, ob auch er Exemplare des Klassikers führte, musste er darauf eingehen.

«Oh! Wunderbar, dass Sie schon da sind, Miss Lambach!», rief Eliyah, als sie ein paar Minuten vor zehn den Buchladen *The Reading Fox* betrat. Er trug eine große Plastikkiste voller Bücher. «Pünktlich sind die Gewissenhaften und die Neugierigen.»

Vicky hob die Augenbrauen. Was wollte er ihr mit diesem Satz sagen? Oder war das schon wieder eine seiner Spruchweisheiten?

«Ich freue mich, dass Sie sich über meine Anwesenheit freuen, auch wenn ich Ihnen gestehen muss, dass meine Neugier meine Gewissenhaftigkeit um einiges übertrifft, Mr McDonald», entgegnete sie genauso geschwollen.

Eliyah schien ganz entzückt, dass sie die gleiche Sprache sprach wie er. «Wollen wir uns nicht beim Vornamen nennen?», fragte er. «Schließlich sind wir Kollegen.»

«Gerne.» Sie erwiderte sein Lächeln. Trotz seiner kleinen Macke war er wirklich ein netter Kerl. «Kann ich dir denn schon bei etwas helfen, wenn ich schon so unglaublich pünktlich bin?»

Er nickte. «Du kannst die Bücher hier einsortieren, registriert habe ich sie schon. Am besten beeilst du dich! Es wird nicht lange dauern, bis es hier zugeht wie in einem Taubenschlag. Am ersten Adventswochenende ist immer besonders viel los.»

Eliyah sollte mit seiner Prognose recht behalten. Schnell

hatte Vicky so viel zu tun, dass sie nicht einmal dazu kam, auf die Toilette zu gehen oder einen Schluck zu trinken. Die Kunden gingen ein und aus, und viele hatten ein Anliegen. Ein Mann suchte ein Buch über den Nationalsozialismus, ein anderer *Die Pest* von Camus, und eine Frau erkundigte sich verschämt nach dem letzten Band einer erotischen Reihe.

Bei anderen Kunden war Vicky sich nicht sicher, ob vielleicht nicht ein Buch, sondern sie der Grund für ihren Besuch im Fuchsbau war. Eine ältere Frau beobachtete sie schon eine ganze Zeit lang. Sie war so winzig, dass sie Vicky gerade mal bis an die Nase reichte. An Selbstbewusstsein schien es ihr aber nicht zu mangeln.

Forsch kam sie auf sie zu, als ihre Blicke sich kreuzten, und sie sagte unumwunden: «Grahams andere Aushilfen sahen ganz anders aus als Sie.»

Vicky schluckte. Stand es ihr so deutlich auf der Stirn geschrieben, dass sie hier eigentlich gar nicht hingehörte? Dass sie eine Betrügerin war, die sich eingeschlichen hatte, um ganz andere Pläne zu verfolgen?

«Nancy Butcher. Mir gehört die Postfiliale», stellte die Frau sich vor. Die Löckchen auf ihrem Kopf waren so klein, dass Vicky unwillkürlich an einen Pudel denken musste. «Ich habe schon viel von Ihnen gehört. Allerdings muss ich gestehen, dass ich Sie mir viel exotischer vorgestellt habe. Wo sie doch aus *Deutschland* sind.» Aus ihrem Mund hörte sich der Name von Vickys Heimatland an wie etwas Exotisches. *Malaysia* oder *Nowosibirsk*. Nancy Butcher reichte ihr die Hand.

Vicky ergriff sie verblüfft. Das war direkt. Man sprach in Swinton also über sie. Aber auch für sie war Nancy Butcher keine Unbekannte. «Viktoria Lambach», stellte sie sich vor. «Ich habe auch schon etwas über Sie gehört. Sie haben vor ein paar Jahren heldenhaft einen Bankräuber gestellt. Mit Ihrem Regenschirm.»

«Soso, das hat man Ihnen also über mich erzählt.» Die ältere Dame spielte mit ihrer Perlenkette. «Ja, das war eine Aufregung, sage ich Ihnen. Doch der Mann hatte Pech, dass er ausgerechnet an mich geraten ist, bei jedem anderen hätte er ein leichteres Spiel gehabt. Schauen Sie doch mal bei mir vorbei! Sie können bei mir nicht nur Ihre Weihnachtspost verschicken, sondern auch Schreibwaren, Zigaretten, Zeitschriften und sogar Lotterielose kaufen.»

Und den neuesten Klatsch bekam man sicher gratis dazu. Vicky unterdrückte ein Kichern. Die Einwohner von Swinton waren schon Originale, und nachdem sie ihren ersten Kulturschock überwunden hatte, konnte sie ihren Spleens durchaus etwas abgewinnen.

«Haben Sie ein Buch über Polarexpeditionen?» Ein kleiner Junge zupfte sie am Ärmel, und sie ließ die Frau stehen, um ihm zu helfen.

«Ist dir Graham über den Weg gelaufen?», fragte Eliyah um die Mittagszeit.

Vicky schüttelte den Kopf. «Schon seit bestimmt einer Stunde nicht mehr.» Und davor hatte sie ihn auch immer nur im Vorbeigehen gesehen, so viel hatte sie damit zu tun, die Regalreihen nach den Wünschen ihrer Kunden abzusuchen. Neben konventionellen Abteilungen wie *Musik*, *Klassiker* oder *schottische Geschichte* gab es auch exotische Sparten wie *Motten und Schmetterlinge* oder *Geflügel und Landwirtschaft*. Es war wie verhext! Immer wenn sie sich Graham nähern wollte, war irgendein Kunde dazwischengekommen.

«Dann ist er sicher in seinem Büro. Ich schaue mal nach!», sagte Eliyah.

«Aber das kann ich doch machen!», rief Vicky. Die Gelegenheit, allein ein paar Worte mit Graham zu sprechen, durfte sie sich auf gar keinen Fall entgehen lassen.

«Gerne.» Falls Eliyah verdutzt über ihren Eifer war, so ließ er es sich nicht anmerken. «Richten Sie ihm aus, dass Isla angerufen hat: Der Thron wird gleich vorbeigebracht.»

KAPITEL 17

Vicky

Der Thron? Ach, sie würde Graham gleich selbst danach fragen! Vicky musste sich bremsen, damit sie nicht durch den Laden rannte. Endlich hatte sie die Gelegenheit, ihre Mission voranzutreiben! Sie hatte schon befürchtet, den Buchladen auch an diesem Tag wieder verlassen zu müssen, ohne Graham auf *Alice im Wunderland* angesprochen zu haben. Und das wäre eine Katastrophe.

Gerade war sie sich aber nicht sicher, ob sie jemals bei ihrem Chef ankommen würde, denn sie hatte sich schon wieder verlaufen! Anstatt vor der Treppe zum ersten Stock stand Vicky nämlich vor einer Glastür, die in einen verschneiten Garten hinausführte, den Vicky bisher noch gar nicht gesehen hatte. Er war nicht besonders groß, aber liebevoll angelegt. Die Beete wurden von niedrigen Buchsbaumhecken gesäumt, und Buchsbaumhecken säumten auch die schmalen Kieswege. In der Mitte des Gartens teilte sich der Kiesweg und schlängelte sich auf der rechten Seite bis zu einem Steinhäuschen, das sich an die Außenmauer kauerte. Auf der linken Seite führte er zu einem Pavillon. Zwei Stühle und ein kleiner runder Tisch standen darin, und an seinem schwarzen Metallgerüst schlängelten sich dornige Ranken empor. Nur noch ein paar steif gefrorene Blätter baumelten daran, aber im Sommer, wenn die Kletterrosen in voller Blüte standen, musste es herrlich sein, hier zu sitzen!

Mit einem Hauch von Bedauern dachte Vicky daran, dass sie dieses Kleinod in voller Blüte nie zu sehen bekommen würde. Vielleicht sollte sie einmal über einen Sommerurlaub in Schottland nachdenken! Irgendwie war ihr dieses kleine Dorf mit seinen schrulligen Bewohnern ja schon ein bisschen ans Herz gewachsen. Vor allem ein ganz bestimmter Bewohner!

Der letzte Gedanke schoss ihr so schnell durch den Kopf, dass Vicky keine Chance hatte, ihn zurückzudrängen. Es wurde wirklich höchste Zeit, dass sie wieder nach Hause kam! Ein paar Tage hier, und schon bist du genauso spleenig wie alle anderen hier, schimpfte sie leise mit sich. Dann startete sie einen zweiten Versuch, in die oberen Gemächer vorzudringen. Dieses Mal bog sie hinter dem Musikzimmer nicht rechts, sondern links ab, und ihre Entscheidung erwies sich als richtig. Vicky eilte die Treppe hinauf und klopfte an die Tür von Grahams Büro.

«Ja?», hörte sie von drinnen seine Stimme.

Sie trat ein.

Graham saß an seinem Mahagonischreibtisch. Vor ihm stand die Schreibmaschine. Ein Blatt steckte darin. Er sah müde aus, stellte Vicky fest, und seine sonst so ordentlich zur Seite gekämmten dunkelblonden Haaren standen ein wenig ab.

«Ich soll Ihnen von Eliyah Bescheid sagen, dass Isla angerufen hat: Der Thron kommt um eins.» Vicky trat ein.

Grahams Blick ging zu seinem Handgelenk, dann erst merkte er, dass er keine Uhr trug. «Und jetzt ist es?»

«Viertel vor eins.»

«So spät schon! Unglaublich, wie die Zeit immer davonrennt!» Seufzend stand Graham auf.

«Von was für einem Thron hat Eliyah denn gesprochen? Bekommen wir königlichen Besuch?»

«Fast.» Graham schmunzelte. «Der Weihnachtsmann schaut bei uns vorbei. Damit die Kinder ihm ihre Wunschzettel geben können. Das macht er jedes Jahr am ersten Adventswochenende. – Keine Sorge! Sie können natürlich trotzdem um eins nach Hause gehen», schob er nach.

Doch es war nicht die Aussicht darauf, länger arbeiten zu müssen, die Vickys Gesichtszüge hatte einfrieren lassen, sondern das Bücherregal. *Moby Dick*, *Der alte Mann und das Meer* und *Wer die Nachtigall stört* waren noch da, aber der Platz, wo gestern noch *Alice im Wunderland* gestanden hatte ... war leer.

«Haben Sie sonst noch etwas auf dem Herzen?», fragte Graham, weil Vicky keine Anstalten machte, sich von der Stelle zu bewegen.

Ja, das hatte sie!

«Nein.» Sie holte tief Luft. Jetzt oder nie! «Ich frage mich nur, wo das *Alice-im-Wunderland*-Buch ist, das gestern noch in Ihrem Regal stand. Es ... es ist mir aufgefallen, weil es so alt aussieht.» Erst jetzt schaffte sie es, Graham in die Augen zu schauen.

«Ach das! Das habe ich gestern Abend mit nach Hause genommen. Finlay wollte das weiße Kaninchen abzeichnen, für seinen Wunschzettel. Diesen Wunsch wird ihm der Weihnachtsmann aber auf gar keinen Fall erfüllen. Tyson reicht mir als tierisches Familienmitglied.» Er lächelte. «Kommen Sie! Ich gehe mit Ihnen nach unten.»

Graham öffnete die Bürotür, und damit schien das Thema *Alice* für ihn abgeschlossen. Es war zum Verrücktwerden!

Der goldene Thron stand bereits im Eingangsbereich. Sein Polster war aus rotem Samt, und rechts und links von ihm türmten sich hübsch verpackte Kartons mit Schleifen.

Auch Isla war schon da. Heute trug sie ein kurzes schwarzes Wollkleid, eine Netzstrumpfhose und knallrote Doc Martens aus Lack. Ihre Haare waren zu einem wirren Vogelnest aufgetürmt, das sie mehrere Zentimeter größer machte.

«Die Geschenke werden die Vorfreude der Kinder noch erhöhen. Ich habe bei Pebbles außerdem noch das hier gefunden.» Isla nahm mehrere rot-weiß geringelte Zuckerstangen von ihrem Leiterwagen, um sie Graham und Vicky zu zeigen. Sie waren sicher an die fünfzig Zentimeter lang und aus Filz. «Wenn wir die von der Decke hängen lassen, sieht das bestimmt total cool aus.»

«Meinst du nicht, dass der Thron und die Geschenke reichen?» Graham sah nicht so aus, als ob er ihre Begeisterung teilte.

Isla schüttelte den Kopf. «Heutzutage sind die Leute anspruchsvoll. Man muss ihnen etwas bieten, wenn man sie als Kunden gewinnen und halten will.»

«Ich habe genug Kunden», entgegnete Graham mürrisch.

«Heute werden aber sicher noch ein paar neue dazukommen, ich habe nämlich eine Ankündigung bei Instagram gemacht», erklärte Isla.

Graham stöhnte und ging zur Kasse, um bei einem Kunden abzukassieren, der ein Buch über den Ersten Weltkrieg erstanden hatte.

«Und bei TikTok», flüsterte Isla Vicky zu. «Aber Graham weiß zum Glück nicht, was das ist.» Sie kicherte.

Vicky schaute unauffällig auf ihre Armbanduhr. Zehn vor eins. In wenigen Minuten war ihre Schicht vorbei.

Die Ladenglocke bimmelte freundlich, und eine mollige Frau in einem schicken Mantel erschien in der Tür. Es war Rosie. Sie trug ein purpurfarbenes Hütchen auf den rot getönten Haaren und hielt eine riesige Papiertüte in der Hand.

Strahlend kam sie auf Vicky zu. «Reggie hat mir gesagt, dass Sie sich unserem Buchklub anschließen wollen! Und da dachte ich mir, ich bringe Ihnen gleich das Buch vorbei, über das wir nächsten Freitag sprechen werden. Es hat ganz viele Preise gewonnen. Ich hoffe, Sie kennen es noch nicht.» Rosie stellte die Papiertüte auf den Boden und griff in ihre Handtasche, um einen Roman herauszuziehen. *Where the Crawdads Sing – Der Gesang der Flusskrebse.*

Vicky nahm das Buch und fragte sich, wann genau sie denn zu Reggie gesagt hatte, dass sie sich diesem exklusiven Klub anschließen wollte. «Nein, das kenne ich noch nicht, aber ich habe davon gehört», sagte sie. Sie hatte sich sogar vorgenommen, es in ihrem Urlaub zu lesen, nur dass es zu diesem Urlaub nie gekommen war. Fast tat es ihr ein bisschen leid, dass sie nicht zu diesem Treffen gehen würde. Es hörte sich wirklich nett an. Der letzte Mensch, mit dem Vicky über Geschichten gesprochen hatte, war ihr Vater gewesen. Und das war zwanzig Jahre her.

«Wunderbar! Es sind ja noch ein paar Tage bis zu unserem Treffen. Vielleicht schaffen Sie es ja, es bis dahin zu lesen. Ich habe es innerhalb von wenigen Tagen verschlungen.» Die Grübchen auf Rosies Wangen vertieften sich. So wie sie heute auftrat, fiel es Vicky schwer, sie mit dem Furcht einflößenden Drachen in Reggies Werkstatt in Verbindung zu bringen.

«Es gibt Sherry und Pasteten», erklärte sie weiter. «Sie müssen vorher also nichts essen. Außerdem bringt jeder von uns etwas zum Knabbern mit. Aber das müssen Sie als Gast natürlich nicht.» Rosie senkte die Stimme. «Leider habe ich heute auch eine nicht so gute Nachricht zu verkünden.» Ihr Gesicht, rund und mollig wie das ihres Ehemanns, verzog sich bekümmert. «Graham!» Sie winkte ihn zu sich herüber. «Du wirst dir für heute Nachmittag leider einen anderen Weihnachtsmann suchen müssen», erklärte sie ihm dann. «Reggie hat schon wieder einen Hexenschuss. Dieses Mal ist es passiert, als er einen alten Traktorreifen aufheben wollte.» Sie schüttelte ärgerlich den Kopf. «Nach der Sache mit deiner Kasse sollte der alte Trottel wirklich langsam wissen, wo seine körperlichen Grenzen sind! Jetzt liegt er mit einer Wärmflasche im Bett und kann sich nicht rühren. Ich habe dir das Kostüm mitgebracht.» Sie reichte ihm die Tüte.

«Oh nein!» Graham sah aus, als würde er gleich in Ohnmacht fallen. «In einer Stunde eröffnet der Weihnachtsmarkt, und dann geht es los! Wie soll ich denn so schnell jemand anderen finden?»

«Du kannst doch Reggies Rolle übernehmen.» Rosie zwinkerte ihm zu. «Oft genug zugeschaut hast du ja.»

Graham schüttelte den Kopf. «Die Kinder würden mich doch sofort erkennen. Allein schon an meiner Stimme. Genau wie Eliyah.» Er überlegte kurz. «Liam würde es sicher machen», sagte er dann. «Aber das Restaurant hat an den Adventswochenenden durchgängig auf.» Seine Stirn war jetzt in tiefe Furchen gelegt.

«Was ist mit deinem Dad?», fragte Rosie.

«Da kann ich ja gleich Jack Pebbles fragen! Oder hättest du dich als Kind auf Pauls Schoß gesetzt und ihm von deinen Weihnachtswünschen erzählt?»

«Vermutlich hätte ich ein bisschen Angst vor ihm gehabt», gab Rosie zu. «Hm, wer käme denn sonst noch infrage?»

«Ich würde es machen», sagte Vicky.

Rosie und Graham sahen sie verblüfft an, und auch sie konnte es nicht so recht glauben, was sie gerade so spontan angeboten hatte.

Aber ihr war eine Idee gekommen. Graham hatte ihr erzählt, dass auch Finlay seinen Wunschzettel abgeben würde. Mit dem Kaninchen aus *Alice im Wunderland* darauf! Sie würde es bewundern und fragen, wo er es abgemalt hatte. Er würde ihr von dem Buch erzählen und sie ihm davon, wie sehr sie Alice und ihre Geschichten als Kind geliebt hatte. Alles Weitere würde sich hoffentlich von selbst ergeben. Ha!, dachte sie triumphierend. Sie war so ein Fuchs!

«Das würden Sie wirklich tun?», fragte Graham zweifelnd, und Vicky nickte heftig.

«Ich kann auch meine Stimme verstellen. *Hohoho!* Und ich bin mir zu hundert Prozent sicher, dass kein Kind vor mir Angst haben wird.» Erwartungsvoll sah sie ihn an.

KAPITEL 18

Vicky

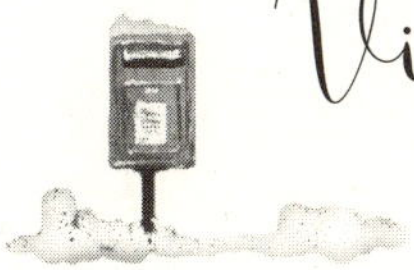

Keine halbe Stunde später bedauerte Vicky ihr Angebot bereits ein wenig. Denn das Kostüm war nicht von der Stange, sondern von Ann Webster, der netten Verkäuferin aus der Vintage-Boutique, extra für Reggie geschneidert worden. Dass die Hosenbeine Vicky nur bis zu den Waden reichten, war nicht schlimm, denn das wurde durch ihre schwarzen Schnürstiefel verdeckt. Aber da sich Reggies Bauchumfang beträchtlich von ihrem unterschied, hing das Kostüm in der Mitte so trostlos an ihr herunter, dass Isla nach Hause lief und ein Kopfkissen holte, um es mit einem Gürtel um Vickys Leibesmitte zu binden. Außerdem schwitzte Vicky in dem dicken rot-weißen Samt, der Bart kratzte, und was das Schlimmste war: Es war der gleiche Bart, den auch Reggie all die Jahre zuvor getragen hatte! Wie viel Spucke sich wohl während dieser Zeit in der fusseligen, schon leicht angegrauten Watte gesammelt hatte? Die Kinder würden ihr die Rolle des Weihnachtsmannes niemals abkaufen. Aber wie hieß das griechische Zitat noch gleich? *Vor den Erfolg haben die Götter den Schweiß gesetzt!* In ihrem Fall im wahrsten Sinne des Wortes. Eliyah hätte seine helle Freude daran, wenn er wüsste, dass ihr in dieser Situation eine solche Spruchweisheit durch den Kopf ging!

Vicky rutschte auf ihrem Thron hin und her. Neben ihr türmten sich Geschenkkartons, von der Decke baumelten die Filz-Zuckerstangen, die Isla mitgebracht hatte, und zu ihren Füßen lag Bonnie Belle, Shonas Labradorhündin, den großen Kopf auf ihre Pfoten gebettet. Wegen ihres braunen Fells sollte Bonnie die Rolle von Rudolf übernehmen, dem Rentier des Weihnachtsmannes. Sie trug einen Haarreif mit einem Elchgeweih aus Stoff auf dem Kopf und sah genauso unglücklich aus, wie Vicky sich in diesem Moment fühlte.

«Wir sind wirklich zwei traurige Gestalten», sagte sie zu der Hündin, und Bonnie stieß einen zustimmenden Seufzer aus.

Ihre Besitzerin war erst ein paar Minuten zuvor mit zwei Krügen erschienen, in denen wunderschön verzierte Cakepops steckten, und dann noch einmal zu ihrem Laden hinübergegangen, um drei Tabletts voller Cupcakes zu holen. Grün gefärbtes, hoch aufgetürmtes Frosting mit roten und goldenen Perlen machte die Törtchen zu kleinen Weihnachtsbäumen. Shona selbst war wie Isla als Weihnachtselfe verkleidet, und beide sahen genauso entzückend aus wie die Teiglollis und die Törtchen. Vicky seufzte noch einmal.

Sie zupfte sich ein Stück feuchter Watte aus dem Mund und schaute durch die Fensterscheibe nach draußen. Obwohl es noch eine Viertelstunde dauerte, bis der Laden öffnen würde, hatten sich dort schon eine ganze Menge Kinder versammelt. Nervös überlegte sie, ob sie ihrer Aufgabe wirklich gewachsen war. Und sie fragte sich auch, was sie noch alles machen musste, um endlich mit dem Buch im Gepäck nach Deutschland zurückfliegen zu können. Noch vor zwei Tagen war sie davon ausgegangen, den Buchladen einfach als toughe Geschäftsfrau zu betreten und Graham ganz souverän ihr Angebot zu unterbreiten. Und jetzt saß sie hier und war nicht nur Aushilfsbuchhändlerin, sondern auch Aushilfsweihnachtsmann! Wie um Himmels willen hatte das passieren können?

Weihnachtliche Glöckchentöne schallten durch Lautsprecher, so laut, dass Vicky es durch die geschlossene Ladentür hören konnte, und nur ein paar Sekunden später ertönte *It's Beginning to Look a Lot Like Christmas* durch viele Kinderkehlen.

«Gleich geht es los!» Isla war an die Fensterfront getreten. «Die Kinder singen noch zwei Lieder, und dann werden sie uns die Bude einrennen.»

So war es! Schnell füllte sich der Platz vor dem Laden mit weiteren kleinen Jungen und Mädchen und deren Eltern. Vicky war mindestens so aufgeregt wie die Kinder, als Graham den Laden aufsperrte und alle hereinströmten. Ein paar Kinder hatten tatsächlich ein bisschen Angst vor ihr und mussten von ihren Müttern oder Vätern überredet werden, sich so weit an sie heranzuwagen, dass sie ihr ihren Wunschzettel überreichen konnten. Die meisten kletterten ihr gleich auf den Schoß. Viele Ponys wurden gewünscht, Stifte, Bücher, Spiele, Puppen, Spielzeugautos ... und schon bald bedauerte es Vicky trotz ihrem viel zu warmen Kostüm und dem Spuckebart nicht mehr, in die Rolle des Weihnachtsmannes geschlüpft zu sein. Sie konnte sich nicht daran erinnern, dass sie jemals jemand so voller Anbetung angesehen hatte, und es war so süß, wie vertrauensvoll die Kinder waren. Am liebsten hätte sie die Geschenke gleich selbst besorgt und sie den Kindern am Heiligen Abend vor ihre Haustür gestellt, um ganz sicher zu sein, dass ihre Wünsche auch erfüllt wurden.

Als ein kleiner Junge von vielleicht vier oder fünf Jahren ihr ins Ohr flüsterte, dass er sich ein Einhorn mit rosafarbener Mähne wünschte, das seine Eltern ihm nicht kaufen wollten, weil das nur etwas für Mädchen sei, bekam sie einen richtigen Kloß im Hals.

«Wie heißt du denn mit Nachnamen, Oliver?»

«Miller.»

Vicky beschloss, Eliyah oder Isla nach dem Jungen zu fragen. Oder Graham.

Während sie sich von Oliver verabschiedete, sah sie, dass Graham sie beobachtete. Als sich ihre Blicke kreuzten, schaute er schnell weg, aber nicht schnell genug. Auf einmal wurde es Vicky in ihrem Weihnachtskostüm noch heißer. Sie war froh, als das nächste Kind auf ihren Schoß kletterte und ihre gesamte Aufmerksamkeit erforderte.

Nach dem kleinen Jungen kam Finlay.

«Ich weiß, dass du nicht der echte Weihnachtsmann bist, sondern Vicky», sagte er gleich zur Begrüßung. «Ich hab dich an der Stimme erkannt. Außerdem ist der echte Weihnachtsmann viel bequemer.» Er rutschte auf ihrem Schoß hin und her.

«Ähm, ja, ich habe kurzfristig einspringen müssen», stotterte Vicky. «Aber ich kann dir versichern, dass ich einen ganz besonders guten Draht zu ihm habe», beeilte Vicky sich hinzuzufügen. «Ist das dein Wunschzettel?»

Finlay nickte und reichte ihn ihr.

Vicky faltete den Bogen auf. Finlay musste einen neuen geschrieben haben, denn auf diesem war nichts von einem weißen Kaninchen zu sehen. «Du hast nur einen Wunsch? Nur einen Zauberkasten wünschst du dir? Mehr nicht?»

«Nein. Ich wollte mir ein Häschen wünschen, aber dann ist mir eingefallen, dass es vielleicht Angst vor Tyson haben könnte. Katzen haben nämlich Angst vor ihm, weil er so laut bellt, wenn er sie sieht. Und der andere Wunsch ...» Der Junge ließ den Kopf hängen. «... den kann mir nicht mal der echte Weihnachtsmann erfüllen.»

Oh! Vicky ahnte, was jetzt kam, und ihr Herz zog sich vor Mitleid zusammen. «Magst du ihn mir verraten?»

Finlay zögerte, aber dann schaute er zu ihr auf. «Ich wünsche mir einen Brief von meiner Mama. Die wohnt nämlich jetzt im Himmel.» Sein Atem roch nach Zuckerwatte. «Aber der Weihnachtsmann wohnt nicht dort, oder? Sondern am Nordpol.»

«Ja, leider.» Vicky drückte den Kleinen an sich. «Und ich bin mir nicht sicher, ob Rudolph und seine Rentiere hoch genug fliegen können, um ihn abzuholen. Aber bei dem Zauberkasten kann der Weihnachtsmann sicher was machen.»

«Das wäre super. Ich will nämlich zaubern lernen. So wie Harry Potter. Kennst du Harry Potter?» Schlagartig wirkte Finlay wieder vergnügter.

«Klar. Jeder kennt Harry, oder? Er ist schließlich der berühmteste Zauberer der Welt. Und ich würde sofort nach Hogwarts ziehen, wenn ich es schaffen würde, in London Gleis neundreiviertel zu finden und irgendwie in den Hogwarts Express zu kommen.»

«Ich auch. Daddy hat mir den ersten Band vorgelesen,

und den zweiten lesen wir im nächsten Jahr, wenn Daddy nicht mehr so viel zu tun hat.» Finlay hüpfte von ihrem Schoß, um Platz für Gertie zu machen. «Das ist nicht der Weihnachtsmann, sondern Vicky», erklärte er seiner Freundin mit ernster Miene. «Aber sie kennt ihn.»

«Das weiß ich doch längst, du Dummie.» Gertie nahm Finlays Platz auf Vickys Schoß ein. «Aber Weihnachtselfe hätte viel besser zu dir gepasst.» Sie schaute strahlend zu Vicky hoch.

Gerties Wunschzettel umfasste gleich zwei Seiten, und sie las ihn komplett vor. Belustigt hörte Vicky zu. Die Kleine war wirklich ein ganz besonders selbstbewusstes Persönchen. Erst als Gertie bei ihrem letzten Wunsch angelangt war - eine Eintrittskarte für die Filmfestspiele in Cannes sowie ein passendes Kleid dazu –, fiel Vicky ein, dass sie überhaupt nicht mehr an das gedacht hatte, weshalb sie den Job des Weihnachtsmanns eigentlich angenommen hatte.

Nach Gertie kamen noch rund zehn Kinder, dann konnten der Weihnachtsmann und seine Gehilfen Feierabend machen. Schwerfällig stand auch Bonnie Belle auf, die während der ganzen Aktion bewundernswert ruhig zu Vickys Füßen gelegen und sich von den Kindern hatte streicheln lassen. Die Nase tief am Boden, schnüffelte sie sich durch den Laden auf der Suche nach Cupcake- und Cakepopkrümeln. Und die gab es reichlich. Das wenige Gebäck, das nicht verkauft worden war, wurde dagegen gerade von Bonnies Frauchen ins *Sweet Little Things* zurückgebracht. Schade!, dachte Vicky. Die blöde Shona hätte ihr ruhig noch etwas davon anbieten können. Vickys Magen knurrte, und sie überlegte, wo sie am Nachmittag in Swinton noch etwas zu essen bekommen könnte, das nicht *Fish and Chips* war.

Graham machte den Kassenabschluss, und der war anscheinend durchaus zufriedenstellend, wie Vicky seinem glücklichen Lächeln entnehmen konnte. «Kommen Sie auch noch mit auf den Weihnachtsmarkt?», fragte er sie.

«Gerne. Vielen Dank!» Bei dem Gedanken, schon wieder nichts erreicht zu haben und gleich allein ins Hillcrest House zurückzugehen, hatte Vicky sich schon ganz beklommen gefühlt. Doch das Schicksal schien ihr noch eine Chance zu geben. Außerdem würde sie dort mit Sicherheit etwas Leckeres zu essen bekommen, das sie für die entgangenen Cakepops und Cupcakes entschädigte. «Wann geht es los? Jetzt gleich?»

«Ja, aufräumen werde ich jetzt nicht mehr. Sie sollten sich allerdings vorher noch umziehen» Graham verzog amüsiert die Lippen. «Zumindest, wenn Sie ein wenig Privatsphäre haben wollen.»

Oh! Natürlich!, dachte Vicky peinlich berührt. «Sie haben recht. Der Weihnachtsmann ist wirklich eine zu öffentliche Person, um sich ohne Verkleidung unter das Volk zu mischen», sagte sie, doch Graham schien ihr nicht zuzuhören. Sein Blick war auf ihren Wattebart gerichtet.

«Was ist?», fragte Vicky. Es klebte doch hoffentlich keine Spucke darin!

Grahams Blick ruhte unverwandt auf ihrem Bart. «Sie haben doch keine Angst vor Spinnen?», fragte er, und ihr Herz setzte einen Taktschlag aus.

«Wieso?»

«Weil eine in Ihrem Bart sitzt.»

KAPITEL 19

Vicky

Oh Gott! Vicky schnappte nach Luft. Alles in ihr war auf Flucht programmiert. Aber das würde ihr nichts nutzen, denn die Spinne würde ja mitkommen! Und wenn Vicky sich den Bart vom Gesicht riss, würde sich die Spinne nur ihres Zuhauses beraubt fühlen und schnellstens nach einer neuen Zuflucht suchen. Unter ihrer Weihnachtsmütze, im Ausschnitt ihres Kostüms … Vicky spürte, wie ihr der Schweiß ausbrach, und leider auch, dass sich ihre Augen mit Tränen füllten.

«Aaaah!», stieß sie unkontrolliert hervor. Mehr brachte sie nicht zustande, denn sie traute es sich nicht, sich zu bewegen, aus Angst, dass eine unbedachte Bewegung die Spinne dazu brachte, sich ebenfalls zu bewegen. Und mit ihren hunderttausend Beinen über ihre Haut zu rennen.

«Schsch», machte Graham, als wolle er ein aufgeregtes Pferd oder ein weinendes Kind beruhigen. «Das haben wir gleich.» Er trat nah an sie heran und hob die Hände.

Vicky hielt die Luft an. Bitte lauf nicht weg, Spinne! Bitte lass dich von ihm fangen!, flehte sie stumm.

Langsam und vorsichtig entfernte Graham die Gummizüge, mit denen der Bart befestigt war. Erst von ihrem linken, dann von ihrem rechten Ohr. «So, das haben wir geschafft!» Die geschlossenen Hände fest um die Stelle gelegt, an der wohl die Spinne saß, ging er zur Tür hinaus und warf den Wattebart in eine der Mülltonnen, die draußen vor dem Buchladen standen.

Erst jetzt traute Vicky sich wieder, zu atmen und sich zu bewegen. «Danke, dass Sie mich gerettet haben», sagte sie, als Graham wieder den Laden betrat. Sie wischte sich mit den Fingerspitzen die Tränen aus den Augenwinkeln und von den Wangen. «Und entschuldigen Sie bitte, dass ich mich so angestellt habe. Bei Spinnen sehe ich rot. Keine Ahnung, woher diese Angst kommt. Auffressen wollte mich bisher noch keine.» Sie grinste schief.

«Ach, Sie müssen sich doch nicht entschuldigen!» Graham reichte ihr ein Papiertaschentuch. «Wir haben doch alle unsere wunden Punkte, nicht wahr? Ich habe zum Beispiel furchtbare Höhenangst. Nie im Leben würde ich von einem Dreimeterbrett springen. Ehrlich gesagt meide ich sogar schon den Startblock.» Er zwinkerte ihr zu, und sie konnte gar nicht anders, als ihn anzulächeln.

Irgendwie fand sie es sexy, dass er so zu seinen Schwächen stand. Sie fand ihn überhaupt ziemlich sexy! Die unfassbar blauen Augen hinter der Brille, seine hohen Wangenknochen, das Grübchen in seinem Kinn, seine geschwungenen Lippen. Und wie sich seine Finger auf ihrer Haut ... Hätte sie nicht kurz vor einer Panikattacke gestanden, hätten sie sich wahrscheinlich ziemlich gut angefühlt. Verflixt! Viel ausgiebiger als nötig putzte sie sich die Nase.

Während Graham noch einmal kontrollierte, ob alle Fenster und Türen im Fuchsbau verschlossen waren und Eliyah den Computer herunterfuhr, den es in seinem Büro im Keller doch tatsächlich gab, gingen Isla und Shona mit Vicky schon einmal vor die Tür. Sie hatten den Laden gerade verlassen, als ein Auto um die Kurve schlingerte. Es fuhr so dicht an ihnen vorbei, dass Vicky erschrocken einen Satz zurück machte. Sie kannte das Auto! Die zwei Damen, die sie heute Morgen schon fast umgefahren hätten, saßen darin. Der Wagen hielt am Seitenstreifen, die Beifahrerin stieg aus, wackelte mithilfe eines Stocks auf die andere Seite hinüber und half dann der Fahrerin aus dem Auto. Sie hielt sie fest am Arm, als die beiden die Main Road hinunter in Richtung Marktplatz gingen.

«Ach je! Die Spinner-Schwestern wollen auf den Weihnachtsmarkt! Das ist ja schon seit Jahren nicht mehr vorgekommen.» Isla blickte den beiden hinterher. «Na, dann hoffen wir mal, dass die beiden nicht zu tief ins Glas schauen, sonst haben hier morgen alle Autos Beulen.» Sie wandte sich an Vicky. «Evie sieht nämlich kaum noch was», erklärte sie ihr. «Blöderweise hat nur sie einen Führerschein.»

Vicky starrte Isla geschockt an. Sie machte doch hoffentlich Scherze! Aber die junge Frau verzog keine Miene, genauso wenig wie Shona. «Sollte man Evie den Führerschein dann nicht besser abnehmen? Ich bin heute Morgen schon einmal wegen der beiden in den Graben gesprungen.»

«Und wie sollen sie dann in die Stadt kommen, um ihre Einkäufe zu erledigen? Evie und Sylvie wohnen mitten in den Hügeln!» Shona hob die Augenbrauen.

«Sie könnten sich ein Taxi rufen?»

«Das können sie sich nicht leisten», sagte Isla. «Sie haben früher in der Molkerei gearbeitet und bekommen nur eine kleine Rente.»

«Dann müssen sie halt in ein Pflegeheim. Besonders rüstig wirken die beiden ja nicht mehr. – Es ist wirklich gefährlich, was sie machen», setzte Vicky nach, weil niemand etwas darauf erwiderte. «Man muss das doch melden!»

«So läuft das vielleicht bei Ihnen in München, aber bei uns läuft es nicht so, Miss Lambach.» Shonas Stimme war noch ein paar Grad frostiger geworden, und Vicky kam es so vor, als ob auch Bonnie Belle sie unter ihren Stirnfalten missbilligend ansah.

«Nimm es Shona nicht übel! Sie sagt immer, was sie denkt. Irgendwann gewöhnt man sich dran. Und zumindest weiß man so immer, woran man bei ihr ist», flüsterte Isla Vicky zu. «Außerdem hat sie recht. Auch wenn es gefährlich ist, kann man Evie und Sylvie unmöglich anzeigen. Sie leben schon ewig in ihrem Häuschen, und sie sind schon immer sehr eigenständig gewesen. Normalerweise fahren sie auch nur samstagmorgens in die Stadt, um ihre Einkäufe zu erledigen. Immer um neun. Das weiß jeder in Swinton, man kann ihnen also gut aus dem Weg gehen.»

Und was ist mit den Touristen?, hätte Vicky gerne gefragt. Aber das ließ sie lieber. Der Stich, den ihr Shonas Eisköniginnen-Blick versetzt hatte, war immer noch spürbar. Sie musste etwas mit Graham haben oder zumindest in ihn verliebt sein, anders konnte sich Vicky ihre Abneigung gegen sie nicht erklären. Von Anfang an war sie so unfreundlich zu ihr gewesen. Vielleicht wäre sie doch besser ins Hillcrest House gegangen und hätte sich mit einer Kanne heißem Tee ins Bett gelegt und gelesen. Ein Buch hatte sie ja jetzt, dank Rosie.

Der Gedanke war verführerisch. Aber sie musste sich immer wieder ins Gedächtnis rufen, dass sie nicht zu ihrem Vergnügen hier war. Und eingekuschelt im Bett ihres Peter-Pan-Zimmers im Hillcrest House würde sie ihrem Ziel keinen Schritt näher kommen.

«So, wir können los!» Nun waren auch Graham und Eliyah fertig.

Während Graham den Laden abschloss, wandte Eliyah sich an Vicky. «Es ist doch tatsächlich gerade noch eine Mail eingegangen. Von Mrs Swinger», sagte er.

Von Mrs Swinger? Eliyah sah sie an, als müsste sie diese Frau kennen. Aber sie hatte keine Ahnung ...

«Miss Swinger von der Agentur?», versuchte er, ihr auf die Sprünge zu helfen.

Von welcher Agentur? Oh Gott! Von *der* Agentur. Vicky schnappte nach Luft. «Und was schreibt sie?» Ihre Finger umklammerten den Riemen ihrer Handtasche.

«Sie hat einen ganzen Schwung neue Bewerbungen geschickt. Dabei sind wir sowieso schon bis zum Herbst ausgebucht. Du hast wirklich Glück, dass der Dezember noch frei war, Vicky.» Er zwinkerte ihr vergnügt zu. «Glück ist übrigens, wenn die Katastrophe mal eine Pause macht.»

Ja, da hatte sie wirklich Glück gehabt! Wegen der kurzfristigen Absage, aber vor allem, weil in der Mail offenbar nichts Verfängliches gestanden hatte. Aber ob die Katastrophe wirklich eine Pause machte ...? Was, wenn Eliyah, oder Graham, etwas Verfängliches darauf geantwortet hatte? Vielleicht hatten sie sich bei der Agentur dafür bedankt, dass man ihnen doch noch jemanden für die Vorweihnachtszeit geschickt hatte.

Vicky wurde ganz flau im Magen. Wieso hatte sie nicht einfach gesagt, sie sei aufgrund des Aushangs am Laden auf die Aushilfsstelle aufmerksam geworden?

«Hast du Mrs Swinger schon zurückgeschrieben?» Sie hielt den Atem an.

«Nein, wir wollen doch auf den Weihnachtsmarkt.» Eliyah runzelte die Stirn. «Und was hätte ich denn schreiben sollen? Sie hat die neuen Bewerbungen ja schon angehängt.»

Vicky atmete auf. Trotzdem machte ihr die Nachricht von der E-Mail klar, dass sie ihre Maskerade nicht mehr ewig aufrechterhalten konnte.

Der Weihnachtsmarkt von Swinton-on-Sea war lange nicht so groß wie die Märkte in München. Dennoch gab es alles, was das Herz begehrte: Stände mit Kunsthandwerk, Mulled Wine, Winter Pimm's und Punsch sowie verschiedene Essensstände. An einem dieser Stände trafen sie Finlay, Gertie, Mick und Tessa. Mick kaufte den Kindern gerade eine Tüte gebrannter Mandeln. Vickys Magen knurrte, als sie den köstlichen Duft von Zucker, Zimt und Vanille roch. Dabei fiel ihr ein, dass sie Hubert gestern Abend gesagt hatte, sie würde sich heute noch einmal bei ihm melden, um ihm Bericht zu erstatten. Sie biss sich auf die Unterlippe. Wenn sie ihm nicht bald eine Erfolgsmeldung überbringen würde, konnte es passieren, dass er höchstpersönlich nach Schottland geflogen kam, um Graham ein Angebot für das Buch zu machen. Und das durfte auf gar keinen Fall passieren! Nicht nur, weil ihr Vater bodenlos von ihr enttäuscht sein würde, sondern auch, weil Graham, Eliyah und Isla dann wissen würden, dass ihre Arbeit im Buchladen nur Teil einer schäbigen Inszenierung war.

Irritierenderweise kam ihr Letzteres in diesem Moment ganz besonders schlimm vor. Die drei hatten sie so nett aufgenommen. Genau wie Nanette. Reggie. Rosie. Und die Kinder.

«Möchtest du eine?», fragte Finlay und streckte ihr die Tüte gebrannter Mandeln hin. Sein Lächeln war genauso süß wie die klebrige Leckerei in seiner Hand.

«Das ist lieb von dir, aber nein danke», lehnte Vicky ab, denn ihr war der Appetit gerade vergangen. Stattdessen öffnete sie verstohlen ihre Handtasche und griff hinein, um sich zu vergewissern, dass sich das Aufklappbuch von *Alice im Wunderland* noch darin befand. Sie wollte es Finlay und Gertie zeigen, doch aus irgendeinem Grund traute sie sich das nicht, solange Shona da war. Shona, die sie mit finsteren Blicken ansah, sobald sie es wagte, mit Graham oder seinem Sohn zu sprechen.

Vickys Chance kam, als Bonnie Belle durch ständiges Winseln nachdrücklich anzeigte, dass Shona mit ihr ein Stück gehen musste.

«Bonnie Belle kann nur auf Gras pinkeln, und das auch nur, wenn ihr niemand zuschaut», erklärte Finlay, und Vicky liebte die Labradorhündin für ihre Diskretion.

Doch kaum waren Hund und Frauchen verschwunden, tauchte ein anderer Hund auf. Tyson. Zusammen mit Paul.

Oh nein! Vicky stöhnte auf. Sie hatte ihre Tasche schon geöffnet. Schaut mal, was ich heute Morgen gekauft habe!, hatte sie gerade zu Finlay sagen wollen.

Nun schloss sie ihre Tasche resigniert wieder. Denn zu

groß war ihre Angst, dass der schottische Hercule Poirot ihre unlauteren Absichten sofort durchschaute.

«Warum haben Sie vorgestern im Laden denn nicht gesagt, dass Sie die neue Aushilfsbuchhändlerin sind?», knurrte Paul sie anstelle einer Begrüßung an. Bei Reggie hatte sie auf dieselbe Frage noch eine passende Antwort parat gehabt, jetzt aber fiel ihr partout keine ein. Deshalb beschloss sie, dass Angriff die beste Verteidigung war, und erwiderte spitz: «Wann hätte ich das denn tun sollen? Bevor oder nachdem Sie mich des Ladendiebstahls beschuldigt haben?»

Zu ihrer Verwunderung grinste Paul. «Auf den Mund gefallen sind Sie jedenfalls nicht, Lady!»

Kurz darauf war Shona bereits wieder zurück. Vicky hätte vor Frust heulen können. Ein untersetzter Mann war an Shonas Seite, der sich als Liam vorstellte, der Besitzer des *Craft Hotels*. Obwohl er sicher noch keine vierzig war, wuchs auf seinem kahlen Kopf kein einziges Haar mehr.

«Dieses Mal hast du aber eine ganz besonders hübsche Aushilfe ergattert, du alter Schwerenöter.» Liam grinste und legte den Arm um Graham. «Wenn Ihnen abends langweilig ist: Ich kann an der Bar auch noch gut ein bisschen Unterstützung brauchen. Sie würden meinen Umsatz sicher in die Höhe treiben.» Er zwinkerte Vicky zu.

Graham schüttelte Liams Arm ab. «Wie viel hast du schon intus?»

«Nur einen Whiskey.»

«Das glaube ich nicht. Du riechst, als hättest du deinen ganzen Alkoholbestand geplündert.» Graham wedelte mit der Hand in der Luft herum.

«Gut, vielleicht waren es auch zwei oder drei. Aber hey, Weihnachtsmarkt ist nur einmal im Jahr. Da wird man doch mal ein bisschen über die Stränge schlagen dürfen.» Liam machte einen Schmollmund. «Außerdem habe ich heute frei. Das erste Mal seit Wochen. Und morgen auch! Ihr denkt doch hoffentlich daran, dass nachmittags unser traditionelles vorweihnachtliches Eisbaden stattfindet?» Er ließ seinen Blick in der Runde schweifen und blieb an Shona hängen. «Um drei stehe ich bei euch auf der Matte, um euch abzuholen.»

Eisbaden! Hatte Vicky richtig gehört? Sie hatte gedacht, dass man so etwas nur in Skandinavien machte.

«Juhu!» Finlay und Gertie jubelten.

Shona dagegen verdrehte die Augen. «Ganz sicher nicht, Liam!», sagte sie. «Wie viele Jahre versuchst du mich jetzt schon dazu zu überreden? Vier müssen es doch mindestens schon sein.»

«Fünf, meine Schöne, und ich werde nicht müde, es auch in den kommenden Jahren immer wieder zu versuchen. Dir entgeht was.»

«Was denn? Der Anblick deines Luxuskörpers?» Shona grinste. Ein winziges bisschen Humor schien sie also doch zu haben.

Auch Isla lehnte dankend ab.

«Du musst auch mitkommen, Vicky.» Gertie schob ihre klebrigen Finger in Vickys Hand. «Das Meer ist gar nicht so kalt, wie man denkt, und wir gehen auch immer nur ganz kurz rein. Außerdem nehmen wir Suppe und Tee mit. Du wirst sehen, es wird ganz toll.» Das kleine Mädchen strahlte sie an.

«Ich ... äh ... ich», druckste Vicky herum. Eisbaden! Nicht

mit ihr! «Ich habe doch gar keinen Badeanzug dabei.» Gut, dass ihr das gerade noch eingefallen war!

«Das ist kein Problem! Wir baden nackt», sagte Graham.

Nackt?

«Das war ein Scherz!» Er feixte. «Ich denke, Tessa wird Ihnen einen leihen können, oder?»

Gerties Mutter nickte. «Wir dürften ja ungefähr die gleiche Größe haben.»

«Na, was sagen Sie, Lady?» Paul sah sie mit einem Gesichtsausdruck an, den sie als nichts anderes als provozierend bezeichnen konnte. «Steckt hinter Ihrer großen Klappe auch was dahinter?»

Dieser alte ... Vicky schürzte die Lippen. Auch Shona beobachtete sie.

«Bitte komm mit, Vicky!», flehte Gertie noch einmal.

Vicky atmete tief ein und aus. Gut! Sie würde auch diese Prüfung noch auf sich nehmen. Dann sah sie Paul fest in die Augen. «Wenn Sie morgen beim Eisbaden dabei sind, werden Sie es herausfinden.»

KAPITEL 20

Vicky

Es war grau und windig, als Graham den Mini auf einem Parkplatz nahe der Monreight Bay abstellte.

«Vielleicht haben wir Glück und sehen sogar Seehunde!» Finlay sprang aus dem Auto, um zu Gertie, Liam, Mick und Tessa zu laufen, die die Bucht vor ihnen erreicht hatten.

Bisher hatte Vicky den kleinen Kerl als eher zurückhaltend erlebt, doch während der Fahrt hatte er in einer Tour geplappert und sich sichtlich auf den Ausflug gefreut.

Vicky nicht. Während die anderen, beladen mit Körben voller Thermoskannen und Decken, schon einmal vorgingen, blieb sie noch einen Moment stehen, um sich umzuschauen - und vor dem eisigen Bad noch ein wenig Zeit zu schinden. Dramatische Felsen rahmten den verlassenen Strand ein. Höhlen in dem groben, rötlich grauen Stein luden zum Erkunden ein, auch eine Kirche war in die Felswand hineingebaut worden. Unterhalb von ihr lag ein kleiner Friedhof, dessen Grabsteine mit Totenköpfen, Stundengläsern und Engelsflügeln verziert waren. Seeleute, die der Unberechenbarkeit des Meeres zum Opfer gefallen waren, lagen hier beerdigt.

Heute sah das Meer ganz friedlich aus. Die späte Nachmittagssonne tauchte es in ein sanftes pfirsichfarbenes Orange, weiße Schaumflocken tanzten auf seinen Wellen, und in der Ferne waren die charakteristischen Felsnadeln der nahe gelegenen Isle of Man zu sehen. Die Gegend um Swinton war wirklich ein ganz besonders hübsches Fleckchen Erde.

Vickys Handy klingelte. Dieses Mal war es nicht Hubert, und Vicky atmete auf. *Susanne Marten* stand auf dem Display. Ihre Mutter hatte vor fünfzehn Jahren zum zweiten Mal geheiratet und den Nachnamen von Jochen, einem Förster, angenommen. Froh, sich noch ein bisschen länger vor dem Bad in den eisigen Fluten drücken zu können, nahm Vicky den Anruf an. Es war so kalt, dass sie sich nicht einmal vorstellen konnte, Jacke, Mütze und Handschuhe auszuziehen.

«Ich bin heute Nachmittag in München. Hast du Lust, später mit mir einen Kaffee trinken zu gehen?» Ihre Mutter war noch nie jemand gewesen, der lange um den heißen Brei herumredete. Seit sie Münsterländer züchtete und deshalb immer von mindestens drei Hunden umgeben war, kam sie noch schneller zum Punkt.

«Wie kommt es, dass du dich in die Stadt wagst?», fragte Vicky, um Zeit zu gewinnen.

«Ich habe einen Friseurtermin.»

Es amüsierte Vicky immer noch, dass Susanne, die nach ihrer Heirat nicht nur ihren Namen, sondern auch ihren Kleidungsstil komplett geändert hatte und nun nahezu immer in schmutzabweisenden Hosen und rustikalen Oberteilen herumlief, ihre Haare weiterhin nur ihrer langjährigen Friseurin Corinna anvertraute.

«Also! Wie sieht es aus? Kaffee? Um fünf? Um sieben muss ich wieder zu Hause sein. Es kommen Interessenten für die Welpen.»

«Nein, ich ...» Ich bin krank, wollte Vicky schon sagen, aber ihre Mutter hatte sie noch nie anlügen können. Anders als Hubert hatte Susanne sie bisher nämlich fast immer sofort ertappt. «Ich bin in Schottland», gab sie zu.

«Du machst *Urlaub*!» Susannes Stimme klang so erstaunt, dass sie genauso gut hätte sagen können: Du bist *das Christkind*!

«Nicht direkt. Hubert hat mich damit beauftragt, ein Buch zu kaufen.» Damit ihr auch garantiert niemand zuhören konnte, sonderte sich Vicky noch ein paar Meter weiter ab, bevor sie ihrer Mutter von der Luftballonpost, Finlays Foto und dem unglaublichen Fund, den sie gemacht hatten, erzählte. Nachdem sie geendet hatte, blieb es am anderen Ende der Leitung eine Zeit lang still.

«Bist du noch dran?»

«Ja, ich ... Und du glaubst wirklich, dass der Vater dir das Buch verkaufen wird? Ganz offenbar hat es ja eine besondere Bedeutung für den kleinen Finlay. Und vielleicht auch für ihn.»

«Glaub mir, jeder ist käuflich!», wiederholte Vicky Huberts Maxime. «Es kommt nur auf den Preis an.»

«Das hast du von deinem Vater.»

Wie gut sie Hubert doch immer noch kannte! Dabei sprachen die beiden schon seit zwei Jahrzehnten kaum noch mehr als das Nötigste miteinander.

«Ja, aber ich habe in den letzten Jahren die gleiche Erfahrung gemacht.» Vicky hoffte, dass diese Worte sich nicht so falsch anhörten, wie sie sich für sie anfühlten. Überhaupt fühlte sich so einiges auf einmal falsch an. Es wäre doch möglich, dass sie tatsächlich hierhergekommen war, um ihren Urlaub damit zu verbringen, in einem kleinen charmanten Antiquariat in Schottland Bücher zu verkaufen? Gerade konnte sie sich tatsächlich nichts Schöneres vorstellen!

Weil ihre Mutter schon wieder schwieg und Vicky den Vorwurf aus diesem Schweigen deutlich heraushören konnte, beschloss sie, das Thema zu wechseln. «Mir ist übrigens etwas Seltsames passiert», erzählte sie. «Ich habe schon seit Jahren immer wieder den gleichen Traum. In diesem Traum bin ich wieder ein Kind, und ich sitze auf einer Fensterbank und schaue auf das Meer hinaus. Boote wippen darauf auf und ab, und hinter mir knistert ein Feuer im Kamin. Waren wir vielleicht mal an einem solchen Ort in Urlaub?»

«Von diesem Traum hast du mir ja noch gar nicht erzählt.»

«Ich fand es bisher nicht wichtig. Aber hier in Schottland gibt es ein Zimmer, das fast genauso aussieht wie das aus meinem Traum. Die Aussicht ist sogar gleich.»

Vicky hörte im Hintergrund ein schrilles Klingeln und gleich darauf lautes Hundegebell.

«Du, ich muss Schluss machen», sagte ihre Mutter. «Es ist jemand an der Tür.»

«Kein Problem. Ich melde mich, wenn ich wieder in München bin.» Was hoffentlich nicht mehr so lange dauerte!

Erst nachdem Vicky aufgelegt hatte, merkte sie, dass Susanne ihre Frage gar nicht beantwortet hatte.

«Worauf wartest du noch!», schrie Finlay. Er und Gertie

trugen bereits ihre Badesachen. Liam stand sogar bereits bis zu den Waden im Wasser, in einer Badehose, die viel zu klein wirkte und unter seinem runden Bauch von vorne kaum zu sehen war.

«Kommt endlich rein, ihr Warmduscher!», schrie er. «Oder muss ich euch holen kommen?» Er bespritzte die Kinder mit Wasser, und sie kreischten auf.

Vicky musste schmunzeln. Liam machte auf sie den Eindruck von jemandem, der niemals erwachsen werden wollte. Wieso gerade dieser vergnügte Peter Pan sich wohl für eine Frau wie Shona, die Ziege, interessierte?

Sie ließ das Handy in ihrer Handtasche verschwinden und machte sich auf den Weg zu Graham, Paul, Tessa und Mick, die auch gerade dabei waren, sich auszuziehen. Die Thermoskannen mit Suppe und heißen Getränken standen schon bereit. Vicky wünschte, sie hätte das Bad schon hinter sich und könnte, dick eingepackt, einen Tee schlürfen. Sie hasste Kälte! Nicht einmal nach der Sauna duschte sie richtig kalt, so eine Frostbeule war sie. Kurz überlegte sie, ob sie nicht gleich zum Suppe-Tee-Teil übergehen konnte, aber dann sah sie, wie Pauls spöttischer Blick auf ihr ruhte, und schlüpfte hastig aus ihren Kleidern.

«Bereit?», fragte Graham, und Vicky nickte.

Ohne seine Brille war das Vergissmeinnichtblau seiner Augen noch viel intensiver als sonst. Überhaupt machte er in der Badehose keine schlechte Figur. Seine Haut war leicht gebräunt, und obwohl Vicky sich beim besten Willen nicht vorstellen konnte, dass er ins Fitnessstudio ging, waren seine Muskeln an Armen, Beinen und Bauch deutlich zu sehen. Vielleicht hatte er zu Hause eine Hantelbank. Sie selbst hatte nicht nur einen Fitnessraum in ihrer Apartmentanlage, sondern auch ein Schwimmbad. Allerdings musste es Monate her sein, dass sie das letzte Mal dort gewesen war. Unwillkürlich zog Vicky den Bauch ein, als sie an Grahams Seite zum Meer lief. Der feuchte Sand klebte unangenehm schwer an ihren Fußsohlen.

Ihre Füße tauchten in das eisige Wasser, und sie atmete scharf ein. Es war höllisch kalt.

Ein paar Meter vor ihr hüpften Finlay und Gertie. Auch Tessa und Mick hatten sich schon bis zu den Oberschenkeln in die Fluten gewagt. Neben ihr stapfte Graham unbeirrt weiter. Hatten die denn alle gar kein Kältegefühl?

Ich schaff das nicht!, dachte Vicky. Bereits jetzt taten ihr die Füße und Unterschenkel weh. Hatte sie die Kälte anfangs noch als Kribbeln wahrgenommen, empfand sie diese nun wie spitze Nadeln auf ihrer Haut. Sie wollte sich gar nicht ausmalen, wie es sein musste, wenn das Wasser erst über den empfindlichen Bauchbereich schwappte!

Sie würde aufgeben. Auch wenn Sheriff Paul sicherlich nur darauf wartete, dass sie scheiterte. Und auch wenn Finlay, Gertie, Mick, Tessa und Graham bestimmt enttäuscht sein würden.

Vicky war zum Weinen zumute. Was tat sie nur? Das Buch würde sie sowieso nicht bekommen. Sie hätte niemals herkommen sollen!

Plötzlich spürte Vicky eine Hand an ihrer. «Kommen Sie!», sagte Graham. «Atmen Sie ruhig ein und aus, auch wenn es schwerfällt. Und gehen Sie langsam weiter! Die ersten Schritte sind immer die schwersten. Aber irgendwann setzt der Körper Endorphine frei.»

Dass sie irgendwann in den nächsten Minuten so etwas wie Glück empfinden würde, konnte Vicky sich zwar nicht vorstellen, aber seine Hand in ihrer spornte sie an weiterzugehen. Genau wie seine Stimme. Und die Stimmen der Kinder. «Vicky! Vicky!», riefen Finlay und Gertie, und sie hüpften und klatschten dazu im Takt.

Vicky konzentrierte sich ganz auf ihren Atem. Einatmen ... eins, ausatmen ... zwei, drei. Einatmen ... eins, ausatmen ... zwei, drei. Einatmen. Ausatmen. Ein. Aus. Die Stimmen der Kinder wurden leiser, genau wie das Geräusch ihres Atems in ihren Ohren. Auch das Kältegefühl ließ überraschenderweise tatsächlich nach. Vicky schloss die Augen und ließ sich von Graham führen. Aus dem Aufsetzen ihrer Füße wurde ein Dahingleiten. Das Meer quälte sie nicht mehr mit Eisstacheln, sondern umschmeichelte sie. Liebkoste sie. Es war, als würde ihre Seele völlig losgelöst von ihrem Körper schweben. Geküsst von den pastellfarbenen Strahlen der Sonne. Und das Einzige, was Vicky spürte, war Grahams Hand, ruhig und fest in ihrer.

Erst als er stehen blieb und sagte: «Ich denke, das reicht fürs erste Mal!», kam sie wieder zu Bewusstsein. «Wow!», sagte Vicky ein wenig benommen und blinzelte. Sie konnte sich nicht daran erinnern, jemals so sehr in dem Moment verankert gewesen zu sein wie gerade eben. Alles war auf einmal so fern gewesen, so bedeutungslos. Es hatte kein Gestern mehr gegeben und kein Morgen. Nur noch ein schwereloses Jetzt.

Und dann kam sie mit aller Wucht zurück, die Kälte. Zähneklappernd watete sie an Grahams Seite hinaus.

An ihrem Platz standen schon Gertie, Finlay, Mick und Tessa, eingemummelt in dicke Handtücher. Vicky hatte gar nicht gemerkt, wie sie hinausgegangen waren.

«Gut gemacht, Lady!» Auch Paul stand schon da und

reichte ihr ein Handtuch. «Sie sind härter, als Sie aussehen! Auch wenn Sie ein wenig Hilfe von meinem Sohn gebrauchen konnten.» Sein Blick wanderte an ihrem Arm hinunter. Vicky war so im Rausch gewesen, dass ihr erst jetzt auffiel, dass sie immer noch Grahams Hand hielt. Sie ließ sie jäh los, nahm das angebotene Handtuch und trocknete sich ab.

Kurz darauf waren auch Graham und Vicky wieder dick eingepackt und tranken Tessas Gemüsebrühe, um sich aufzuwärmen.

«Können wir alle nachher noch Marshmallows grillen, Daddy?», fragte Finlay. «Wir haben welche zu Hause.»

Graham schüttelte den Kopf. «Morgen ist wieder Schule, und du musst früh ins Bett.»

«Bitte!», fiel Gertie ein, und sie blinkerte ein paarmal mit ihren langen Wimpern. «Finlay und ich schlafen danach ganz sicher besonders gut.»

«Aber Finlay muss noch seine Rechenaufgaben machen.»

«Die hab ich doch schon längst mit ihm gemacht», sagte Paul.

«Ich weiß nicht ... Was meint ihr?», wandte sich Graham an Mick und Tessa, und nicht nur die Kinder beobachteten ihn gespannt, sondern auch Vicky hielt den Atem an.

Graham hatte ihr erzählt, er habe *Alice im Wunderland* mit nach Hause genommen. Konnte das ihre Chance sein, das Buch einmal in die Hand zu nehmen und nachzuschauen, ob es sich wirklich um eine der Erstausgaben handelte? Vielleicht konnte sie dann endlich mit Graham darüber sprechen. War diese Gelegenheit die Belohnung dafür, dass sie gerade bei Minusgraden ein Bad im Meer genommen hatte, dass sie unentgeltlich als Aushilfsbuchhändlerin arbeitete und gestern in ein zu großes Weihnachtsmannkostüm geschlüpft war, in dessen Bart sich nicht nur Reggies Spucke, sondern - noch immer schauderte es Vicky bei dem Gedanken daran - auch eine Spinne befunden hatte?

«Wenn wir jetzt losfahren, ist es erst fünf, wenn wir zu Hause sind. Da müssen die Kinder ja wirklich noch nicht ins Bett», kam Mick ihr zu Hilfe, und Vicky hätte den großen, breitschultrigen Mann am liebsten umarmt.

«Wir können auch in unseren Garten gehen», schlug aber jetzt Tessa vor.

Nein! Nein, nein, nein!

Hatte Vicky gerade noch aufgeatmet, krampfte sich jetzt alles in ihr zusammen. Und Tessa war noch nicht fertig.

«Ich habe heute Morgen Pasteten gebacken, die können wir niemals allein essen», fuhr sie fort. «Und außerdem waren wir sicher die letzten fünf Male bei dir, Graham. Es wird Zeit, dass wir uns revanchieren.»

Nein, es wird nicht Zeit! Dieses eine Mal soll die Party noch bei dir stattfinden. Sag es!, beschwor Vicky Graham innerlich.

Doch Telepathie schien zwischen ihnen nicht zu funktionieren. «Gut, dann treffen wir uns bei euch!», sagte er, und Vicky unterdrückte ein Stöhnen. Wie viele Prüfungen musste sie denn noch ablegen, bis sie endlich dieses blöde Buch in den Händen hielt?

«Graham hat erzählt, dass Sie im Hillcrest House wohnen», sagte Tessa, und Vicky nickte. «Dann sagen Sie doch bitte Nanette Bescheid, dass sie ebenfalls herzlich zum Marshmallow-Grillen eingeladen ist. Sie freut sich immer so über ein bisschen Abwechslung.»

«Das mache ich», sagte Vicky, und sie stellte fest, dass sie sich tatsächlich auch ein bisschen auf dieses Grillfest freute.

Kapitel 21

Nanette

Es war eine hervorragende Idee gewesen, das Kleid zu kaufen! Nanette drehte vor dem bodentiefen Spiegel in ihrer Diele eine Pirouette, und die langen schwarzen Fransen tanzten um ihre Knie. Schon als die nette Miss Lambach ihr von dem Charleston-Schmuckstück erzählt hatte, hatte sie sich in das Kleid und seine Geschichte verliebt. Passend dazu hatte sie sich bei Ann gleich noch eine Federboa gekauft.

Von überallher in der Gegend kamen die Leute inzwischen, um Anns Kleider zu kaufen. Letztens war wohl sogar ein Kunde aus Edinburgh da gewesen. Ann stellte ihre Kleider seit Neuestem auch ins Internet. Unglaublich, was diese Frau sich in kurzer Zeit aufgebaut hatte! Nach der Scheidung vom Doc war sie sowieso richtiggehend aufgeblüht. Kein Wunder, so schwierig, wie der war! Für eine neue Liebe war Ann allerdings noch nicht offen. Und in den Buchklub wollte sie auch nicht. Rosie hatte sie nun schon mehrere Male gefragt.

Aber Grahams neue Aushilfe wollte kommen! Ein hübsches Mädchen, diese Miss Lambach. Aber irgendwie wirkte sie ein bisschen traurig und in sich gekehrt. So als hätte sie nicht besonders viel Spaß im Leben.

Nanette warf sich die Federboa über die Schulter und zwinkerte ihrem Spiegelbild zu. Posen, das konnte sie immer noch wie ein junges Mädchen. Kichernd nahm sie einen Schluck aus dem Champagnerglas, das auf der Kommode neben der Vase mit Amaryllen stand. Sie prostete zuerst ihrem Spiegelbild zu und dann dem Foto von ihrem kleinen Sonnenschein, das ein Stück rechts oberhalb von dem Spiegel an der Wand hing.

«Schau mich nicht so vorwurfsvoll an, Elsie!», sagte sie. «Man musste die Feste feiern, wie sie fallen. Wenn ich in meinem Alter immer auf den richtigen Anlass warten würde, hätte ich nicht mehr viel zu lachen.»

Schon kurz nach dem furchtbaren Unfall hatte sie angefangen, mit ihr zu sprechen. Das hatte ihr geholfen, ihr das Gefühl gegeben, dass ihre Tochter doch noch nicht ganz fort war. Jetzt, über fünfzig Jahre später, redete sie noch immer mit ihr.

Den richtigen Zeitpunkt für einen Abschied gab es nicht, es gab nie den richtigen Tag. Und es war immer zu früh. Aber in diesem Fall war es viel zu früh gewesen! Nicht einmal drei Jahre alt hatte Elsie werden dürfen.

Nanette nahm den Bilderrahmen von der Wand, presste ihn an ihre Brust und wiegte sich einen Moment lang mit geschlossenen Augen hin und her.

Die ersten Tage hatte sie gedacht, dass sie nicht überleben würde. Aber sie hatte überlebt. Wieso hast du das alles nicht geschafft, Frank! Sie warf ihrem Ehemann einen vorwurfsvollen Blick zu. Zusammen mit Reggie, Elsie und ihr posierte er auf einem anderen Foto vor Swinton Manor, mit herausgedrücktem Brustkorb und hocherhobenem Kopf. Ganz so wie die vielen Chiefs des McDonald-Clans vor ihm. Hatte sich von denen eigentlich auch einer so feige davongemacht?

Nanette hörte ein Geräusch an der Haustür. Ein Schlüssel wurde ins Schloss geschoben und umgedreht. Schnell hängte sie Elsies Foto wieder an seinen Platz zurück.

Miss Lambach trat ein. Und sie sah ganz anders aus als zuvor. Normalerweise trug sie ihr auffällig helles Haar so glatt, als hätte sie es gebügelt. Jetzt aber war es ganz zerzaust, es hatte sogar ein paar Wellen. Aber das war nicht das Auffälligste. Das Auffälligste waren ihre strahlenden Augen. Ihr ganzes Gesicht schien zu leuchten.

«Na, Liebes! Ich sehe, das Eisbaden hat Sie erfrischt.»

Das Lächeln auf Miss Lambachs Gesicht vertiefte sich, und ein Grübchen wurde in ihrer linken Wange sichtbar. «Am Anfang dachte ich, ich schaffe es nicht, aber dann ... Ich kann es immer noch nicht glauben, dass ich mich wirklich überwunden habe, in dieses unfassbar kalte Wasser zu gehen!»

«Da haben Sie mir etwas voraus. Ich bin ja wirklich für jeden Spaß zu haben, aber diese seltsame Tradition, die Liam da ins Leben gerufen hat ... Möchten Sie einen Tee? Ich habe in der Küche den Kamin angemacht. Und in Ihrem Zimmer auch.»

«Nein, ich bin nur kurz hergekommen, um mich umzuziehen. Ich hatte meine Hose in den Sand gelegt, und Gertie und Finlay sind mit ihren nassen Füßen darübergelaufen. Ich gehe gleich noch zu Mick und Tessa und zu Grah... äh ... Mr Erskine. Die Kinder wollen Marshmallows grillen. Ich soll Sie fragen, ob Sie auch kommen wollen?»

Als sie den Namen Graham aussprach, hatte Miss Lambach die Lider gesenkt. Ganz kurz nur, aber Nanette war es trotzdem nicht entgangen. Das Strahlen in Miss Lambachs Augen war also nicht nur auf das Bad im eisigen Wintermeer zurückzuführen. Wie schön!

«Wieso nicht?», antwortete Nanette fröhlich. «Ich wollte es mir heute Abend eigentlich mit einem guten Buch und einem Gläschen Pimm's gemütlich machen, aber das ist natürlich nichts gegen einen Abend in netter Gesellschaft. Ich ziehe mir nur ebenfalls schnell was anderes an. Obwohl ... Mit einer dicken Strumpfhose und Stiefeln wird es schon gehen ...»

Tessa hatte ihre berühmten Pasteten gemacht. Für die Erwachsenen mit Brandybutter, für die Kinder ohne Alkohol. Nanette konnte sie schon riechen, als Miss Lambach das Tor von Rose Cottage öffnete.

«Das riecht köstlich! Ich befürchte, wenn ich noch länger bleibe, bekomme ich meine Hosen nicht mehr zu.» Miss Lambach klopfte sich auf ihren nicht vorhandenen Bauch.

«Ach was, Liebes, Sie bewegen sich im Laden doch den ganzen Tag. Und außerdem würden Ihnen ein paar Kilo mehr nicht schaden.» In Nanettes Augen war sie viel zu dünn.

«Ich hoffe, ihr habt Hunger mitgebracht!», rief Tessa ihnen zu. Sie hatte das Tablett mit den deftigen Pasteten auf den Gartentisch gestellt und schnitt sie mit einem langen Messer in daumendicke Stücke.

Ja, den hatte Nanette tatsächlich. Sie war hungrig wie ein Wolf. Und für Marshmallows hatte sie sich noch nie begeistern können. Graham, Mick und die Kinder standen mit langen Stöcken in der Hand um einen Feuerkorb und rösteten sie über den Flammen.

«Willst du einen?», fragte Finlay Miss Lambach.

Sie nickte und nahm den Stock, den der Junge ihr entgegenstreckte, blies ein paarmal auf das halb verbrannte weiße Ding und biss dann ein Stück davon ab. «Köstlich!»

«Willst du noch einen?»

«Auf jeden Fall.»

Nanette sah, wie Miss Lambach und Graham sich über Finlays Kopf hinweg anlächelten, dann wandten beide wie auf Kommando ihre Blicke voneinander ab. Sie konnte ein Grinsen nicht unterdrücken. Oh, oh! Miss Lambachs Schwärmerei schien nicht einseitig zu sein. Seine letzte Aushilfe, eine äußerst robust aussehende Frau mit roten Wangen und schaufelgroßen Händen, die aussah, als würde sie auf einer Farm in Texas Rinder züchten, hatte Graham nie so angesehen.

«Kannst du noch eine Packung Marshmallows holen?», fragte Tessa Graham. «Ich dachte, wir hätten noch eine in der Vorratskammer, aber ein paar Mäuse müssen sie gefressen haben.» Sie zwinkerte ihm zu.

Nanette sah, wie er in Richtung Honeysuckle Cottage verschwand, und aus einem spontanen Impuls heraus folgte sie ihm.

Als sie hinter ihm in die Küche trat, kramte Graham in einem der Küchenschränke.

«Du bist total verrückt nach ihr, nicht wahr?», sagte sie, und er hielt einen Moment mitten in der Bewegung inne.

«Wen meinst du?», fragte er dann.

«Tu nicht so naiv», gab Nanette zurück. «Wen sollte ich

wohl meinen?» Sie öffnete ihren Mantel. Hier drinnen war es ganz schön warm. «Ich meine natürlich deine neue Aushilfe. Die entzückende Miss Lambach.»

Graham schwieg, dann wanderte sein Blick zu dem Foto, das über dem Esstisch hing und das eine hübsche junge Frau mit brünetter Ponyfrisur zeigte.

«Oh nein!», grollte Nanette. «Du musst Patricia nicht um Erlaubnis fragen. Sie ist tot. Und das seit drei Jahren schon.»

Grahams Brustkorb hob sich. «Ich weiß», sagte er, nachdem er lange ausgeatmet hatte. «Das weiß ich doch alles.»

«Und ich weiß, dass sie deine ganz große Liebe war», sagte Nanette, nun aber mit deutlich sanfterer Stimme. «Deine einzige Liebe. Wie alt warst du, als ihr zusammengekommen seid?»

«Achtzehn.» An der Bewegung von Grahams Kehlkopf sah sie, dass er schluckte. «Ich kann mich noch gut daran erinnern, wie ich sie das erste Mal gesehen habe. Es war in den Sommerferien. Pat stand mit ihrem Fahrrad auf dem Marktplatz. Sie hatte ein Eis in der Hand und so viele Sommersprossen auf der Nase, dass es unmöglich gewesen wäre, sie zu zählen. Ich hatte schon gehört, dass die Enkelin vom alten Fox zu ihrem Großvater gezogen war, um ihm im Laden zur Hand zu gehen. Aber weil ich wegen der Prüfungen wochenlang keine Zeit gehabt hatte, nach Hause zu fahren, hatte ich sie bis dahin noch nicht gesehen. Sie wollte wissen, ob ich auch gerade erst nach Swinton gezogen war, und als ich antwortete, dass ich schon immer hier lebe, meinte sie, dass ich ihr dann ja ein bisschen was von der Gegend zeigen könnte. Und dabei hat sie mich angestrahlt.» Er lächelte versonnen. «Ich glaube, ich hatte noch nie jemanden gesehen, der so voller Leben war wie sie. Und es war furchtbar mitzuerleben, wie sie immer weniger geworden ist.» Graham betrachtete seine verschränkten Hände, und als er weitersprach, war seine Stimme nur noch ein Hauch. «Ich wünschte, ich hätte ihr ihren Schmerz abnehmen können.» Er schwieg einen Augenblick, dann fuhr er fort: «Wie hast du es nur geschafft, die Zeit nach Elsies und Franks Tod zu überleben?»

«Ein Teil von mir hat es nicht überlebt.» Nanette schlang sich die Spitze ihrer Boa um den Zeigefinger.

«Hat es irgendwann aufgehört wehzutun, dass sie nicht mehr da sind?» Graham suchte ihren Blick.

«Nein, es tut auch heute noch weh. Und es tut mir leid, dass ich dir nichts anderes sagen kann.»

«Wie ist es dir dann gelungen weiterzumachen?»

«Ganz einfach. Ich bin morgens aufgestanden, ich habe mich angezogen, Reggie das Frühstück gemacht, ihn zur Schule gebracht ... All das, was du auch jeden Tag für Finlay getan hast. Und immer noch tust. Weißt du, Graham ...» Nanette streckte die Hand aus und streichelte seinen Arm. «Der Satz *Das Leben geht weiter* bedeutet nicht, dass man den geliebten Menschen nicht mehr vermisst. Er bedeutet einfach nur, dass man sich irgendwann für die Freude anstatt für den Schmerz entscheidet. Das habe ich getan. Und das solltest du auch tun.»

Sie sah, wie Graham leicht zusammenzuckte, doch dann nickte er. «Du hast recht.»

«Das habe ich immer. Das liegt an meiner Lebenserfahrung. Ein hohes Alter ist also auch für etwas gut.» Nanette schmunzelte. «Ach, komm her!» Sie zog ihn an sich, und für ein paar Sekunden ließ Graham sich in ihre Umarmung sinken. Dann richtete er sich wieder auf.

«Am besten gehen wir zurück», sagte er. «Sonst denken die anderen noch, dass wir die Marshmallows ganz allein aufessen.» Er nahm die Packung aus dem Schrank.

Als sie das Wohnzimmer betraten, stand dort zu Nanettes Überraschung Miss Lambach vor Grahams Bücherschrank, und sie wirkte so schuldbewusst, als wäre sie gerade bei etwas Verbotenem ertappt worden. «Ich wollte nur fragen, ob ich etwas helfen kann», sagte sie schnell. «Beim Tragen oder so.»

Beim Tragen einer Packung Marshmallows? Nanette hob die Augenbrauen.

«Nein, nein», sagte Graham. «Ich bin zwar im Moment nicht besonders gut in Form, aber die Marshmallows schaffe ich gerade noch allein.» Er warf die Packung in die Luft, und Miss Lambach errötete. «Aber ich wollte Sie auch etwas fragen», fuhr er fort. «Haben Sie Lust, morgen mit mir auf Büchertour zu gehen? Ein ehemaliger Universitätsprofessor will seine Bibliothek auflösen, und da könnte ich sehr wohl ein bisschen Unterstützung gebrauchen.»

Na also, es ging doch! Nanette presste die Lippen aufeinander, um ein triumphierendes Lächeln zu unterdrücken. Es war wirklich an der Zeit, dass Graham sein Schicksal wieder in die Hand nahm und aufhörte, ausschließlich in der Vergangenheit zu leben!

KAPITEL 22

Vicky

Muss ich davon ausgehen, dass du auch heute noch nicht zurückkommst?»

Vicky richtete sich in ihrem Bett auf. Sie rieb sich die Augen. Nicht der nostalgische Wecker auf ihrem Nachttischchen hatte sie geweckt, sondern Huberts Anruf. Konnte es einen unsanfteren Morgenstart geben?

«Nein, ich ...»

«Hast du immer noch den Magen-Darm-Virus?»

«Nein, aber ...»

«Und was ist dann der Grund, wieso du deine Rückkehr immer wieder aufschiebst?» Huberts Stimme war schneidend geworden.

Nein! Es konnte unmöglich einen unsanfteren Morgenstart geben. Vicky wünschte sich, sie hätte vor diesem Gespräch wenigstens noch Zeit für eine Tasse Kaffee gehabt. «Gra... ähm ... Mr Erskine ist auf Büchertour.» Das stimmte. Was sie ihrem Vater jedoch verschwieg, war, dass sie Graham dabei begleitete. «Und er kommt erst am Ende der Woche wieder zurück.» Das stimmte nicht, sie würden nur einen Tag unterwegs sein. Aber da sich das ganze Unternehmen als noch komplizierter gestaltete, als Vicky sowieso schon angenommen hatte, konnte es nicht schaden, den Zeitraum ein wenig auszudehnen.

«Ende der Woche erst! Dann kannst du dich ja heute in das nächste Flugzeug setzen und zurückfliegen, anstatt die ganze Zeit in Schottland herumzubummeln. Es gibt mehr als genug zu tun.»

Herumzubummeln ... Hubert hatte ja keine Ahnung! Vicky spürte, wie Wut in ihr aufstieg. «Nein, das werde ich nicht. Ich fühle mich nämlich immer noch nicht fit, und wenn du das nicht akzeptieren kannst, dann nehme ich Urlaub. Zur Not unbezahlt. Ich hatte schon seit einer Ewigkeit nicht mehr frei, aber das ist dir wahrscheinlich entgangen. Ich melde mich, wenn ich mit Mr Erskine gesprochen habe.» Vicky drückte so fest auf das rote Telefonsymbol, dass es wehtat, und damit Hubert sie nicht noch einmal anrufen konnte, schaltete sie gleich noch den Flugmodus ein.

Einen Moment saß sie still da und wartete darauf, dass Angst sie überkam, weil sie Hubert verärgert hatte. Aber das ihr nur allzu gut bekannte Gefühl blieb aus. Stattdessen hoben sich ihre Mundwinkel wie von selbst zu einem Lächeln. Sie hätte ihren Vater schon längst einmal in die Schranken weisen sollen! Zum ersten Mal seit ihrer Ankunft machte ihr die eisige Kälte, die morgens immer in ihrem Zimmer herrschte, nichts aus.

Nanette stand in ihrem Nicki-Hausanzug in der Waschküche und hängte Wäsche an einen altmodischen Wäschehalter mit Flaschenzug. «Oh!», sagte sie erstaunt, als Vicky fertig angezogen herunterkam. «So früh habe ich noch gar nicht mit Ihnen gerechnet. Und Sie sehen aus, als hätten Sie um diese frühe Uhrzeit schon gute Laune. Ich muss gestehen, ich brauche morgens immer ein bisschen. Soll ich Ihnen gleich Frühstück machen?»

«Nein danke, Graham will Blaubeerscones mitbringen. Angeblich die besten von ganz Schottland.» Vicky konnte ihr glückliches Lächeln nicht verbergen. Natürlich nicht wegen der Blaubeerscones. Auch die Aussicht darauf, mit Graham zusammen auf Büchertour zu gehen, war nicht der Grund für ihre Hochstimmung. Aber sie spürte noch immer eine unglaubliche Genugtuung, weil sie Hubert endlich einmal die Stirn geboten hatte. Außerdem würde sich heute garantiert die Möglichkeit ergeben, mit Graham in Ruhe über das Buch zu sprechen.

Für einen winzigen Moment hatte sie diesen weiteren Grund für ihre gute Laune tatsächlich vergessen. Und sie hatte auch nicht mehr daran gedacht, wie blöd es gestern mal wieder gelaufen war. Aber Graham schien sich nichts dabei gedacht zu haben, dass sie sich seine private Büchersammlung hatte anschauen wollen. Schließlich hatte sie schon mehrere Male betont, wie sehr sie Bücher liebte.

Aber Nanette … Vielleicht sah Vicky Gespenster, aber sie hatte den Eindruck gehabt, dass die alte Frau ihr die Erklärung für ihr Auftauchen im Honeysuckle Cottage gestern nicht abgekauft hatte. Und dann auch noch diese Mail von der Agentur! Vicky konnte wirklich nur hoffen, dass Eliyah sie dieser Mrs Swinger gegenüber in den nächsten Tagen nicht erwähnte.

Vicky schlüpfte in ihre gefütterten Stiefel und die dicke Jacke, wickelte sich einen Schal mehrmals um den Hals, stülpte sich eine Mütze über den Kopf und lief nach draußen.

Graham wartete bereits auf sie. Statt mit dem Mini Cooper war er mit einem kleinen Lieferwagen unterwegs.

«Guten Morgen!», rief er und hielt ihr die Beifahrertür auf.

Er war wirklich ein Gentleman! Wann hatte das ein Mann das letzte Mal für sie getan? Und er sah so gut aus in dem Dufflecoat! Das dunkle Marineblau ließ das Vergissmeinnichtblau seiner Augen umso heller strahlen. Außerdem wirkte er genauso gut gelaunt, wie sie sich fühlte.

«Guten Morgen!» Vicky stieg ein. «Ist es in Ordnung, wenn wir die Heizung ein klein wenig runterdrehen?», fragte sie, nachdem Graham den Motor gestartet hatte und losgefahren war. Was konnte sonst der Grund dafür sein, dass ihr plötzlich so heiß war?

Reggie hatte Vicky bei ihrer Ankunft erzählt, dass sich nur selten Touristen ins Marschland verirrten, die Grenzregion zwischen England und Schottland, in der Swinton-on-Sea lag. Vicky konnte das überhaupt nicht verstehen. Sie fand die sanft geschwungenen Hügel vor der Kulisse aus hohen, schneebedeckten Bergen, dunklen Wäldern und kristallklaren Seen wunderschön. Ein Großteil der Fahrt führte an einer schroffen Küstenlinie entlang. Häuser sah man auch in diesem Teil des Borderlands nur selten. Hin und wieder tauchte ein altes Steincottage auf oder eine geheimnisumwitterte Ruine.

Vicky hatte sich im Beifahrersitz des Lieferwagens zurückgelehnt, ließ die bezaubernde Landschaft an sich vorbeiziehen und aß die Blaubeerscones, die Graham tatsächlich mitgebracht hatte. Sie waren herrlich saftig. Wenn sie noch länger in Schottland blieb, würde sie bald all ihre Kleidungsstücke sprengen.

In Kirkcudbright ging es weitaus belebter zu als in den winzigen Ortschaften auf dem Weg dorthin. Das Städtchen lag romantisch an der Mündung eines breiten Flusses, und es bot eine farbenfrohe Mischung aus eleganten georgianischen Villen, viktorianischen Stadthäusern und mittelalterlichen Gebäuden. *Willkommen in der Stadt der Kunst* stand auf einem Banner, das am Anfang der Fußgängerzone zwischen einem Schuhgeschäft und einer Konditorei über die Straße gespannt war.

«Stadt der Kunst, Stadt der Bücher - hat hier in dieser Gegend jeder größere Ort eine Extrabezeichnung?», fragte Vicky amüsiert.

«Nicht jeder. Aber ein Stück weiter im Norden gibt es noch Castle Douglas, die *Stadt des Essens*. Sie sehen, wir arbeiten mit allen erdenklichen Tricks, um Touristen in unseren abgeschiedenen Landstrich zu locken.» Graham grinste. «In Kirkcudbright haben sich aber wirklich auffallend viele Künstler niedergelassen. Vor allem am River Dee liegt eine Galerie neben der anderen. Ich habe mir schon gedacht, dass Ihnen das Städtchen gefällt, und Sie sollten unbedingt im August wieder herkommen. Da findet hier ein viertägiges Kunstfestival statt.»

«Vielleicht mache ich das wirklich.» Sie lächelten sich an, und da war es wieder, dieses Kribbeln im ganzen Körper, das sie so oft befiel, wenn der Blick aus Grahams blauen Augen ihren traf. Aber dann fiel ihr wieder ein, weswegen sie wirklich hier war. Nicht, um Urlaub zu machen, und auch nicht, um Galerien zu besuchen und Kunstwerke zu sichten. Egal, wie unbeschwert und glücklich Vicky sich in manchen Momenten fühlte, der wahre Grund, wieso sie sich in Grahams Leben geschlichen hatte, war wie ein winziger Stein im Schuh. Sie spürte ihn nicht immer, aber doch oft genug, dass er sie störte - und ihr Vorwärtskommen erschwerte.

Bis zu dem Termin mit dem Universitätsprofessor war noch etwas Zeit, und Graham stellte den Lieferwagen auf einem großen Parkplatz ab, damit er Vicky vorher noch ein wenig die Stadt zeigen konnte. Vicky bewunderte das Tollboth, ein Gebäude aus Bruchstein mit einem hohen Turm, das früher Rathaus, Gefängnis, Gericht und Versammlungshalle gewesen war und in dem sich nun ein Kunstzentrum befand. Sie kamen am imposanten McLellan's Castle vorbei, an der Greyfriars Church und an vielen, vielen Kunsthandlungen. Wie schön musste es sein, in dieser Stadt einen ganzen Tag zu verbummeln! Ohne einen Termin zu haben - oder eine Mission ...

Am Hafen, dem einzigen aktiven an diesem Teil der Küste, setzten sie sich auf eine Bank und schauten einen Moment auf das vom Seenebel weichgezeichnete Meer hinaus. Zwei Fischerboote schaukelten darauf. Hoch am Himmel stand eine kreisrunde, orangefarbene Sonne, die in Form und Farbe an eine Mandarine erinnerte.

Vicky wies Graham darauf hin. «Die Szene erinnert an ein impressionistisches Gemälde von Monet.»

«Ist das Ihr Lieblingsmaler?», fragte er.

«Nein. Einen einzigen Lieblingsmaler habe ich gar nicht. Es gibt so viele, deren Werke mich berühren. Aber ich mag das Zarte, Unwirkliche, Verträumte von Monets Bildern. Und egal, wie oft ich sie mir anschaue, ich entdecke immer noch etwas Neues.»

«Wie kommt man dazu, in einer Galerie zu arbeiten?»

Graham biss in eine der Meeresfrüchtepasteten, die er für sich und Vicky an einem Kiosk gekauft hatte. «Haben Sie sich schon immer für Kunst interessiert?»

Vicky presste die Lippen zusammen. Dass ihre harmlose Bemerkung das Gespräch in diese Richtung abdriften ließ, hatte sie nicht beabsichtigt. «Wie kommt man dazu, eine antiquarische Buchhandlung zu führen?», antwortete sie deshalb mit einer Gegenfrage.

«Ach, kommen Sie!» Graham wirkte belustigt. «Nanette oder Isla, wahrscheinlich beide, haben Ihnen doch sicher erzählt, dass die Buchhandlung der Familie meiner verstorbenen Frau gehört hat und dass sie die erste in Swinton-on-Sea war. Ich bin da also einfach hineingerutscht.»

«Stimmt, Isla hat es mir erzählt», gab Vicky zu. «Und was Ihre Frage angeht: Ja, ich habe mich schon immer für Kunst interessiert! Mein Vater hat ein Antiquitätengeschäft geführt. Es gehörte ursprünglich meinem Großvater, und er hat es nach dessen Tod übernommen.» Dass Hubert daraus eines der erfolgreichsten Auktionshäuser von ganz Europa gemacht hatte, musste sie ja nicht erwähnen. «Viel abgeworfen hat das Geschäft nicht», fuhr sie fort. «Ich glaube, dass wir überhaupt unsere Miete zahlen konnten, hatten wir hauptsächlich meiner Mutter zu verdanken. Die hat nämlich bei einer Bank gearbeitet. Und da sie nachmittags nie da war, bin ich nach dem Kindergarten immer zu meinem Vater ins Geschäft gegangen. Ich habe es geliebt, in all den alten Sachen zu stöbern und mir auszumalen, wem sie wohl einmal gehört und was sie alles erlebt hatten! Mein Vater konnte auch zu jedem einzelnen Stück eine Geschichte erzählen. Er hat Geschichten geliebt. Und so bin ich, genau wie Sie, wohl auch irgendwie hineingerutscht. In die Kunstszene. Und in die Welt der Geschichten.»

«Ist Ihr Vater tot?», fragte Graham.

«Nein, wieso?»

«Sie sahen gerade so traurig aus, als Sie von ihm gesprochen haben.»

Hatte sie das? Hubert erfreute sich, abgesehen von einem etwas zu hohen Blutdruck als Folge von zu viel Arbeit und chronischem Bewegungsmangel, bester Gesundheit. Aber der Vater, der früher so viel Zeit mit ihr verbracht hatte und mit dem man so viel Spaß haben konnte, war schon lange nicht mehr da. Ob unter Huberts maßgeschneiderten Anzügen und Hemden wohl irgendwo noch ein Teil dieses Mannes existierte? Vicky blinzelte.

«Na ja, er hat sich in den letzten Jahren ganz schön verändert. Als ich klein war, hat er viel mit mir unternommen, aber inzwischen arbeitet er nur noch. Manchmal wünschte ich mir, ich könnte die Zeit zurückdrehen, um sie noch einmal zu erleben. Und dann intensiver.»

«Wer wünscht sich das nicht!» Nun war es Graham, der sich traurig anhörte. Sicher dachte er an Patricia.

Fast hätte Vicky Skrupel bekommen, aber sie musste die persönliche Richtung, die das Gespräch genommen hatte, unbedingt ausnutzen. «Ich habe Ihnen doch schon mal erzählt, dass ich *Alice im Wunderland* so sehr liebe. Zu meinen schönsten Kindheitserinnerungen gehört, wie ich bei ihm auf dem Schoß saß und er mir diese Geschichte vorgelesen hat. Wahrscheinlich liebe ich das Buch deshalb so sehr. Es war eine ganz alte Ausgabe. Leider muss sie im Laufe der Jahre verloren gegangen sein. Was würde ich dafür geben, sie wiederzubekommen!» Vicky hielt den Blick gesenkt, weil sie es nicht schaffte, Graham anzuschauen. «Die Ausgabe, die in Ihrem Büro stand, hat mich an meine erinnert. Haben Sie vielleicht so eine im Laden? Oder zumindest etwas Ähnliches?» Bei den letzten Sätzen hatte ihre Stimme angefangen zu zittern, aber nicht weil sie in nostalgischen Erinnerungen schwelgte, sondern weil sie sich so furchtbar fühlte. Schließlich wusste sie ganz genau, wo sich das alte Alice-Buch, von dem sie gerade gesprochen hatte, befand: in ihrem Münchner Apartment im Bücherregal.

«Hm, haben wir eine im Laden?» Graham überlegte kurz. «Nur eine Ausgabe mit Illustrationen von Salvador Dalí, aber das ist natürlich etwas ganz anderes, und selbst da bin ich mir nicht sicher, ob wir sie inzwischen nicht verkauft haben. Aber ich schaue gerne nach.»

Ich schaue nach! Mehr sagte er nicht dazu?, dachte Vicky enttäuscht. Wollte er nicht über seine eigene Ausgabe sprechen?

KAPITEL 23

Vicky

Hier ist es!» Graham parkte den Lieferwagen vor einer ausgesprochen hübschen apricotfarbenen Villa mit weißen Sprossenfenstern. Andrew Dunn, der Besitzer, stand in dem von Säulen flankierten Eingangsportal und wartete bereits auf sie. Er trug ausgebeulte braune Cordhosen, und ein blütenweißes Hemd spannte sich über einen Bauch, dessen Umfang seine Vorliebe für gutes Essen deutlich verriet.

«Herein! Herein!», schrie er ihnen entgegen, und auch als Graham und Vicky längst eingetreten waren, verringerte er seine Lautstärke nicht. «Die Bibliothek ist im ersten Stock.» Als er in seinen Filzpantoffeln vor ihnen die Treppe hinaufschlurfte, sah Vicky die Hörgeräte hinter seinen Ohren. Oben angekommen, öffnete er schwungvoll eine weiße Flügeltür. «Sie dürfen alles mitnehmen!», verkündete er.

Das würde Graham hoffentlich nicht tun! Denn wenn er das wollte, würden sie den Lieferwagen gegen einen Lkw eintauschen müssen. Langsam drehte Vicky sich um die eigene Achse. Die Wände des nicht gerade kleinen Raums waren bis zur Decke von Büchern bedeckt. Um an die obersten Reihen zu kommen, brauchte man eine Leiter.

«Keine Angst.» Graham zwinkerte ihr zu. «Wir schauen alles durch und nehmen nur das mit, was wir sicher verkaufen können.»

Aber auch das dauerte mehrere Stunden! Kein Wunder, dass Graham so gut in Form war, dachte Vicky nach einer Weile. Schon bald taten ihr Arme und Beine weh. Mehrere Hundert Male war sie die Leiter sicher schon hinauf- und wieder hinuntergestiegen, immer mit einem Zettel in der Hand, auf dem genau stand, welche Titel für *The Reading Fox* interessant waren. Am Ende ging Graham die auf dem Dielenboden aufgetürmten Bücherstapel noch einmal durch, und am frühen Nachmittag verließen sie mit gut zwanzig Kisten die Stadtvilla.

«Wo wollen Sie die alle lagern?», fragte Vicky.

«Der Name *Fuchsbau* kommt nicht von ungefähr», antwortete Graham vergnügt. «Auch die Kellerräume dehnen sich schier endlos nach hinten aus». Er war ausgesprochen zufrieden mit ihrer Ausbeute. In Andrew Dunns Bibliothek hatten sich ein paar echte Raritäten befunden. «Für Sie ist auch etwas dabei. Nicht *Alice im Wunderland* und auch nichts Antiquarisches. Aber ich könnte mir vorstellen, dass es Ihnen gefällt.» Graham öffnete eine Kiste und holte ein Taschenbuch heraus. *Fünf falsche Fährten* von Dorothy Sayers. «Das ist ein Krimi, der hier in Kirkcudbright spielt und außerdem in der Kunstszene. Ich habe gemerkt, wie sehr Ihnen die Stadt gefällt.»

«Ja, das tut sie. Danke schön!» Wie lieb von ihm, dass er ihr eine Freude machen wollte!

«Außerdem habe ich eine Überraschung für Sie.»

«Noch eine?»

«Ich bin ein sehr großzügiger Mensch.» Graham grinste. «Steigen Sie ein! Wir müssen ein Stück fahren.»

Dieses Mal parkte er den Lieferwagen in der Main Road vor einem niedrigen himmelblauen Gebäude, über dessen Tür *The Knox Agency* stand.

Vicky hob die Augenbrauen. «Wartet die Überraschung in diesem Haus auf mich?»

Graham nickte. «Es ist eine Literaturagentur.»

«Eine Literaturagentur? Darf ich dort mein Buch anpreisen? In dem Fall muss ich Sie enttäuschen. Ich lese zwar gerne, aber ich schreibe nicht. Im Aufsatzschreiben war ich immer furchtbar schlecht.»

«Kein Problem. Diese Agentur vertritt auch Illustratoren. Na, klingelt es bei Ihnen?»

«Nein. Im Zeichnen bin ich nämlich leider auch nicht besonders gut.»

«Aber Ihr E. Smith ist es.» Graham lächelte breit. «Ich habe Eliyah ein bisschen recherchieren lassen. Darin ist er ein Ass, und er hat schnell herausgefunden, dass Smith von dieser Agentur vertreten wird. Sie wollten doch unbedingt etwas über ihn in Erfahrung bringen.»

Dass er sich daran noch erinnern konnte! Vicky war gerührt. Graham ist wirklich ein unglaublich netter Mensch, dachte sie, und sofort war er wieder da: der piksende Stein im Schuh. Dabei war sie noch nicht einmal aus dem Auto gestiegen!

Die *Knox Agency* hätte auch ein ganz normales Büro sein können, so unpersönlich war der kleine Raum, in dem sich die Literaturagentur befand, eingerichtet. Graham wartete im Auto, während Vicky den Raum betrat. Ein Kunstdruck mit einer Strandszene, wie sie gerne an Touristen verkauft wurden, hing an der Wand, aber Werke von Illustratoren konnte Vicky nicht entdecken. Und anstelle von Büchern standen Aktenordner in den Regalen. Eine Agentur, die einen Künstler vertrat, der so kauzig war, wie Vicky sich diesen E. Smith vorstellte, hatte sie sich anders vorgestellt. War sie hier wirklich richtig?

«Wie kann ich Ihnen behilflich sein?», fragte der junge schlaksige Mann mit Hipster-Brille und Hipster-Bärtchen, der hinter dem weißen Schreibtisch saß.

«Ich interessiere mich für einen Ihrer Illustratoren. Sein Name ist E. Smith.»

«Vertreten wir den?» Der junge Mann tippte den Namen in die Tastatur seines MacBooks. «Ja, tatsächlich! Der Name befindet sich in unserer Kartei. Sie müssen entschuldigen. Ich habe die Agentur erst vor ein paar Monaten übernommen, nachdem der Vorbesitzer ganz plötzlich an einem Herzinfarkt verstorben ist.» Er bemühte sich um einen angemessen betroffenen Gesichtsausdruck. «Arbeiten Sie für einen Verlag?»

«Nein, ich interessiere mich privat für diesen Künstler. Können Sie den Kontakt zu ihm herstellen? Seine Illustrationen gefallen mir sehr, und ich würde ihm gerne welche abkaufen.»

«Gerne. Ich werde ihm eine Mail schreiben.» Er starrte weiter auf seinen Bildschirm. «Halt!», sagte er dann. «Das geht nicht. Es ist gar keine Mailadresse angegeben, sondern nur ...», seine Stirn legte sich in Falten wie eine Ziehharmonika, «... eine Festnetznummer. Nicht mal eine Handynummer ist hier vermerkt. Merkwürdig!»

«Aber seine Adresse steht doch sicher da, oder? Wegen der Abrechnung ...»

«Natürlich. Aber die kann ich Ihnen aus Datenschutzgründen nicht geben.» Der junge Mann klappte den Laptop zu. Auf einmal wirkte er distanziert.

«Selbstverständlich nicht. Das hätte ich auch niemals von Ihnen verlangt.» Schade! Zu gerne hätte sie den Hipster gefragt, ob E. Smith in Swinton-on-Sea wohnte. *In einem kleinen Dorf an der Südwestküste*, hatte im Internet gestanden. Ein Kauz wie dieser Künstler würde dort hervorragend hineinpassen. Auch dass er weder eine E-Mail-Adresse noch eine Handynummer angegeben hatte, passte in das Bild, das Vicky sich von ihm gemacht hatte. Hoffentlich meldete er sich bei ihr! Vicky war sich sicher, dass sich seine Bilder, geschickt vermarktet, gut verkaufen würden. Die Leute liebten Geschichten von verschrobenen Sonderlingen, die nicht wollten, dass die Welt etwas über sie erfuhr oder sie zu Gesicht bekam. Man musste ihnen nur hin und wieder ein paar Informationen zuwerfen.

«Bitte sagen Sie Mr Smith, dass er sich bei mir melden soll. Ich würde gerne noch mehr Bilder von ihm sehen.» Vicky griff nach ihrem Geldbeutel, um ihre Karte herauszuholen, doch gerade noch rechtzeitig fiel ihr ein, dass sie sich in Schottland als Galeristin und nicht als Kunstauktionatorin vorgestellt hatte, und sie steckte ihn wieder zurück. «Können Sie mir einen Zettel und einen Stift geben, damit ich Ihnen Handynummer und Mailadresse aufschreiben kann?»

Aufgrund eines Staus bei Ardwall fuhren Graham und Vicky nicht wie auf dem Hinweg an der Küste entlang, sondern über Land. Anfangs plauderten sie noch, sie erzählte ihm von ihrer Studienzeit in England, er ihr von skurrilen Erlebnissen mit Kunden und den Aushilfen, die er bisher gehabt hatte. Eine Wienerin zum Beispiel war von dem fast schon zwanghaften Bedürfnis besessen gewesen, Lebensmittel zu retten. Jeden Abend durchwühlte sie den Müllcontainer von Jack Pebbles nach abgelaufenen Produkten und brachte sie am nächsten Tag mit in den Laden, wo alle sich daran bedienen sollten. Ein Mann aus Wales bestand darauf, als schottischer Nationalheld William Wallace verkleidet zur Arbeit zu kommen, weil er glaube, dass das die Umsätze in die Höhe treiben würde.

Obwohl Grahams Geschichten wirklich amüsant waren, wurde Vicky immer schläfriger. Der Tag war aufregend gewesen. Und anstrengend. Die warme Heizungsluft und die einsetzende Dunkelheit trugen ihr Übriges dazu bei, dass ihr die Augen immer wieder zufielen.

«Schlafen Sie doch ein bisschen!», sagte Graham, und im nächsten Moment schon war sie weggedöst.

Vicky träumte. Aber diesmal war es nicht der Traum von dem Zimmer mit dem Kaminfeuer. Diesmal träumte sie von dem *Alice-im-Wunderland*-Buch. Sie fand es in einem versteckten Winkel der Buchhandlung, verbarg es unter ihrem Pullover und lief damit weg. Doch als sie es im Licht einer Straßenlaterne öffnete, verschwanden die Illustrationen von Tenniel und wurden durch die von E. Smith ersetzt.

Mit heftig klopfendem Herzen schrak sie hoch, setzte sich benommen auf und schaute zur Fahrerseite hinüber. «Sind wir schon da?», fragte sie. Das konnte sie sich nicht vorstellen, denn die Gegend kam ihr gar nicht bekannt vor.

Nirgendwo war Licht zu sehen. Vor ihnen erkannte sie ein riesiges Backsteingebäude mit vielen spitzen Giebeln.

«Nein. Es sind noch dreißig Meilen bis Swinton.»

«Wieso fahren Sie denn so langsam?»

«Weil wir gerade an meiner alten Schule vorbeikommen.»

Hier war er zur Schule gegangen! Das düstere viktorianische Gebäude hatte nichts gemeinsam mit dem lichtdurchfluteten modernen Neubau, den Vicky als Schülerin besucht hatte. Vielmehr hätte es als Kulisse für einen Gruselfilm durchgehen können. Es fehlten nur noch Wolfsgeheul und ein paar Fledermäuse, die im Licht des käsegelben Vollmonds durch die Luft segelten. Oder Raben. Stattdessen saß eine zerzauste schwarz-weiße Katze auf einem der Torpfosten. Träge stand sie auf und streckte sich, als sie näher kamen.

«Haben Sie etwas dagegen, wenn wir kurz anhalten?», fragte Graham.

«Nein, natürlich nicht», antwortete Vicky, und er fuhr die kurze kiesbestreute Einfahrt hinunter. Mannshohe Rhododendronbüsche flankierten ihren Weg. Graham parkte den Lieferwagen neben einem verfallenen Taubenhäuschen, und sie stiegen aus. Nebelschwaden zogen sich über den Kies und verstärkten den düsteren Eindruck des Gebäudes noch. Vickys Blick blieb an den vielen hohen Fenstern hängen. Keines von ihnen war erhellt.

«Die Schule ist schon lange geschlossen, und bisher hat sich noch kein neuer Eigentümer für den riesigen Kasten gefunden», erklärte Graham.

«Sind Sie jeden Tag mit dem Bus hierhergefahren?»

«Nein. Es gab keinen. Ich bin hier aufs Internat gegangen

und konnte nur in den Ferien heim. Dad war der Ansicht, dass ich die bestmögliche Ausbildung genießen sollte.»

«Wie alt waren Sie, als Sie von zu Hause weg sind?»

«Zehn.»

Kaum älter als Finlay und Gertie! Vicky schwieg betroffen.

«Bei Tageslicht ist es gar nicht so schlimm», sagte Graham.

Das hoffte sie sehr. Gerade hatte ein Käuzchen geschrien. Vicky versuchte sich Graham an seinem ersten Schultag vorzustellen, einen kleinen Jungen in kurzen Hosen, der die Finger fest um die Riemen seiner Schultasche gekrallt hatte und auf das Frankensteinhaus vor ihm schaute, in dem Wissen, seine vertraute Umgebung und die Menschen, die er liebte, nun erst einmal eine ganze Zeit lang nicht wiederzusehen.

«Dort drüben fand der Unterricht statt.» Graham zeigte auf einen flacheren Anbau. «Und dort oben war der Saal, in dem ich mit den anderen Jungs geschlafen habe.» Sein Zeigefinger wanderte ein Stück weiter, sodass er auf eine Fensterreihe im obersten Stock wies. Vicky schauderte es. Sie hätte in diesem abgeschieden gelegenen Gruselhaus nachts sicher kein Auge zugemacht.

Vickys Herz zog sich vor Mitleid zusammen. «Sie müssen während Ihrer Schulzeit einsam gewesen sein.»

Er zögerte einen Moment, bevor er antwortete. «Anfangs war ich das auch. Heute bin ich Dad dankbar. Die Ausbildung hier war hervorragend. Ohne sie hätte ich vielleicht nicht in Edinburgh Literatur studieren und Lektor werden können.»

«Das wäre wirklich schade gewesen, denn anscheinend sind Sie ein richtig guter.» Vicky rieb sich die kalten Hände. Sie hätte sich Handschuhe überziehen sollen. «Isla hat mir erzählt, dass Sie schon viele Bestseller lektoriert haben.»

«Isla übertreibt. Aber ein paar waren es schon.» Graham lächelte schief.

«Warum machen Sie es nicht mehr? Hin und wieder zumindest?»

Wieder schwieg Graham ein paar Augenblicke. «Ich habe darüber nachgedacht, aber es ist immer so viel zu tun. Der Laden, Finlay ... Als Lektor muss man sich vollkommen auf den Text einlassen können, an dem man arbeitet. Man kann nicht nur gelegentlich reinschauen, wenn man gerade mal eine Stunde Zeit findet. Das wäre dem Autor gegenüber nicht fair.» Er zog den Autoschlüssel aus der Tasche seines Dufflecoats. «Wollen Sie noch einen Moment bleiben und sich weiter umsehen, oder sollen wir nach Hause zurückfahren?»

«Ich würde lieber fahren. Es ist ganz schön kalt.»

Im Auto machte Graham als Erstes die Standheizung an. «Danke», sagte er dann.

«Wofür?»

«Dafür, dass Sie mitgekommen sind. Ich komme auf meinen Büchertouren öfter hier vorbei. Aber ich bin schon lange nicht mehr ausgestiegen. Mir hat es wohl immer vor den Erinnerungen gegraut.» Graham klang verlegen. «Aber durch Sie konnte ich sie gut in Schach halten.»

«War die Zeit hier so schlimm?»

Er schüttelte den Kopf. «Nein, das ist es nicht. Die meisten Mitschüler waren nett, die meisten Nonnen, die sich um uns gekümmert haben, auch, und die Lehrer ... die waren so, wie Lehrer nun mal sind.» Sein Blick verlor sich in dem dunklen Hof. «Wenn ich hier nicht ausgestiegen bin, hatte ich eher Angst vor der Erinnerung daran, wer ich damals gewesen bin. Ich hatte so viele Träume. Und unglaublicherweise haben sich die meisten davon erfüllt! Ich hatte ein tolles Kind, eine wunderbare Frau, einen Beruf, den ich liebte ... Was bin ich doch für ein Glückspilz, habe ich immer gedacht. Und dass das alles für immer wäre.» Er blinzelte und schüttelte sich dann leicht. «Entschuldigen Sie! Ich bin normalerweise nicht so sentimental. Wahrscheinlich hätte ich besser doch nicht anhalten sollen. Vergessen Sie alles, was ich gesagt habe!»

«Das ist schon okay.» Vicky suchte seinen Blick. «Und ich schwöre Ihnen, dass ich Eliyah gegenüber kein Wort darüber verlieren werde, dass sein knallharter Chef auch eine weiche Seite hat. Und auch sonst erzähl ich niemandem davon!» Sie zwinkerte ihm zu.

«Knallharter Chef!» Graham lachte auf. «Danke, nun bin ich beruhigt.» Er startete den Motor, doch bevor er losfuhr, sagte er noch: «Wissen Sie, ich kann den Fuchsbau nicht verkaufen. Nicht nur, weil er das Lebenswerk meines Schwiegervaters und meiner verstorbenen Frau ist, sondern auch wegen Eliyah, all den Kunden ... und Finlay. Er ist in dem Laden quasi aufgewachsen.»

«Das verstehe ich», sagte Vicky, und das tat sie wirklich.

Ein paar Meilen sprach niemand von ihnen ein Wort, bis Graham auf einmal sagte: «Haben Sie heute Abend eigentlich noch etwas vor?»

«Nun ja, auf eine Party bin ich nicht eingeladen. Ich hätte noch etwas gegessen und wäre dann mit einem Buch ins Bett gegangen. Wieso wollen Sie das wissen?», erkundigte sich Vicky cooler, als sie sich fühlte, denn ihr Herz hatte bei seiner Frage angefangen, schneller zu schlagen.

«Weil ich Sie fragen wollte, ob Sie noch kurz mit zu mir kommen möchten. Dann könnten Sie sich die *Alice-im-Wunderland*-Ausgabe einmal anschauen. Sie ist bei Finlay im Zimmer. Weil das Buch Sie doch so an die Ausgabe erinnert, die Sie verloren haben.»

Es dauerte einen Moment, bis Vicky antworten konnte. Damit hatte sie nicht gerechnet! «Ja, das würde ich wirklich gerne», sagte sie dann und hoffte, dass Graham nicht auffiel, wie belegt ihre Stimme klang.

Endlich! Letztendlich war ihre Rechnung also doch noch aufgegangen. Bei Graham lief alles über das Persönliche, hatte Isla gesagt, und nun war sie da, Vickys Chance! Warum hatte sie dann nur ein Kloß im Hals, der sich so groß und hart wie ein Tischtennisball anfühlte?

KAPITEL 24

Vicky

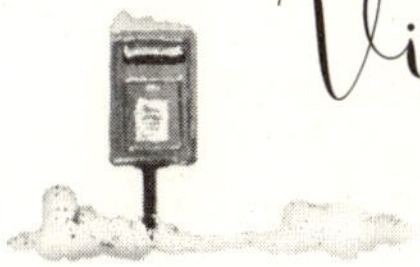

»Du hast gar nicht gesagt, dass Vicky uns besucht!», rief Finlay, als er ihnen die Tür öffnete.

Vicky hatte sich vorher schon nicht gut gefühlt, aber jetzt, als sie sah, wie Finlays rundes Kindergesicht strahlte, fühlte sie sich noch schlechter.

Selbst Paul schien ihre Anwesenheit nicht zu stören. Er wirkte für seine Verhältnisse sogar regelrecht herzlich. «Ich hoffe, Sie haben Hunger mitgebracht», sagte er. «Ich habe einen Lammbraten gemacht. Dazu gibt es Rosmarinkartoffeln und Bohnen, und es ist genug für alle da», erklärte er freundlich, nur um sie eine Sekunde später anzuraunzen: «Jetzt stehen Sie doch nicht rum wie bestellt und nicht abgeholt! Geben Sie mal Ihre Jacke her!»

«Die nehme ich Miss Lambach schon ab», sagte Graham. «Hol du doch schon mal den Braten! – Möchten Sie überhaupt etwas essen?», flüsterte er Vicky zu. «Ich hätte Sie vielleicht vorwarnen sollen. Mein Vater ist nicht nur Hobbydetektiv, sondern auch Hobbykoch – und zutiefst beleidigt, wenn man sein Essen ablehnt.»

«Ich sterbe vor Hunger», flüsterte Vicky zurück, und sie

überlegte, ob Paul auch beleidigt wäre, wenn sie nur das Gemüse und die Kartoffeln essen würde. Letztendlich beschloss sie, es nicht darauf ankommen zu lassen. Ein Stückchen Lamm würde sie schon irgendwie herunterbringen. Schließlich wartete nach dem Essen eine Belohnung auf sie! Sie bestand darauf, Graham und Finlay beim Tischdecken zu helfen, und während sie Messer und Gabeln verteilte, schaute sie sich verstohlen um. Ob sich das Buch hier irgendwo befand?

Sie konnte es nirgendwo entdecken. Dafür blieb ihr Blick an einem Foto hängen. Es zeigte Graham, einen deutlich jüngeren Finlay und eine Frau mit glatter dunkler Ponyfrisur und großen braunen Augen. Pat. Finlays Mutter und Grahams große Liebe. Sie war hübsch gewesen, auf eine unaufdringliche, unauffällige Art, und sie sah aus wie jemand, mit dem Vicky sich vorstellen konnte befreundet zu sein. Alle drei strahlten in die Kamera.

Ihr glückliches Lächeln versetzte Vicky einen Stich. Als das Foto aufgenommen worden war, hatte niemand von ihnen ahnen können, dass Graham und Finlay in gar nicht allzu ferner Zukunft nur noch zu zweit sein würden.

Das Essen, zumindest die Rosmarinkartoffeln und die Bohnen, schmeckten hervorragend. Paul schien sich über Vickys Lob aufrichtig zu freuen, auch wenn er brummelte: «Mehr Rosmarin und weniger Salz, und die Kartoffeln wären noch besser geworden. Aber das Lamm ist mir ausgezeichnet gelungen.»

Nach dem Essen war Vicky so satt, dass sie unter ihrem Pullover unauffällig den Knopf ihrer Jeans aufmachte.

Doch Finlay und Paul hatten heute Weihnachtsplätzchen gebacken, und Finlay bestand darauf, dass sie von jeder der vier Sorten probierte.

«Sie haben sich wacker geschlagen», grinste Paul, nachdem auch der letzte Keks in ihrem Magen verschwunden war. «Brauchen Sie einen Schnaps?»

«Ja! Mindestens einen.» Vicky rieb sich stöhnend den Bauch. Doch obwohl sie das Gefühl hatte, gleich zu platzen, fühlte sie sich so entspannt wie schon lange nicht mehr. Hinter ihr prasselte ein gemütliches Feuer, auf ihren Füßen lag ein dicker, leise schnarchender Mops, und die Luft war erfüllt von Stimmen, Lachen und leckeren Gerüchen.

Wie schön es wäre, nach einem langen Tag nicht in eine leere Wohnung zu kommen und sich etwas beim Lieferservice zu bestellen, sondern von netten Menschen und einem warmen Essen empfangen zu werden!, dachte sie wehmütig.

Es klingelte an der Tür, und Tyson sprang auf und rannte hin.

«Er hofft immer, dass es der Postbote ist», erklärte Finlay. «Mr Taylor bringt ihm immer einen Hundeknochen mit. Der ist nämlich mal von einem Hund gebissen worden.»

Doch es war natürlich nicht der Postbote – das hätte Vicky um diese Uhrzeit auch gewundert. Es war Shona.

«Kannst du kurz mitkommen? Ich muss mit dir sprechen!», sagte sie zu Graham, während sie gleichzeitig versuchte, Tyson daran zu hindern, auf Bonnie Belle zu klettern. «Allein!»

«Wieso? Ist etwas passiert?», gab Graham erstaunt zurück.

Nicht hier und jetzt, sagte Shonas durchdringender

Blick. Graham schlüpfte seufzend in Schuhe und Jacke und ging mit ihr nach draußen. Was Shona, die Ziege, wohl so Geheimes mit ihm zu besprechen hatte?

«Willst du mein Zimmer sehen?», fragte Finlay, und Vicky nickte mechanisch.

Das wohlige Gefühl, das sie kurzzeitig erfasst hatte, war verschwunden, und das Lamm lag ihr auf einmal bleischwer im Magen. Sie versuchte, durch das Fenster einen Blick auf Graham und Shona zu erhaschen, doch bei der Dunkelheit konnte sie nichts sehen.

Finlays Zimmer war ein typisches Jungenzimmer mit einem Bett in Form eines Autos und einem Fußball als Sitzsack. In der linken hinteren Ecke stand ein Tipi, an dem Lichterketten befestigt waren. Im Inneren des Zeltes lagen Kissen und eine Decke.

«Das sieht aber sehr gemütlich aus!», lobte Vicky den Kleinen.

«Das ist es auch. Magst du dich mal reinlegen?», fragte er, doch sie antwortete nicht, denn etwas lenkte sie ab. Von Finlays Zimmer konnte man direkt in den Garten hinunterblicken – und auf Graham und Shona, die vom Licht einer Laterne erhellt wurden. Offenbar stritten sie sich. Shona hatte die Arme fest vor der Brust verschränkt, und Graham redete auf sie ein.

«Magst du dich mal in mein Zelt legen?», fragte Finlay noch einmal, dieses Mal deutlich lauter. Vicky nickte und versuchte, den Gedanken an Graham und Shona zu verdrängen. Weswegen sich die beiden wohl gerade stritten? Sie kroch in das Tipi und legte sich neben Finlay auf die Decke.

«Hier schlafe ich heute Nacht», sagte er. «Und Gertie. Sie kommt gleich rüber. Wir haben morgen nämlich keine Schule. Die Heizung ist ausgefallen.»

«Ist das gut oder schlecht?»

«Gut natürlich.» Finlay grinste so breit, dass sie seine Zahnlücke sehen konnte. «Aber eigentlich gehe ich ganz gern in die Schule. Unsere Lehrerin ist nett. Bist du auch gern in die Schule gegangen?»

«Als ich so alt war wie du, schon.» Sie gab ihm einen Nasenstupser. «Ich hatte damals übrigens auch ein Zelt in meinem Zimmer. Aber es war nicht so ein cooles Indianerzelt, sondern sah aus wie ein Schloss.»

«Wolltest du eine Prinzessin sein?»

«Wollen das nicht alle kleinen Mädchen?»

«Gertie nicht.»

Nein, Gertie nicht! Vicky lachte auf. Die strebte sicher nach etwas Höherem. «Ich wollte eine sein. Schließlich haben Prinzessinnen immer Ponys.»

«Ponys mag Gertie auch. Sie hat sogar ein eigenes. Reitest du auch?»

«Schon seit Jahren nicht mehr. Leider. Dabei würde ich das unglaublich gerne mal wieder tun.» Vicky rutschte ein Stück zur Seite, weil sie etwas Spitzes in ihrem Rücken spürte. «Da liegt was unter der Decke», sagte sie zu Finlay und zog den Gegenstand heraus.

Es war ein Buch. *Das* Buch. Vicky schnappte nach Luft. Dass sie es ausgerechnet in einem Tipi das erste Mal zu Gesicht bekommen und sogar in den Händen halten würde, damit hatte sie wirklich nicht gerechnet.

«Tut dir was weh?», erkundigte sich Finlay.

«Nein, ich ... ich bin nur ein bisschen überrascht. Das

Buch wollte dein Papa mir zeigen. Weil ich ihm erzählt habe, dass ich *Alice im Wunderland* so gern mag.»

«Ich mag es auch. Mummy hat mir das Buch immer vorgelesen. Aber sie ist nicht ganz fertig geworden. Deshalb hat Daddy es mit mir zu Ende gelesen.» Er hörte sich bekümmert an. Aber nur für einen kurzen Moment, dann richtete er sich auf. «Magst du es dir mit mir zusammen anschauen? Es sind viele Zeichnungen drin. Meine Lieblingszeichnung ist die vom verrückten Hutmacher. Und eine von der Grinsekatze. Obwohl die nicht besonders nett ist.»

«Das stimmt. Ich mochte sie auch nie.» Auch Vicky drückte sich nach oben. Sie schlug die erste Seite auf, und ihr Blick wanderte nach unten, bis sie eine Zahl fand. *Die* Zahl. Hatte ihr Herz vorher schon deutlich schneller geschlagen, spielte es nun endgültig verrückt. Da stand eine Eins. Eine *Eins*!!! Sie legte ihre Hände fest um den Einband, damit Finlay nicht sah, dass sie zitterten.

Hubert hatte wie immer den richtigen Riecher gehabt. Das hier war wirklich die Erstausgabe! Und das konnte Graham unmöglich wissen. Sonst hätte er dieses unbezahlbare Buch doch nicht Finlay gegeben, sondern es in einen Safe gelegt! Vicky versuchte, tief einzuatmen, doch ihre Kehle war wie zugeschnürt.

«Wieso blätterst du nicht weiter?» Finlays Augenbrauen bildeten kleine Halbmonde über seinen runden Augen. Weil es in ihrem Kopf so sehr brauste, konnte sie ihn kaum verstehen.

Als Vicky nicht sofort reagierte, nahm er ihr das Buch ab und erledigte das Blättern für sie. Dabei erzählte er ihr etwas zu den einzelnen Abbildungen. «Vor der Herzkönigin hatte ich Angst. Und die Flamingos haben mir immer leidgetan. Genau wie Humpty Dumpty. Es muss blöd sein, ein Ei zu sein und ständig kaputtzugehen.» Er kuschelte sich so vertrauensvoll an sie, dass es Vicky ganz übel wurde vor lauter schlechtem Gewissen. «Was ist deine Lieblingszeichnung?», fragte er, nachdem er am Ende angekommen war.

«Ich kann es dir gar nicht sagen. Sie sind alle so besonders.» Vicky streichelte ihm abwesend über die weichen Haare, während es in ihrem Kopf arbeitete. Es war die Erstausgabe! Es fiel ihr schwer, ruhig neben Finlay sitzen zu bleiben. «Das ganze Buch ist etwas ganz Besonderes.»

«Ja.» Finlay nickte ernst. «Papa hat gesagt, dass es viel wert ist. Richtig, richtig viel, meint er. So viel, dass wir uns dafür ein neues Haus kaufen könnten. Sogar ein richtig großes. Mit Fußballfeld.» Er senkte seine Stimme. «Deshalb darfst du ihm auch nicht verraten, dass ich es mit ins Zelt genommen habe, ja? Ich sollte es in der Vitrine stehen lassen, bis er es wieder mit in den Buchladen nimmt. Dort ist es nämlich normalerweise in seinem Büro eingesperrt.»

«Ich verspreche es dir», sagte Vicky. «Weißt du, wieso dein Daddy das Buch nicht verkauft? Ich meine, so ein Fußballfeld, das wäre doch was.» Sie bemühte sich um einen leichten Tonfall, merkte jedoch selbst, dass ihre Stimme klang, als hätte sie mit Sand gegurgelt.

«Ja, aber das Buch hat Mummy gehört. Es war ihr Lieblingsbuch. Da können wir es doch nicht einfach verkaufen.» Finlay schien von ihrer Frage ganz überrascht zu sein. «Außerdem brauche ich gar kein eigenes Fußballfeld. Ich muss ja nur die Straße runter, und dann bin ich schon am Sportplatz. Soll ich dir meinen Harry-Potter-Tarnumhang zeigen? Daddy hat ihn mir aus Edinburgh mitgebracht.

Dort gibt es ein Harry-Potter-Geschäft. Das nächste Mal, wenn er hinfährt, nimmt er mich mit, hat er gesagt.» Finlay kroch aus dem Zelt. Vicky brauchte einen Moment, bis sie sich dazu in der Lage sah, ihm zu folgen. Natürlich wusste Graham, was das Buch wert war! Er war schließlich nicht dumm. Sie wusste gar nicht, wie sie je etwas anderes hatte erwarten können. Und natürlich wollte er es nicht verkaufen.

Benommen schaute sie noch einmal aus dem Fenster und in den Garten hinunter. Graham und Shona standen noch immer dort. Doch sie stritten nicht mehr. Ganz im Gegenteil! Shona hatte die Arme um Grahams Hals geschlungen, und er hielt sie fest.

Seltsamerweise tat Vicky dieser Anblick sogar noch etwas mehr weh als die Erkenntnis, dass sie das Buch niemals bekommen würde. Was war nur mit ihr los? Irgendwann im Laufe ihres Aufenthalts in Swinton war ihr innerer Kompass kaputtgegangen. Sie wusste nicht mehr, wo sie im Leben hinwollte. Wo sie wirklich hinwollte. Und die Nadel hatte sich bis jetzt leider noch nicht wieder neu justiert.

«Hier ist der Umhang», sagte Finlay und hielt ihn stolz vor sich. «Willst du ihn mal anziehen?»

Ja, das wollte Vicky. Zumindest wenn dieser Umhang nicht nur die Fähigkeit hatte, einen unsichtbar zu machen, sondern auch, einen an einen anderen Ort zu katapultieren. Sie wollte nur noch nach Hause.

KAPITEL 25

Vicky

«Sie wollen mich schon verlassen, Liebes?», fragte Nanette, als Vicky am nächsten Morgen mit ihrem Handgepäckkoffer die Treppe hinunterkam. Da ihre neu gekauften Sachen nicht mehr hineinpassten, hatte sie die einfach im Schrank gelassen. Genau wie den Zauberkasten. In München würde sie beides nicht brauchen. Lediglich den Schal, den sie in Ann Websters Vintageladen gekauft hatte, hatte sie eingepackt.

«Ja, leider. Nicht weil es mir hier nicht gefällt, sondern … aus familiären Gründen», log Vicky, weil die ältere Frau ganz erschüttert aussah.

Auch Graham hatte überrascht gewirkt, als Vicky in den Garten gestürmt war und ihm mitgeteilt hatte, dass sich bei ihr eine Migräne ankündigte und sie sich sofort hinlegen musste.

«Ich fahre sie schnell!», hatte er gesagt und dafür von Shona einen mörderischen Blick kassiert. Nicht nur deswegen hatte Vicky abgelehnt. Sie wollte diese absurde Episode in ihrem Leben so schnell wie möglich hinter sich lassen.

Nun musste sie nur noch kurz bei ihm im Buchladen vorbeifahren und ihm die gleiche Ausrede für ihre abrupte Abreise auftischen, dann konnte sie nach Glasgow fahren. Heute Nachmittag um fünf ging ein Flug, der sie in zwei Stunden zurück nach München bringen würde.

«Ich hoffe, es ist nichts Schlimmes passiert», sagte Nanette mitfühlend.

«Nein, nein, es gibt nur Probleme bei der Arbeit. Also bei meiner richtigen Arbeit! Mein Vater ist dort mein Vorgesetzter. Das Problem ... äh ... ist also beruflich und familiär.» Was redete sie denn nur für einen Blödsinn! Nanette musste ja denken, sie wäre total verwirrt. Probleme würde es tatsächlich geben, wenn Hubert erfuhr, dass sie gescheitert war.

Vicky schluckte, und dann füllten sich ihre Augen doch tatsächlich mit Tränen. «Ich bringe nur schnell den Koffer ins Auto, dann komme ich frühstücken.» Sie eilte nach draußen.

Ihre Stimmung war grau wie das Bild, das sich ihr dort bot. Da es über Nacht getaut hatte, war das weiße Federbett aus Schnee verschwunden und von braunem Matsch ersetzt worden. Der Wind trieb graue Wolken über die Hausdächer. Nicht einmal die Möwen schienen bei diesem Wetter Lust zu haben, wie gewohnt ihre Kreise zu ziehen.

Vicky drückte auf den Schlüssel ihres Mietwagens, der Kofferraum glitt auf, und sie stellte ihren Koffer hinein. Als sie ihn wieder schloss, hörte sie Hufgetrappel, das immer lauter wurde. Es war wohl das Pferdemädchen in ihr, das sie dazu brachte, trotz der ungemütlichen Wetterlage stehen zu bleiben und sich umzusehen. Woher kam das Geräusch? Jetzt sah sie es: ein zimtfarbenes Pferd, nicht besonders groß, mit langem, struppigem Fell und schwarzer Mähne und schwarzem Schweif. Gertie saß darauf, und Finlay ging nebenher.

«Guten Morgen!», riefen ihr die Kinder fröhlich zu.

«Guten Morgen! Ihr seid aber schon früh unterwegs. Und wen habt ihr denn dabei?» Vicky tätschelte dem Pferd die Stirn, und sein erdiger, irgendwie tröstlicher Geruch stieg ihr in die Nase. Wie lange es wohl schon her war, dass sie ihn das letzte Mal gerochen hatte? Fünfzehn Jahre sicher ...

«Das ist Pepper.» Gertie ließ sich vom Rücken des Pferdes gleiten. «Und wir sind gekommen, um dich abzuholen.»

«Mich abzuholen? Wohin denn?»

«Zu einem Ausritt. Du hast doch gestern gesagt, dass du gerne mal wieder reiten möchtest.» Finlays Zahnlücke wurde sichtbar. Er freute sich sichtlich, dass die Überraschung geglückt war. «Daddy weiß, dass du heute später in den Buchladen kommst.»

«Aber so kannst du nicht reiten.» Gertie musterte sie mit gerunzelter Stirn von oben bis unten. «Wieso hast du dich denn so schick gemacht?»

Wie bei ihrer Ankunft trug Vicky Stiefel mit hohen Absätzen, einen engen Rock und ihre Felljacke. «Ich ... äh ... ich ...» Vicky hatte keine Ahnung, was sie darauf erwidern sollte. Die ganze Situation überforderte sie.

Doch Gertie hatte sie voll im Griff. Natürlich. «Zieh dir was anderes an», kommandierte sie. «Wir warten mit Pepper so lange hier.»

«Oder möchtest du gar nicht reiten?» Die Freude war aus Finlays Gesicht verschwunden, und er sah auf einmal ganz bekümmert aus.

«Doch, doch, natürlich», beeilte Vicky sich ihm zu versichern. «Ich … ich bin nur … Also das ist ja wirklich eine tolle Überraschung!» Sie schob so unauffällig wie möglich ihren Jackenärmel ein Stück nach oben und warf einen verstohlenen Blick auf die Uhr. Es war erst kurz nach halb neun. Zum Flughafen brauchte sie zweieinhalb Stunden. Selbst wenn sie den Kindern die Freude machte, sich kurz auf Pepper zu schwingen, wäre sie noch viel zu früh dort. «Ich zieh mich schnell um und bin sofort wieder da», erklärte sie.

Anfangs war es ungewohnt, nach so vielen Jahren wieder auf dem Pferderücken zu sitzen, und Vicky fühlte sich schwerfällig und unbeweglich wie ein nasser Sack. Doch es dauerte nicht lange, und Vickys Körper passte sich Peppers Bewegungen an. Vorwärts, rückwärts, rechts, links … Es hatte etwas unglaublich Entspannendes, so gleichmäßig hin und her gewiegt zu werden, und mit dem Reiten schien es glücklicherweise wie mit dem Radfahren zu sein: Egal, wie lang man pausierte, man verlernte es nicht.

Die Kinder führten das Pferd den Hügel hinunter in Richtung Marschland. Selbst jetzt, im Winter, weideten Kühe und Pferde auf den schmutzig grünen Wiesen. Hinter dem Marschland kamen der Strand und das Meer. Das letzte Mal war sie beim Eisbaden dort gewesen … Zwei Tage war es schon her, dass Graham ihr seine Hand entgegengestreckt und sie dazu gebracht hatte, ihre Angst vor der Kälte zu überwinden und über sich hinauszuwachsen. Tief atmete Vicky die salzige Luft ein und wieder aus. Sie mochte die Berge rund um München unheimlich gern, aber das Meer, das liebte sie noch mehr.

Pepper schien genauso begeistert zu sein wie sie, denn kaum hatten seine Füße das Wasser berührt, fing er auch schon an, es mit den Hufen aufspritzen zu lassen.

«Lass das, Pepper! Du machst uns ja ganz nass.» Gertie zog den Wallach aus dem Wasser.

Auf dem ansonsten menschenleeren Strand tauchte eine Gestalt in einem dunklen Mantel auf. Es war Graham. Er hatte sich einen Schal um den Hals gewickelt, und der Wind wehte ihm die dunkelblonden Haare in die Stirn. Die Szene hätte aus *Stolz und Vorurteil* stammen können. Graham hätte einen hervorragenden Mr Darcy abgegeben. Sie selbst dagegen ... Vicky straffte den Rücken und fragte sich unwillkürlich, wie sie wohl mit Tessas Reitkappe auf dem Kopf aussah.

«Ich wollte nur schauen, ob alles in Ordnung ist. Gertie und Finlay dürfen nämlich nicht allein mit Pepper raus. Zuerst dachte ich, Tessa ist dabei, aber die hatte keine Ahnung.» Graham sah erst seinen Sohn und dann dessen Freundin streng an.

«Wir sind doch gar nicht allein», sagte Gertie unschuldig. «Vicky ist bei uns.» Das Mädchen hielt seinem Blick mühelos stand.

«Die ganze Zeit schon? Oder habt ihr sie mit Pepper abgeholt?» Graham hatte die Augenbrauen angehoben, und erst jetzt senkte Gertie verlegen die Lider.

«Es war doch nur ganz kurz», brummte sie. «Willst du noch ein bisschen bleiben, Vicky, oder sollen wir zurückreiten?»

«Ich würde lieber zurückreiten. Beziehungsweise gehen. Mir tut der Po ein bisschen weh.» Vicky schwang ein Bein über Peppers Rücken und versuchte, sich so elegant wie möglich zurück auf den Boden gleiten zu lassen. Zum Glück war Pepper so klein.

«Das hast du wirklich gut gemacht», lobte Gertie sie. «Wenn du magst, darfst du ihn hin und wieder reiten. Dann kannst du auch am Strand galoppieren. Pepper ist ganz brav.» Sie wandte sich an Finlay. «Willst du Pepper zurückreiten?», bot sie ihm an, und er nickte begeistert.

Gertie wartete, bis Graham seinen Sohn auf den Pferderücken gesetzt hatte, dann griff sie nach den Zügeln und marschierte los.

«Hat Ihnen die Überraschung der Kinder gefallen?», fragte Graham.

«Ja, sehr.» Vicky hatte die Reitkappe ausgezogen und fuhr sich mit der Hand durch die Haare, damit sie nicht ganz so platt an ihrem Kopf lagen. «Ich bin schon seit Ewigkeiten nicht mehr geritten. In München selbst gibt es kaum Reitställe.»

«Und wie gefällt es Ihnen grundsätzlich bei uns in Schottland? Ich habe Sie noch gar nicht danach gefragt. Ist alles so, wie Sie es sich erhofft haben?»

«Besser.» Vicky spürte, wie sich ihre Mundwinkel ganz von selbst hoben. «Alle sind sehr nett zu mir, unser Ausflug gestern war sehr schön, und ich mag auch die Arbeit im Laden. Ständig entdecke ich etwas Neues. Am Samstag habe ich mich zum Beispiel im Fuchsbau verlaufen und bin auf Ihr Gärtchen gestoßen. Im Sommer muss es dort zauberhaft sein, mit Blumen in den Beeten und belaubten Bäumen.»

«Das ist es. Schauen Sie im nächsten Jahr doch noch mal vorbei und überzeugen Sie sich selbst davon!»

«Vielleicht mache ich das.» Einen Moment lang lächelten sie sich an, bevor Graham den Blick abwandte und wieder nach vorne schaute. «Sind Ihre Kopfschmerzen weg?»

Vicky nickte, und die Schmetterlinge, die gerade noch in ihrem Bauch herumgeflattert waren, schlossen ihre Flügel. Wie furchtbar, dass sie ihn ständig anlügen musste! «Es war gut, dass ich gleich ins Bett gegangen bin.»

Graham vergrub seine Hände tief in den Taschen seiner Jacke. «Es tut mir übrigens leid, dass Shona gestern reingeplatzt ist und unbedingt sofort mit mir reden wollte. Geduld war noch nie ihre Stärke. Schon als Kind konnte sie nie warten und wollte immer alles sofort haben. Unsere Mum hat sie damit in den Wahnsinn getrieben.»

Mum? Mum! Hieß das etwa ... «Ist Shona Ihre Schwester?»

«Ja, was haben Sie denn gedacht?» Graham wirkte amüsiert.

«Na ja, eine Freundin oder so.» Vicky spürte, dass sie rot wurde. «Sie sehen sich gar nicht ähnlich.»

«Ich weiß. Shona kommt nach unserer verstorbenen Mutter, und ich ... ich bin irgendwie aus der Art geschlagen. Angeblich sehe ich haargenau so aus wie ein Großonkel von Dad, aber ich konnte das nie überprüfen, weil der schon vor Jahrzehnten nach Australien ausgewandert ist. Oder war es Neuseeland?»

Shona war seine Schwester! Der Wind wirbelte eine Möwenfeder durch die Luft, und genauso leicht wie sie fühlte Vicky sich auf einmal. Wieso hatte sie diese Möglichkeit gar nicht in Erwägung gezogen?

Graham schob seinen Ärmel ein Stück nach oben und schaute auf seine Armbanduhr. «Schon Viertel vor zehn! Ich muss los und den Laden aufsperren. Schaffen Sie es bis um zwölf auch da zu sein? Eliyah muss zum Zahnarzt, und ich habe einen Termin bei meinem Bankberater.»

«Ja, klar. Ich muss mich ja nur umziehen und etwas frisch machen», antwortete Vicky, als ihr einfiel, dass sie um diese Zeit doch längst auf dem Weg zum Flughafen sein wollte.

«Wunderbar!» Graham wirkte erleichtert.

Vicky biss sich auf die Unterlippe. Jetzt hatte sie die Gelegenheit verstreichen lassen, Graham zu sagen, dass sie heute abreisen wollte. Andererseits ... hatte er nicht gerade einen Termin bei seinem Bankberater erwähnt? Solche Termine machte man doch nur, wenn man etwas Finanzielles klären musste. Vielleicht brauchte Graham Geld und sah sich gezwungen, sich von einem Teil seines Besitzes zu trennen ... Dann würde sie ihm einen Gefallen tun, wenn sie ihm ein gutes Angebot machte. Bestand doch noch eine klitzekleine Chance, an das Buch zu kommen? Hubert ging sowieso davon aus, dass sie erst Ende der Woche zurückkam. So lange würde sie noch bleiben, beschloss sie. Dann könnte sie noch einmal am Strand galoppieren! Und noch ein bisschen Zeit mit Graham verbringen. Und natürlich mit Finlay, Gertie, Eliyah, Nanette, Mick, Tessa, Liam ... Vicky zog sich ihren Wollschal höher ins Gesicht, damit Graham ihr glückliches Grinsen nicht sah.

Kapitel 26

Vicky

Wenn Nanette verwundert darüber war, dass Vicky nun doch nicht abreiste («Zum Glück hat sich zu Hause alles wie von selbst erledigt!», hatte sie behauptet), so ließ sie es sich zumindest nicht anmerken.

Vicky fühlte sich auf dem Weg zum Laden immer noch so schwerelos wie die Möwenfeder am Strand, und obwohl schon nach kurzer Zeit so viel los war, dass sie nicht einmal dazu kam, auf die Toilette zu gehen, war ihr die Arbeit dort noch nie so leicht von der Hand gegangen. Einige Kunden kannte sie inzwischen sogar schon, zum Beispiel den Herrn, der in der letzten Woche *Die Pest* von Camus erworben hatte, und auch Rosie schaute kurz vorbei, um einen Liebesroman zu kaufen und um sie an das Treffen des Buchklubs am Freitagabend zu erinnern.

Schnell war es sechs Uhr, *The Reading Fox* leerte sich, und Graham und sie waren allein.

«Haben Sie Lust, nach Ladenschluss noch mit in den Pub zu gehen?» Er stand an seiner widerspenstigen Monsterkasse und machte den Abschluss. «Es spielt eine Band.»

«An einem Dienstag?» Vicky hatte den Arm voller Bücher und war damit beschäftigt, sie an den richtigen Stellen im Regal einzusortieren.

«Ja. Jeden Dienstag findet im *Craft* so eine Art After-Work-Party statt. Das ist sozusagen Tradition. Keine Ahnung, wieso gerade dienstags und nicht donnerstags kurz vor dem Wochenende, aber Liam hat schon immer gerne sein eigenes Ding durchgezogen.»

«Schlittenfahren beim ersten Schnee, Eisbaden am ersten Wochenende im Dezember, ein Pubbesuch mit Livemusik jeden Dienstag ... Es gibt hier eine ganze Menge Traditionen.»

«Ja, zu viele, wenn Sie mich fragen.» Graham schloss die Kasse und sperrte sie ab. «So! Fertig! Wir können gehen. Dad und Finlay sind schon dort. Dienstags gibt es bei Liam nämlich auch immer Burger, und das wollen sie sich nicht entgehen lassen.»

Es waren nur ein paar Meter vom *Reading Fox* bis zum *Craft*, denn in Swinton gab es ja keine großen Entfernungen. Auf dem Weg begegneten sie Isla, die sich im Pub mit Freundinnen treffen wollte.

Die junge Frau hakte sich bei Vicky unter. «Ist es nicht toll, wie viel bei uns immer los ist?», fragte sie, und Vicky konnte ihr nur beipflichten. Viel Zeit zum Grübeln, was in München eine ihrer Hauptbeschäftigungen war, hatte sie in Swinton bisher noch nicht gehabt.

Im *Craft* empfing sie gedämpftes orangefarbenes Licht und mollige Wärme.

«Huch!» Vicky zuckte zurück und prallte dabei gegen Graham. Mit einem mannshohen Bären gleich neben der Garderobe hatte sie nicht gerechnet. Das Tier hatte eine

Tatze erhoben, und in seinen gläsernen Augen lag Mordlust.

«Er sieht aus wie echt, nicht wahr?» Isla zog ihren Mantel aus und hängte ihn dem Bären über die Tatze.

«Ach, das ist ein Garderobenständer!»

«Für mich schon.» Isla zwinkerte ihr zu. «Liam mag das überhaupt nicht, aber so lange er an dieser makabren Dekoration festhält, muss er damit leben, dass ich den armen Kreaturen einen praktischen Zweck gebe.» Sie zog ihre Mütze aus und stülpte sie einem der beiden Pfauen über, die neben dem Schirmständer standen.

«Isla ist unsere kleine Revoluzzerin hier.» Graham nahm Vicky den Mantel ab. «Soll ich ihn dem Bären über die andere Tatze hängen?»

«Äh, nein. Vielleicht traue ich es mich beim nächsten Besuch», gab Vicky zurück. Sie hatte keine Ahnung, woran es lag, aber in Swinton fühlte sich viel freier als in München. Vielleicht, weil hier niemand, der ihr bisher hier begegnet war, Wert auf irgendwelche Konventionen zu legen schien. In ihrer Heimatstadt war das anders.

Ausgestopfte Tiere standen nicht nur im Eingangsbereich. Auch auf dem Weg in den Pub verfolgten Vicky Reh- und Hirschköpfe, Kaninchen, Eichhörnchen und ein Luchs mit den Augen. Aber auch an den Tischen sahen sich einige Gäste nach ihnen um, Köpfe wurden zusammengesteckt, und man tuschelte.

«Dass mein Kleiderstil in diesem Dorf auch nach all den Jahren noch so viel Aufsehen erregt.» Isla zupfte an den Rüschen ihres langen Blümchenkleids. Dazu trug sie eine zottige Fellweste und ihre klobigen Lack-Doc-Martens.

«Danke. Ich honoriere deinen Versuch, zu verschleiern,

dass sie über mich reden.» Vickys Lippen zuckten. «Aber inzwischen bin ich es schon gewohnt, dass ich in Swinton ein richtiges Sightseeing-Objekt bin.»

«In den Wintermonaten ist man hier tatsächlich für jede Abwechslung dankbar. – Mum! Huhu!» Isla lief zu Ann Webster hinüber, die zusammen mit zwei anderen Frauen an einem der dunklen runden Tische saß.

Dass die beiden miteinander verwandt waren, hätte Vicky sich denken können, die Ähnlichkeit zwischen ihnen war, anders als bei Graham und Shona, wirklich auffällig.

Shona war auch da. Sie stand bei Liam an der Theke und ignorierte Vicky geflissentlich. Was hatte sie denn nur gegen sie? Eifersüchtig auf ihren Bruder würde sie ja wohl kaum sein!, dachte Vicky.

Gut, dass Sheriff Paul und Finlay schon früher gekommen waren, denn es war kein einziger Tisch mehr frei. Sie saßen mit Tessa, Mick und Gertie bereits an zwei zusammengeschobenen Tischen und hatten riesige Burger vor sich. Auf dem Weg zu ihnen versuchte Vicky, die neugierigen Blicke und das Getuschel der Leute, so gut es ging, zu ignorieren. Trotzdem war sie froh, als sie saß und Tessa ihr die Speisekarte reichte.

Vicky entschied sich für die Gemüselasagne, das einzige vegetarische Gericht auf der Karte, und einen trockenen Rotwein, der ihr ziemlich schnell zu Kopf stieg. Während sie an dem Glas nippte, betrachtete sie die Band. Sie bestand aus zwei Männern und einer Frau. Alle waren ziemlich alternativ in Cord und Strick gekleidet. Die Frau spielte Kontrabass, der Mann mit den kurzen roten Locken und der Nickelbrille hatte eine kleine Gitarre um den Hals, sein langhaariger Bandkollege hielt eine Geige in der Hand. Ihre

Lieder handelten von tragischen Todesfällen, rätselhaften Begegnungen und immer wieder von der Liebe.

Vicky schaute zu Graham hinüber, der seine Lamb Pie aufgegessen hatte und nun die Reste von Finlays Burger verspeiste. Sie betrachtete ihn nachdenklich. Er tat ihr leid, weil ihm und Finlay seine große Liebe so gewaltsam entrissen worden war. Ein bisschen beneidete sie ihn aber auch – darum, dass er diese große Liebe, die Pat und ihn miteinander verband, hatte erleben dürfen. Sie selbst wusste nicht, wie eine solche Liebe sich anfühlte. Natürlich hatte es ein paar Männer in ihrem Leben gegeben, eine Nonne war sie schließlich nicht, aber das hatte alles nicht viel bedeutet. Mit einem Hauch von Bedauern dachte sie nur an Toby, einen Jungen, in den sie während ihrer Zeit auf dem Gymnasium verliebt gewesen war, auch wenn außer einem betrunkenen Kuss auf einer Party nie etwas zwischen ihnen gelaufen war. Und an Adam, einen Psychologiestudenten, mit dem sie während ihres Studiums in England zwei Semester zusammengewohnt hatte. Sie hatten sich getrennt, weil Adam eine Frau gefunden hatte, die er mehr liebte als sie.

«Gefällt Ihnen die Musik?», fragte Graham, und sie nickte.

Hoffentlich hatte er nicht bemerkt, dass sie ihn beobachtet hatte. «Auch wenn sie ein bisschen schwermütig ist», fügte sie hinzu. «Ich dachte, ihr Schotten seid so ein fröhliches Volk.»

«Das sind wir. Das ist erst die Aufwärmphase», erklärte Ann Webster. Vicky war so in Grahams Anblick versunken gewesen, dass sie gar nicht gemerkt hatte, dass sie mit einem Glas Weißwein in der Hand an ihren Tisch getreten war. Sie zog sich einen Stuhl vom Nachbartisch heran und setzte sich neben Vicky. «Ich habe gestern mit Al gesprochen», erzählte sie. «Wegen des Künstlers. Er kennt ihn leider auch nicht persönlich, jeglicher Kontakt läuft über eine Agentur. Aber ich kann Ihnen die Mailadresse des Agenten geben.»

«In der Agentur war ich bereits, und der Agent wollte dem Künstler Bescheid sagen, dass er sich mit mir in Verbindung setzen soll. Aber bisher habe ich noch nichts von ihm gehört.»

«Er ist anscheinend ein komischer Kauz, will unbedingt seine Anonymität wahren.» Ann nahm einen Schluck Wein. «Dabei malt er nicht nur, sondern illustriert auch Kinderbücher für internationale Verlage. Das Einzige, was Al ziemlich sicher weiß, ist, dass er aus Swinton kommt. Der Agent hat sich wohl mal verplappert. Aber das macht die ganze Sache noch seltsamer. In Swinton kennt jeder jeden, und wenn jemand von uns ein erfolgreicher Künstler und Kinderbuchillustrator wäre, dann sollte das doch bekannt sein!»

Da konnte Vicky ihr nur beipflichten. Selbst sie kannte nach den paar Tagen schon eine Menge Menschen. Reggie und Rosie zum Beispiel. Nancy Butcher. Hugh, seine Frau und seine Schwiegermutter. Und ein paar Kunden aus dem Buchladen.

«Oh nein! Da kommt Colin!» Anns Blick heftete sich auf einen mittelgroßen Mann mit dunklen Locken und Rentierpulli, der gerade das *Craft* betreten hatte. «Was macht der denn hier?»

«Colin?» Vicky blickte sich um. Auch Graham hatte den Kopf gehoben.

«Mein Ex-Mann. Er ist hier der Dorfarzt. Als wir noch verheiratet waren, war er abends immer viel zu erschöpft, um sich noch unter die Leute zu mischen. Ich gehe ihn mal begrüßen. Seien Sie übrigens froh, dass Sie bequeme Schuhe angezogen haben.»

«Wieso?»

«Weil hier gleich niemand mehr sitzen wird. Wir Schotten sind nämlich nicht nur ein sehr fröhliches, sondern auch ein sehr tanzwütiges Völkchen.» Sie zwinkerte Vicky zu.

«Stimmt das?», fragte Vicky Graham.

«Leider ja. Ich habe zwei linke Füße, was das Tanzen angeht, aber ich versichere Ihnen, ein bisschen Alkohol hilft immens dabei, aus sich herauszugehen.» Er prostete ihr mit seinem Ale zu.

«Liam!» Vicky hob die Hand. Wenn das so war, dann bestellte sie wohl besser noch ein Glas Wein.

Tatsächlich dauerte es nicht lange, und die Musik wurde fröhlicher. Die Frau hatte inzwischen ihren Kontrabass gegen einen Dudelsack ausgetauscht. Schnell füllte sich die kleine Fläche des Pubs mit Tänzern aller Altersgruppen, die sich in mehreren Reihen aufstellten. Auch Finlay und Gertie kannten die Choreografie, denn sie sprangen und drehten sich mit den Erwachsenen um die Wette. Auch andere Kinder befanden sich auf der Tanzfläche.

Selbst Paul stand auf. Zu Vickys Entsetzen steuerte er jedoch nicht auf Nancy Butcher oder eine andere Dame in seinem Alter zu, sondern geradewegs auf sie.

«Lust auf ein Tänzchen, Lady?» Aus seinem Mund hörte sich die Frage eher wie ein Befehl an.

«Ähm.» Hilfe suchend schaute sie zu Graham, doch der grinste nur. «Ich ... ich kenne doch die Schritte gar nicht.»

«Das macht nichts.» Paul lachte bellend. «Die sind kinderleicht. Sie müssen sie einfach nur nachmachen.»

Das sah Vicky nicht so, aber sie wollte das offensichtliche Freundschaftsangebot von Grahams Dad auch nicht ablehnen. Sie nahm einen großen Schluck Wein.

Zu ihrer Überraschung machte das Tanzen doch Spaß. Vicky wusste nicht, ob es an den zwei Gläsern Wein lag oder daran, dass sie mehr Talent hatte als gedacht: Sie stellte sich gar nicht so schlecht an. Es dauerte allerdings nicht lange, bis sie außer Puste war. Die Haare klebten an ihren Schläfen, und auch unter den Achseln hatten sich feuchte Flecke gebildet. Aber da alle anderen genauso verschwitzt aussahen wie sie, machte ihr das überhaupt nichts aus. Sie tanzte mit Paul, Hugh und einem älteren Herrn namens Bert, als Finlay auf einmal vor ihm stand.

«Darf ich bitten?», fragte er und zeigte sein süßes Zahnlückenlächeln.

«Es ist mir eine Ehre.» Vicky ergriff seine Hand. Nur ein kleines Stück von ihnen entfernt drehten sich Graham und Gertie im Kreis. Bisher war es Vicky gut gelungen, Grahams Anwesenheit in dem Pulk von Tänzern auszublenden. Nancy hatte ihn ohnehin voll und ganz in Beschlag genommen. Aber nun war ihr seine Nähe überdeutlich bewusst, und es fiel ihr schwer, nicht ständig zu ihm hinüberzuschielen. Neben Vicky und Finlay tanzte Shona mit Liam.

«Er ist in Tante Shona verliebt», erklärte Finlay.

«Liam?»

Der Junge nickte. «Aber sie nicht in ihn. Er probiert es trotzdem immer wieder, sagt Daddy.»

Da war wohl etwas Wahres dran, dachte Vicky, denn als das schnelle Highland-Lied zu Ende war, trat der Gitarrist ans Mikrofon.

«Auf besonderen Wunsch kommt jetzt etwas Romantisches», sagte er und grinste in Liams Richtung.

Bereits nach den ersten Akkorden wusste Vicky, welches Lied jetzt kam. *Perfect.* In einer Zeit, in der sie noch abends ausgegangen war, hatte sie den Ed-Sheeran-Song in der Disko immer mitgeschmettert. Sie liebte die Musik von Ed Sheeran, von seiner ersten Single an.

Shona schien ein nicht ganz so großer Fan zu sein. «Ist das dein Ernst, Liam?» Vicky hörte sie neben sich aufstöhnen.

«Ja, denn wenn du nicht zulässt, dass ich dir meine Gefühle gestehe, dann muss es eben ein anderer für mich tun. Und wer könnte das besser als der große Ed Sheeran alias Bobby Baker.» Liam gluckste, worauf Shona ihm einen Klaps auf die Schulter gab.

«Spendier mir lieber noch einen Drink! - Ich kann deinen Gefühlen für mich auch an der Bar lauschen.» Zu der Liedzeile *I found a love for me* zog sie Liam von der Tanzfläche.

«Bäh, Knutschmusik!», hörte Vicky Gertie neben sich sagen. «Komm, wir gehen uns eine Limo holen!», forderte sie Finlay auf. «Oder eine Cola», schob sie flüsternd, aber für Vicky doch gut hörbar, nach. Dann packte das Mädchen Finlay am Arm und zog ihn hinter sich her, und mit einem Mal stand Vicky Graham gegenüber.

«Ich hätte mir denken können, dass Gertie auf so ein Lied nicht mit so einem alten Knacker wie mir tanzen will.» Er grinste schief. «Würden Sie es denn tun?»

Vicky schnappte nach Luft, und am liebsten hätte sie Nein gesagt. Auf einmal war es ihr überhaupt nicht mehr egal, dass ihre Haare vermutlich platt an ihrem Kopf klebten und dass sie schwitzte. Vielleicht müffelte sie sogar? Aber sie konnte schlecht ablehnen, das wäre unglaublich unhöflich gewesen. Also ergriff sie Grahams Hand.

Hatte Vicky sich gerade noch so unbeschwert beim Tanzen gefühlt, kam sie sich jetzt steif wie eine Marionette vor. Grahams Hände auf ihrem Rücken, der Geruch seines würzigen Aftershaves in ihrer Nase, dazu noch die rauchige und doch gefühlvolle Stimme des Sängers - das war keine gute Kombination. Und dann auch noch ein Ed-Sheeran-Song ... Bestimmt fiel Graham auf, wie flach ihr Atem ging. So dicht, wie sie jetzt beieinanderstanden, merkte er vielleicht sogar, wie schnell ihr Herz schlug.

Sie zumindest spürte Grahams Herzschlag ziemlich deutlich unter ihren Fingerspitzen. Sollte sie ihre Hände auf Höhe seiner Brust lassen? Nein, das ging auf gar keinen Fall! Jedenfalls nicht, wenn sie nicht hier und jetzt einen Herzinfarkt bekommen wollte. Seine Taille war sicher ein neutralerer Ort. Zumindest neutraler als seine Hüften, oder sollte sie doch besser ..., überlegte sie. Aber Graham nahm ihr die Entscheidung ab, indem er sie unerwartet beherzt an sich heranzog, und wie von selbst glitten ihre Arme zu seinem Hals hinauf und blieben auf seinen Schultern liegen. Ihre Brust berührte seine, und auch ihre Hüften waren nicht mehr weit voneinander entfernt. Vicky schluckte. Wie gerne hätte sie sich noch fester an ihn geschmiegt, ihre Nase in seine Schulterbeuge gesteckt, ihre Hände in seinen dunkelblonden Haaren vergraben!

Langsam bewegten sie sich im Takt der Musik, und als

Graham dicht an ihrem Ohr leise *But darling, just kiss me slow* mitsang und seine Lippen dabei leicht ihre Haut streiften, musste sie sich etwas eingestehen, was sie bisher mit aller Kraft versucht hatte zu verdrängen: Sie hatte sich hoffnungslos in diesen Mann verliebt!

KAPITEL 27

Graham

Ich will heim», quengelte Finlay. Es kam selten vor, dass er von sich aus ins Bett wollte, aber als Graham auf die Uhr schaute, sah er, dass es auch schon fast zehn war. Viel zu spät für ein Kind von acht Jahren, auch wenn es am nächsten Tag nicht zur Schule konnte, weil die Heizung dort immer noch nicht repariert worden war.

Sofort bekam Graham ein schlechtes Gewissen. An seinen Sohn hatte er in der letzten halben Stunde keinen einzigen Gedanken verschwendet! Zwar saß Vicky jetzt an der Theke und plauderte angeregt mit Ann Webster, mit der sie sich offensichtlich hervorragend verstand, doch er spürte noch immer ihren Körper an seinem, ihre Hände auf seinen Schultern ... Es war so schön gewesen, mal wieder eine Frau in den Armen zu halten. Nein, das stimmte nicht! Es war schön gewesen, *sie* in seinen Armen zu halten.

Seit ihrer gemeinsamen Schlittenfahrt schon hatte Vicky sich ständig in seine Gedanken geschlichen. Ihre Wärme, ihr Duft, ihre weiche Haut und der Blick aus ihren nixengrünen Augen ... Wie sie am Ende des Tanzes zu ihm aufgeschaut hatte, mit leicht geöffneten Lippen ... Bestimmt küsste sie fantastisch!

«Hey, ich will heim, habe ich gesagt!» Finlay rüttelte an seinem Arm, und Graham zwang sich, wieder in die Gegenwart zurückzukommen und sich endlich auf seinen Sohn zu konzentrieren. Dad und Shona waren schon seit einiger Zeit nach Hause gegangen, und auch Mick und Tessa hatten sich gerade verabschiedet.

«Ja, ja.» Graham fuhr seinem Sohn durch die Haare und ging zur Theke. «Mach die Rechnung fertig!», rief er Liam zu.

«Sie wollen gehen?», fragte Vicky. Ihre Augen leuchteten, und ihre Haut war rosig. Ausgelassen und gelöst wirkte sie an diesem Abend – und leider ganz und gar nicht so, als ob sie schon nach Hause wollte.

Graham nickte.

«Ich komme mit.» Sie stand auf.

Sie kam mit! Graham wandte sich ab, damit Vicky das glückliche Lächeln auf seinen Lippen nicht bemerkte.

Das schmuddelig graue Tauwetter des Morgens war wohl zum Glück nur ein kurzes Intermezzo gewesen, denn als Vicky, Finlay und er den Pub verließen, war es frostig kalt, und der leichte Geruch von Schnee lag in der Luft. Ihr Atem bildete weiße Wölkchen in der Luft, die im Licht der Weihnachtsbeleuchtung gut zu erkennen waren. Aus dem *Craft* war noch leise Musik zu hören. Nachdem die Band aufgehört hatte zu spielen, hatte Liam seine nagelneue Soundanlage angemacht. *Have a holly jolly Christmas*, sang Finlay laut und ziemlich schief mit. Die kühle Luft schien ihn wieder munter zu machen.

«Es ist einfach eine besondere Zeit, nicht wahr? All das Funkeln und Glitzern», sagte Vicky, die den Kopf in den Nacken gelegt hatte und zur prächtig geschmückten Fassade des Rathauses hochschaute.

Graham nickte. Und dieses Jahr kam ihm die Vorweihnachtszeit aus irgendeinem Grund noch leuchtender vor als in den vergangenen Jahren.

Viel zu schnell hatten sie die Main Road hinter sich gelassen und marschierten den Hügel hinauf, der zum Honeysuckle Cottage und zum Hillcrest House führte. Finlay eilte ihnen voraus. In der Ferne ragten die Mauern von Swinton Manor auf. Vom Licht eines kreisrunden Mondes beschienen, sah es wie das Schloss der Eiskönigin aus. Lange würde es nicht mehr dauern, bis Graham sich den Film wieder würde anschauen müssen. Das musste er jedes Jahr kurz vor Weihnachten. Finlay liebte Olaf, den Schneemann, und er liebte Elsa.

Graham sah Vicky verstohlen von der Seite an. Sie erinnerte ihn ein wenig an die Disney-Figur. Und das nicht nur wegen ihrer blonden Haare, den großen Augen und dem herzförmigen Gesicht mit den hohen Wangenknochen. Nein, es war ihre Verletzlichkeit, die schon mehrmals hinter ihrer ein wenig kühl wirkenden selbstbewussten Fassade hervorgeblitzt war: bei dem Erlebnis mit der Spinne, dem Bad im Meer und nicht zuletzt gestern, als Vicky auf einmal ganz traurig gewirkt hatte, als das Gespräch auf ihren Vater gekommen war.

«Wieso lebt Nanette nicht mehr in Swinton Manor?», fragte sie jetzt. «Ich habe Fotos von dem Anwesen in ihrem Flur hängen sehen.» Ihr Atem zeichnete weiße Wölkchen in die Winterluft.

«Das ist eine lange Geschichte.» Graham griff in seine Manteltasche und zog sich seine Handschuhe über die kalten Finger. «Und leider auch eine ziemlich traurige. Nach dem Tod von Frank hat Nanette es nicht mehr ausgehalten. Frank war ihr Mann», setzte er hinzu, als er Vickys fragenden Blick bemerkte.

«Ich habe auf dem Friedhof die Familiengruft mit ihren Namen gesehen», sagte Vicky. «Nanettes Mann ist genau ein Jahr nach seiner Tochter gestorben. Das kann doch unmöglich ein Zufall sein, oder?»

«Nein.» Graham senkte die Stimme, damit Finlay nicht hörte, was er Vicky erzählte. «Das Mädchen ist bei einem Unfall gestorben, und Frank hat sich an ihrem ersten Todestag erschossen.»

«Ach je!» Vickys Augen waren groß geworden.

Er nickte. «Die Kleine ist ertrunken. Sie war mit ihrer Babysitterin am Strand, und die Babysitterin hat nicht aufgepasst. Man munkelt, weil sie sich mit einem Mann traf, aber das ist nie so richtig herausgekommen. Die junge Frau ist kurze Zeit später wieder zurück in die USA gegangen. Frank hat daraufhin angefangen zu spielen. Und zu trinken. Eine verheerende Kombination, wie Sie sich vorstellen können. Einen Tag bevor Swinton Manor unter den Hammer kommen sollte, ist er mit seinem Gewehr in den Park gegangen, und er ist niemals wiedergekommen.» Das alles war lange vor seiner Geburt passiert, aber die Geschichte spukte noch immer in den Köpfen der Menschen herum.

«Wie furchtbar!», sagte Vicky. «Die arme Nanette.»

«Ja, aber im Gegensatz zu Frank ist sie eine Kämpfernatur. Nach dem Verkauf von Swinton Manor ist sie mit Reggie hinunter ins Dorf gezogen. Sie hat angefangen, im

Kindergarten zu arbeiten und sich in allen möglichen Projekten ehrenamtlich zu engagieren. Für ihren karitativen Einsatz ist sie sogar von der Queen geehrt worden.»

«Das ist bewundernswert! Und ich finde, es passt zu Nanette, so wie ich sie bisher kennengelernt habe.»

Graham nickte. Er wünschte, er wäre nach Pats Tod genauso entschlossen wieder aufgestanden.

«Warum ist Nanette arm?», fragte Finlay. Der Kleine hatte wirklich Ohren wie ein Luchs.

«Weil ihr Mann und ihre Tochter gestorben sind», antwortete Graham. «Aber das weißt du doch schon längst.»

Finlay nickte. «Mama ist auch gestorben.» Er hielt die Hand auf und ließ eine Schneeflocke darauf schmelzen. «Schneeflocken sind Himmelsküsse, hat sie immer gesagt.» War er gerade noch so fröhlich gewesen, wirkte er nun tieftraurig. Unglaublich, wie schnell Stimmungen bei Kindern umschlagen konnten! «Daran erinnere ich mich noch gut. Aber an ganz vieles andere nicht mehr.» Auf einmal kullerte eine Träne über seine Wange. «Manchmal habe ich Angst, sie zu vergessen.»

Graham schluckte, und er sah auch den Schatten, der sich über Vickys Gesicht legte.

«Das wirst du nicht.» Vicky kniete sich vor Finlay und sah ihn an. «Weißt du, was mein Papa gesagt hat, als meine Oma gestorben ist?»

Finlay schüttelte den Kopf und zog die Nase hoch.

«Er hat gesagt, dass die Erinnerungen wie Sterne in der Nacht sind. Sie funkeln ganz hell in deinem Herzen. Die Menschen, die wir wirklich lieben, die vergessen wir nicht.»

Der Junge schwieg einen Moment. «Dann kann ich sie nicht vergessen, denn ich habe sie ganz doll lieb gehabt», sagte er schließlich. Er schniefte noch einmal und wischte sich die Nase am Jackenärmel ab. «Bringst du mich heute ins Bett?»

«Ich ... ich, äh ... ich weiß nicht.» Vicky schien genauso überrumpelt von Finlays plötzlicher Bitte zu sein wie Graham. Sie richtete sich wieder auf und suchte seinen Blick, aber Graham wandte sich ab, damit sie nicht sah, dass seine Augen feucht geworden waren.

«Wenn Sie mir den Quälgeist heute mal abnehmen wollen, gerne», sagte er mit einem Schulterzucken und hoffte, dass er dabei cooler und gelassener wirkte, als er sich fühlte. «Ich mache uns in der Zwischenzeit einen Tee und hole das Buch.»

«Welches Buch?» Vicky runzelte die Stirn.

«*Alice im Wunderland*. Sie wollten es sich doch anschauen.» Dass er stundenlang das ganze Haus danach durchsucht hatte, verriet er ihr lieber nicht. «*Nils Holgersson* mit den Illustrationen von E. Smith habe ich übrigens auch gefunden. Allerdings hat sich Finlay das Buch gleich geschnappt. Er liebt die Bilder darin.»

«Ach so, *Alice im Wunderland*, stimmt!» Sie senkte kurz den Blick, bevor sie sich wieder Finlay zuwandte. «Also, wenn das so ist, dann ist es mir natürlich eine Ehre!», erklärte sie und blickte lächelnd zu ihm hinunter.

Finlay lächelte zurück und griff nach ihrer Hand. Graham nahm seine andere, und so gingen sie weiter den Hügel hinauf. Ihre Schritte hallten im Gleichtakt in der stillen Nacht.

KAPITEL 28

Vicky

Schläft Finlay?», fragte Graham.

Vicky nickte. «Er wollte, dass ich ihm noch ein bisschen aus *Nils Holgersson* vorlese. Aber so weit kam ich gar nicht. Er lag kaum in seinem Tipi, da war er auch schon eingeschlafen.»

«Es ist viel zu spät geworden.» Graham deutete auf die Blechdosen im Küchenregal. «Ich habe Sie gar nicht gefragt, was für einen Tee Sie möchten: Kräuter, Earl Grey, grün?»

«Grün, bitte!»

«Das habe ich mir gedacht.» Ein Lächeln erschien auf seinem Gesicht.

«Bin ich so leicht zu durchschauen?»

«Nein, abgesehen vom Essen und Trinken sind Sie das ganz und gar nicht.» Sein Lächeln vertiefte sich. Für einen Moment hielt sein Blick ihren fest, und Vicky spürte, wie ihre Knie zum zweiten Mal an diesem Abend weich wurden.

Graham löste sich als Erstes. «Grün also.» Er räusperte sich und füllte Teeblätter in ein Miniatursieb aus Porzellan, das er in eine kleine Kanne hängte. Für sich selbst machte er einen Earl Grey. «Milch oder Zucker?»

Vicky schüttelte den Kopf.

Graham stellte alles auf ein Tablett und ging damit ins Wohnzimmer. Leise Musik lief über die Soundanlage. Die kostbare *Alice-im-Wunderland*-Ausgabe lag auf dem Couchtisch.

Vicky setzte sich auf das Ledersofa. «Das ist es also!»

Graham nickte und nahm neben ihr Platz. «Finlay hat mir gestanden, dass er sich das Buch bereits mit Ihnen angeschaut hat. Es ist eine Erstausgabe, und ich sollte sie wirklich wegschließen. Aber er mag das Buch so gern! Seine Mutter hat ihm die Geschichte vorgelesen, ist aber leider nicht bis ans Ende gekommen ...»

«Mein Vater auch nicht.» Vicky hielt ihren Blick auf das Buch gerichtet, um Graham nicht anschauen zu müssen. «Er kam etwa bis zur Hälfte, doch von einem Tag auf den anderen hat er auf einmal nur noch gearbeitet und nie mehr die Zeit gefunden. Finlay hat mir erzählt, dass Sie ihm die Geschichte dann anstelle Ihrer Frau zu Ende vorgelesen haben.»

«Ja, ich kannte sie vorher gar nicht, und ich hätte nicht gedacht, dass sie so viele Weisheiten enthält.» Graham nahm das Buch in die Hand und blätterte es durch. «Hier zum Beispiel.» Er tippte auf eine Stelle. «Alice fragt die Grinsekatze, wie sie von hier aus weitergehen soll, und die Katze antwortet: Das hängt zum großen Teil davon ab, wohin du möchtest. Wenn es nur so einfach wäre!»

Das konnte Vicky bestätigen. Gerade jetzt, wo ihr großes Ziel – der Gegenstand, wegen dem sie überhaupt nach Schottland geflogen war – nur wenige Zentimeter von ihr entfernt war, wusste sie weniger denn je, was sie tun sollte.

Sie räusperte sich. Graham saß so nah neben ihr, dass

ihre Oberschenkel sich fast berührten. Gerade als er das Buch aufgeschlagen hatte, hatte er sie mit dem Arm gestreift, und bereits diese zufällige Berührung hatte ausgereicht, um tausend Stromschläge durch ihren Körper zu jagen. Sie hüstelte noch einmal, damit sich ihre Stimme nicht ganz so belegt anhörte. «Mein Lieblingszitat ist: *Ich habe immer gedacht, die Zeit wäre ein Dieb, der mir alles stiehlt, was ich liebe. Aber jetzt weiß ich, dass sie gibt, bevor sie nimmt, und jeder Tag ist ein Geschenk. Jede Stunde. Jede Minute. Jede Sekunde.* – Aber obwohl ich das alles natürlich weiß, beherzige ich es nicht, wenn ich in München bin», gab sie verlegen zu. «Stattdessen hetze ich durchs Leben, als wäre ich auf der Flucht. Komisch, nicht wahr?»

«Ja, aber menschlich.»

Vicky spielte an dem Ring an ihrem Finger. «Seit ich in Schottland bin, kommt es mir so vor, als hätte jemand auf die Stopp-Taste gedrückt. Und das, obwohl ich bei Ihnen im Laden gearbeitet habe. Es war trotzdem noch so viel Zeit übrig. Ich war reiten, Schlitten fahren, auf dem Weihnachtsmarkt, im Pub ... ich war sogar beim Eisbaden! Auch wenn ich mich bei diesem Punkt immer noch frage, welcher Teufel mich geritten hat, bei diesen Temperaturen ins Meer zu gehen.» Sie spürte, wie sich ihre Mundwinkel bei der Erinnerung nach oben bogen. «Es muss total entschleunigend sein, immer hier zu leben.»

Graham lachte auf. «Na ja, ich für meinen Teil fände es entschleunigender, einfach mal nur meine Ruhe zu haben. Es ist schon manchmal alles ziemlich viel: der Laden, Finlay, die ganzen Termine, um die man in so einem kleinen Dorf wie Swinton einfach nicht drum herumkommt ...»

«Isla hat mir erzählt, dass Sie auch ein Buch schreiben.»

Er stöhnte auf. «Isla ist eine Klatschtante. Hat sie Ihnen auch erzählt, dass es nicht mein eigenes ist?»

Vicky nickte. «Sie schreiben das Buch Ihrer verstorbenen Frau zu Ende. Das stelle ich mir noch schwerer vor, als ein eigenes zu schreiben.»

«Wahrscheinlich ist es das. Aber es war ihr ganz großer Wunsch. Ein Verlag, mit dem ich früher zusammengearbeitet habe, interessiert sich dafür und ist bereit, ziemlich viel Geld dafür zu bezahlen. Das würde einiges für mich vereinfachen, denn so gut steht es leider nicht um den Laden.»

«Hatten Sie deswegen heute den Termin beim Bankberater?», fragte Vicky, obwohl ihr durchaus bewusst war, wie dünn das Eis war, auf dem sie sich gerade bewegte.

Doch Graham schien ihre Indiskretion nicht zu stören. «Unter anderem», sagte er nur. Dann schlug er *Alice im Wunderland* zu und seufzte. «Ich komme einfach nicht vorwärts. Und das, obwohl Pat fast fertig war und mir genau aufgeschrieben hat, was auf den letzten Seiten passiert.»

«Vielleicht liegt es daran, dass Sie auf einer Schreibmaschine schreiben, meinen Sie nicht?»

«Das hat Ihnen Isla auch erzählt!» Grahams Lippen kräuselten sich. «Dann wissen Sie ja auch, dass Pat eine schon fast pathologische Abneigung gegen die moderne Technik hatte. Und dass sie außerdem der wahrscheinlich weltweit größte Fan von Hemingway war. Sie wollte unbedingt alles so machen wie er.»

«Aber Pat würde doch sicherlich auch nicht wollen, dass Sie den Laden verkaufen. Sie hätte sich doch wahrscheinlich eher auf die Seite des Teufels Technik geschlagen, als das zu tun, oder?»

Graham nickte. «Das stimmt. Aber ich glaube, ich käme auch am Laptop nicht weiter.» Er legte das Buch auf den Tisch zurück und sah auf einmal furchtbar müde aus. «Ich muss es akzeptieren: Pats Geschichte wird nie fertig werden.»

Jetzt! Jetzt war die Gelegenheit gekommen. In Vickys Kopf fing es an zu brausen, und ihre Hände zitterten, doch sie kreuzte die Finger hinter dem Rücken und stieß hervor: «Sie könnten doch auch *Alice im Wunderland* verkaufen, um Ihre Geldprobleme zu lösen. Sammler wären doch sicher bereit, eine ganze Menge dafür zu bezahlen.» *Ich zum Beispiel*, wollte sie noch hinzufügen, doch diese drei kleinen Worte kamen ihr einfach nicht über die Lippen, so groß war ihre Angst, dass das dünne Eis unter ihren Füßen dann endgültig brach.

«Das stimmt.» Graham lächelte, doch es war kein fröhliches Lächeln. «Ein Verkauf würde all meine finanziellen Probleme auf einen Schlag lösen. Aber ich musste Pat versprechen, das Buch nie zu verkaufen, und dieses Versprechen werde ich halten.» Der Klang seiner Stimme war entschlossener geworden. «Bevor ich das Buch verkaufe, verkaufe ich eher noch das Honeysuckle Cottage und ziehe in eine kleine Wohnung. Außerdem habe ich noch ein paar andere Erstausgaben. Sicher nicht so wertvoll wie dieses Buch. Aber Shona meint, ich soll sie mal schätzen lassen.»

Langsam blies Vicky die angehaltene Luft aus. «Das hört sich nach einem guten Plan an», sagte sie, und es wunderte sie selbst, dass sie es schaffte, so ruhig zu bleiben. Auf einmal machte es ihr kaum etwas aus, dass sie ihrem Vater das, was er unbedingt wollte, nicht würde bringen können. Ja, in diesem Moment war es ihr tatsächlich ganz und gar egal!

Es war ihr egal, dass sie Hubert enttäuschte, und es war ihr auch egal, dass er ihr die Stelle in Berlin unter diesen Bedingungen sicher nicht geben würde. Dass jemand anders sie bekam, Patrick wahrscheinlich. All das war ihr gleichgültig. Das Einzige, was ihr in diesem Moment alles andere als gleichgültig war, war der Mann neben ihr. Seine Nähe. Sein Duft. Seine Hand so nah an ihrer und der Gedanke, wie unglaublich gut sie sich wahrscheinlich auf ihrer Haut anfühlen würde.

«Worüber denken Sie nach?», fragte Graham plötzlich.

«Ach! Nur darüber, dass ich den Eindruck habe, dass Ihre Schwester etwas gegen mich hat», log sie, und die Hitze, die jetzt ihren Hals hinaufkroch, ließ sie befürchten, dass sie gerade rot wurde.

«Sie meinen, Shona mag Sie nicht?» Er sah sie von der Seite an. «Nein! Das bewerten Sie falsch. Sie macht sich nur ein bisschen Sorgen um mich.»

Vicky riss die Augen auf. «Sie macht sich Sorgen um Sie? Warum? Etwa wegen mir?»

Sie sah, dass er sich auf die Unterlippe biss. «Ja», druckste er herum, «sie ... sie denkt, dass ich Sie vielleicht etwas zu gern mag und dass das nicht gut ist. Weil Sie doch bald wieder nach Deutschland zurückgehen.»

Vickys Herz fing auf einmal heftig an zu schlagen. «Und? Hat Shona recht?» Sie suchte Grahams Blick, und als sie ihn fand, waren seine hellen Augen ganz dunkel geworden.

«Ja. Ja, das hat sie. Ihre Sorgen sind absolut berechtigt», sagte er rau. Und dann beugte er sich zu ihr, legte eine Hand in ihren Nacken und küsste sie. Erst nur ganz leicht und unendlich sanft, dann immer leidenschaftlicher.

Schnell saßen sie nicht mehr auf dem Sofa, sondern lagen darauf. Vicky hatte Graham den Pullover über den Kopf gezogen, ihre Hände waren unter den Stoff seines Shirts geglitten und strichen über die warme Haut seines Rückens. Er öffnete die obersten Knöpfe ihrer Bluse, seine Lippen strichen federleicht ihren Hals hinunter zum Ansatz ihrer Brüste. Vicky zog scharf die Luft ein, als Graham auf einmal innehielt und den Kopf hob.

«Was ist?», fragte sie.

«Finlay ... Wir sollten nicht ...» Plötzlich wirkte er verlegen, und die Hitze in Vickys Körper verschwand schlagartig.

«Natürlich. Er wäre sicher geschockt, wenn wir beide ...» Sie schlängelte sich unter Graham hervor.

«Na ja, geschockt würde ich es nicht unbedingt nennen. Eher überrascht.» Die Verlegenheit wich aus Grahams Gesicht und machte einem breiten Grinsen Platz. «Aber zum Glück hat meine Schlafzimmertür einen Schlüssel.» Er zog sie nach oben.

Erleichtert atmete Vicky auf. Für einen Moment hatte sie wirklich befürchtet, dass er es bedauert hatte, sie geküsst zu haben – und alles, was danach kam ...

«Aber ich glaube, noch besser gehen wir ins Gästezimmer. Das liegt nämlich unter dem Dach, also ein ganzes Stockwerk über ihm.» Graham sah ihr tief in die Augen.

«Glaubst du wirklich, dass so viel räumliche Distanz nötig ist?», neckte Vicky ihn und schlang die Arme um seinen Nacken.

«Das glaube ich nicht nur, ich weiß es.» Graham fasste sie um die Taille, hob sie hoch und trug sie nach oben.

Kapitel 29

Vicky

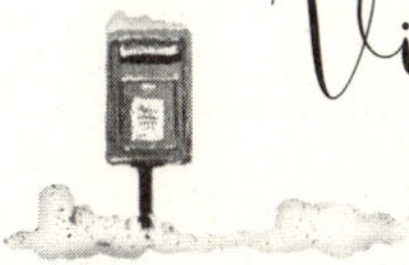

Das Morgenlicht war noch nicht in Grahams Gästezimmer gedrungen, als Vicky aufwachte. Die Bettseite neben ihr war leer, aber der Abdruck von Grahams Kopf war noch auf dem Kissen zu sehen. Vorsichtig strich Vicky darüber und erlaubte sich, das Hier und Jetzt noch ein wenig zur Seite zu schieben und in den Erinnerungen an die letzte Nacht zu versinken. Sie war so schön gewesen!

Sie dachte daran, dass sie Graham bei ihrer ersten Begegnung für einen zwar durchaus attraktiven, aber weltfremden und ein bisschen zerstreuten Professor gehalten hatte, und musste lächeln. Denn das war Graham ganz und gar nicht! Seine Küsse, seine Berührungen, sein Stöhnen dicht an ihrem Ohr, als er kam ... die Erinnerung daran löste jetzt noch eine Gänsehaut bei ihr aus. Sie konnte nur hoffen, dass es ihm genauso ging. Es war eine Sache, nach einem ausgelassenen Abend mit etwas Alkohol wilden, hemmungslosen Sex zu haben – der Morgen danach war eine ganz andere.

Mit einem mulmigen Gefühl im Bauch schlüpfte Vicky in ihre Sachen und verließ das Schlafzimmer. Hoffentlich war Finlay noch nicht wach! Und hoffentlich war Paul noch nicht da. Graham hatte ihr erzählt, dass sein Vater seit Pats Tod viele von deren Aufgaben übernommen hatte, wenn er selbst in den Laden musste.

Zum Glück stand Graham allein in der Küche und deckte den Tisch mit einem bunten Porzellanservice. «Guten Morgen!», sagte Vicky unsicher.

«Guten Morgen!» Graham kam mit nackten Füßen auf sie zu und umarmte sie fest. «Hast du gut geschlafen?»

«Ja. So gut wie schon lange nicht mehr.» Vicky schlang ihre Arme um seinen Hals und vergrub die Nase im Stoff seines grauen Shirts. Sie passte perfekt in seine Schulterbeuge, und er duftete auch ungeduscht fantastisch.

«Hast du keine Angst, dass Finlay uns so sieht?», fragte Vicky, nachdem sie einige Sekunden eng umschlungen dagestanden hatten. «Ich meine, gestern Abend hattest du ...»

«Nein», unterbrach er sie unbekümmert, «mein Sohn ist ein Langschläfer. Und immerhin sind wir heute Morgen beide vollständig bekleidet.» Graham nahm ihr Gesicht in beide Hände und küsste sie. «Aber im Laden sollten wir die Fassade vom strengen Chef und seiner sittsamen Angestellten unbedingt aufrechterhalten. Heute Abend können wir aber gerne da weitermachen, wo wir gestern aufgehört haben ...» Er grinste an ihren Lippen, und Vicky bekam ganz weiche Knie. Dieses Mal jedoch vor Erleichterung darüber, dass die Zärtlichkeiten, die sie ausgetauscht hatten, nicht nur die Folge von zu viel Promille gewesen waren. Er wollte die gestrige Nacht wiederholen!

Sie schafften es, im *Reading Fox* die Fassade aufrechtzuerhalten. Fast zumindest. Ohnehin hatte Vicky einfach zu viel zu tun, um ihren strengen Chef verliebt anzuschmachten. Immer mehr Kunden nutzten den Service, sich die gekauften Bücher gleich als Geschenk einpacken zu lassen. Sie wurden dann noch mit einer großen roten Schleife und einem kleinen Stechginsterzweig verziert.

Nur ein einziges Mal zog Graham sie im Zimmer mit den Liebesromanen hinter ein Regal, um sie leidenschaftlich zu küssen. Er glaubte sich unbeobachtet, aber sie wurden beinahe erwischt, als die Frau hereinkam, die sich schon vor ein paar Tagen nach dem letzten Band einer erotischen Reihe erkundigt hatte und die nun wissen wollte, ob sie etwas Ähnliches im Laden hätten.

Mit sicher hochrotem Kopf strich sich Vicky die zerzausten Haare glatt und machte sich mit ihr auf die Suche.

«Sei froh, dass es nicht Nancy war, die uns erwischt hat», feixte Graham, als sie den Laden mittags schlossen, um sich etwas zu essen zu holen. «Ihre Moralvorstellungen sind genauso verstaubt wie die Einrichtung in ihrem Postbüro, und spätestens jetzt würde es das ganze Dorf wissen.»

Der Schnee der vergangenen Nacht war liegen geblieben und schmückte Häuser, Autos und den Brunnen auf dem Marktplatz mit einer dicken weißen Haube. Dieser Winter war ausgesprochen schneereich, das hatten Vicky schon mehrere Kunden an diesem Morgen versichert. Sie müssen ihn aus Deutschland mitgebracht haben, hatte Rosie gesagt, die ihren Liebesroman schon wieder ausgelesen hatte und Vicky noch einmal an das Treffen des Buchklubs erinnerte.

Die Main Road stand inzwischen ganz im Zeichen der Weihnachtszeit. Aus einem Lautsprecher schallte Weihnachtsmusik, ein Weihnachtsmann mit einem Sack auf dem Rücken lief durch die Straßen und läutete dabei mit einer Glocke. Die Cupcakes im *Sweet Little Things* waren jetzt mit kleinen Tannenbäumen und Nikolausmützen aus Zucker geschmückt.

So wie Swinton musste das Zuhause des Weihnachtsmanns aussehen, dachte Vicky, als sie das kleine Bistro ansteuerten, in dem sie ihr Mittagessen einnehmen wollten. Am liebsten hätte sie den Arm um Grahams Taille gelegt oder ihre Finger mit seinen verschlungen. So musste sie sich damit begnügen, ihn einfach nur neben sich zu spüren. Aber auch das war schon toll. Verliebt lächelte sie ihn an.

Der nächste Tag war ein Donnerstag, und da half nachmittags immer eine von Rosies Freundinnen im Laden aus. Graham und Vicky fuhren ins zehn Meilen entfernte Newton Steward, um Weihnachtseinkäufe zu machen. Eng umschlungen bummelten sie durch die engen Gassen des Städtchens. Graham kaufte für Finlay ein 3-D-Puzzle und für seinen Vater eine neue Pfeife. Danach bestand er darauf, Vicky auf dem Weihnachtsmarkt einen Weihnachtspullover zu kaufen, den ein festlich geschmückter Weihnachtsbaum zierte.

«Du hast doch sicher schon gemerkt, dass ein solcher Pullover in Schottland ein absolutes Must-have ist. Ich besitze einen mit einem Rentier darauf. Wenn du willst, kann ich ihn heute Abend für dich anziehen.» Er grinste.

«Aber nur wenn ich ihn dir wieder ausziehen darf.» Vicky küsste ihn.

Sie freute sich schon so auf den Abend. Am Tag zuvor hatten sie abends zu dritt mit einer großen Schüssel Karamellpopcorn auf der Couch gesessen und *Die Eiskönigin* angeschaut. Heute wollte Finlay ein Brettspiel mit ihr spielen. Und danach, wenn er im Bett lag, würde Vicky sich um Grahams Weihnachtspullover kümmern …

Ihre Wangen schmerzten inzwischen beinahe, weil sie ununterbrochen lächeln musste. Es war das gleiche Dauergrinsen, das sie sich bei ihrer Ankunft in Schottland ins Gesicht getackert hatte. Aber jetzt war es echt!

Auf dem Marktplatz von Newton Steward war eine kleine Eisbahn aufgebaut worden. Nachdem Graham seine Einkäufe erledigt hatte, bestand Vicky darauf, dass sie sich zum Abschluss des Nachmittags noch Schlittschuhe ausliehen und dort ein paar Runden drehten. Grahams Protest, er habe das letzte Mal mit zehn auf dem Eis gestanden, ließ Vicky nicht gelten.

«Bei mir ist es mindestens genauso lange her», sagte sie und zog ihn zu dem Kassenhäuschen, das neben einer Tanne stand, die so reich mit Lichterketten geschmückt war, dass sie sich auch am New Yorker Rockefeller Center nicht hätte verstecken müssen. Noch hatte das Winterlicht einen pfirsichfarbenen Schimmer, aber die Sonne stand schon so tief, dass die Tanne einen langen Schatten auf das Eis warf. Lange konnte es nicht mehr dauern, bis die Beleuchtung eingeschaltet und sie in voller Lichterpracht erstrahlen würde.

Vicky bezahlte die Leihgebühr für die Schlittschuhe, dann schlüpften sie hinein und betraten das Eis.

Huch! Vicky rutschte weg und konnte sich gerade noch an Grahams Arm festhalten. Die ersten Minuten stolperten sie beide unbeholfen über das Eis, aber dann wurden sie immer sicherer. Und mutiger. So mutig, dass Vicky bei einer besonders ausgelassenen Drehung das Gleichgewicht verlor und Graham gleich mit zu Fall brachte.

Mit ein paar blauen Flecken, aber lachend, saßen sie nun nebeneinander auf dem Eis. «Ich scheine nach wie vor eine umwerfende Wirkung auf dich zu haben. Erst beim Schlittenfahren, jetzt hier», grinste Graham. Dann stand er auf, streckte Vicky die Hand hin und zog sie nach oben.

«Ja, das hast du.» Sie schlang die Arme um seinen Hals, und im funkelnden Schein der prächtigen Rockefeller-Tanne küssten sie sich. So könnte es immer sein! Der Gedanke durchzuckte Vicky so plötzlich, dass es richtig wehtat. Denn schon im nächsten Augenblick wurde ihr klar, dass das nicht stimmte. Sie lebte in Deutschland und Graham in Schottland. Und sie hatte ein Geheimnis, von dem er nichts ahnte. Den wahren Grund, weswegen sie hierhergekommen war, durfte er niemals erfahren.

«Was ist denn? Hast du dir bei dem Sturz doch wehgetan?», fragte Graham, dem ihr Stimmungsumschwung nicht entgangen war.

Vicky schüttelte den Kopf. «Mir wird nur langsam kalt. Lass uns noch ein paar Runden drehen!», wich sie aus und griff nach seiner Hand. Doch sosehr sie sich auch bemühte: Die Unbeschwertheit wollte sich einfach nicht wieder einstellen.

Auch am Abend kam sie nicht zurück. Paul stand wieder in der Küche, und aus dem Backofen roch es wieder köstlich. Heute Abend würde es einen Scotch Pie geben, erklärte er, und wenn er sich wunderte, dass Vicky schon wieder mit ihnen zu Abend aß, so ließ er sich das zumindest nicht anmerken.

Nach dem Essen wollte Finlay sofort *Mensch ärgere dich nicht!* spielen (in Schottland hieß es *Ludo*), doch Graham bestand darauf, dass er zuvor eine Viertelstunde Klavier übte. «Du willst dich doch auf der Weihnachtsfeier in der Schule nicht blamieren, oder?», fragte er.

«Ist mir doch egal», brummte Finlay.

«Spielst du nicht gerne Klavier?» Vicky setzte Tyson, der es sich auf ihrem Schoß bequem gemacht hatte, auf den Boden und stand auf.

Finlay zuckte nur mit den Schultern und antwortete nicht.

«Als ich so alt war wie du, habe ich auch nicht so gern Klavier gespielt. Aber jetzt bin ich froh, dass ich es kann.» Sie zog den Klavierhocker unter dem Klavier hervor. «Welches Lied musst du denn an der Schulweihnachtsfeier vorspielen?»

«*Jingle Bells.*» Finlay tippte auf das Notenheft, das aufgeschlagen auf dem Klavier stand.

«Mal schauen, ob ich das noch hinkriege.» Vicky setzte sich und stimmte die ersten Töne an. Sie hatte schon ewig nicht mehr gespielt! Was hatte sie in den letzten Jahren überhaupt getan, außer zu arbeiten? Die ersten Töne klangen noch etwas zaghaft und unbeholfen, aber letztendlich schaffte sie es sogar, das Lied zu beenden, ohne sich zu verspielen. «Sollen wir es mal zusammen probieren? Du kannst die rechte Hand spielen, und ich übernehme die linke.» Sie rutschte ein Stück zur Seite, und Finlay setzte sich neben sie. «Bereit?» Er nickte, und sie fingen an.

Während sie spielte, wanderte Vickys Blick zu Graham. Mit verschränkten Armen lehnte er an der Wand und schaute ihnen zu, und in seinen Augen lag ein Ausdruck, den Vicky nicht deuten konnte. War es Trauer?

Natürlich war es das. Vickys Magen zog sich schmerzhaft zusammen. Wahrscheinlich war das Pats Klavier. Und wahrscheinlich erinnerte er sich gerade daran, wie sie mit Finlay auf diesem Hocker gesessen hatte. Damals, als er noch das perfekte Leben geführt hatte, mit seinem perfekten Kind und der perfekten Frau an seiner Seite.

KAPITEL 30

Vicky

Das Brettspiel mit Finlay überstand Vicky noch irgendwie, sie brachte ihn auch noch ins Bett, doch danach verabschiedete sie sich von Graham.

«Du wolltest doch noch bleiben?», protestierte er.

«Ich bin müde. Es war ein anstrengender Tag», sagte sie, und seine enttäuschte, verständnislose Miene verfolgte sie den ganzen Weg bis zum Hillcrest House.

Der Schnee knirschte unter ihren Füßen, und über ihr leuchteten Myriaden von Sternen. Sogar die Milchstraße konnte Vicky sehen. In München war der Himmel nie so klar. Und niemals war es dort so still. Überhaupt war sie hier in Schottland in einer ganz anderen Welt. In einer Welt ohne endlose To-do-Listen und überfüllte E-Mail-Postfächer. In einer Welt ohne den Druck, immer besser und schneller sein zu müssen, als sie es eigentlich war.

In dem hell erleuchteten Cottage gegenüber vom Hillcrest House sah Vicky drei Kinder und einen Mann am Esstisch sitzen. Gerade brachte eine Frau einen großen Topf herein und setzte sich ebenfalls. In Vickys Welt gab es nur einsame Abendessen vor dem Fernseher oder vor dem

Laptop. Die Abendessen im Honeysuckle Cottage waren so schön gewesen! Vicky drückte Daumen und Zeigefinger an ihre Nasenwurzel, um die aufsteigenden Tränen zu unterdrücken.

Die Eingangstür von Hillcrest House wurde geöffnet. «Was stehen Sie denn in der Kälte herum, Liebes? Haben Sie Ihren Schlüssel vergessen?» Nanette kam heraus. «Ich habe Sie vom Fenster aus gesehen. Kommen Sie schnell rein! Unglaublich kalt ist es!» Sie winkte Vicky heran. «Ach je, Sie sind ja ganz durchgefroren», sagte sie, als sie merkte, wie Vicky zitterte. «Gehen Sie erst mal in den Salon.» Sie half Vicky aus ihrer Jacke und hängte sie auf.

Im Salon bullerte ein Feuer im Ofen. Nanette nahm einen Scheit aus dem Brennholzkorb und legte ihn hinein. Dann mixte sie Vicky aus den verschiedenen Flaschen auf dem Barwagen einen Drink und gab zum Abschluss noch ein paar Apfel- und Orangenscheiben hinein. «Das ist ein Winter-Pimm's. Probieren Sie mal, Liebes!»

Der Drink schmeckte köstlich.

«Sind Sie jetzt erst mit der Arbeit fertig geworden?», erkundigte sich Nanette.

Vicky schüttelte den Kopf. «Ich war in Newton Steward. Graham hat jetzt donnerstagnachmittags immer frei. Er wollte Weihnachtseinkäufe machen und hat mich gefragt, ob ich mitkomme.»

Nanette hatte sich ebenfalls einen Drink gemixt und sich damit gegenüber von Vicky in den Sessel gesetzt. «Er mag sie», sagte sie lächelnd.

«Meinen Sie?» Vicky senkte die Lider. Seit Graham sie am Klavier mit diesem seltsamen Blick angeschaut hatte, kam sie sich eher wie eine billige Notlösung vor. Jemand, mit dem er ein bisschen Spaß haben konnte. Denn eigentlich wollte er nur Patricia zurück.

«Aber ja! Sie tun ihm gut. Seit Jahren habe ich ihn nicht mehr so unbeschwert erlebt.»

Seit Pats Tod ... Vicky schluckte. «Er hat seine verstorbene Frau sehr geliebt, nicht wahr?»

«Das hat er», bestätigte Nanette. «Ich kenne Graham schon, seit er ein kleiner Junge war. Er hat noch nie leichtfertig sein Herz verschenkt, und wenn er es dann doch einmal getan hat, dann voll und ganz.»

Das habe ich gemerkt, dachte Vicky traurig. «Und es gehört noch immer ihr. Sie ist wie ein Gespenst. Zwar ist sie nicht mehr da, aber ihre Anwesenheit ist immer noch spürbar.» Sie hoffte, dass sie sich nicht ganz so bitter anhörte, wie sie sich fühlte.

«Das ist jetzt aber sehr blumig ausgedrückt, Liebes.» Nanette schaute sie mit schief gelegtem Kopf mitleidig an. «Und haben wir nicht alle unsere Gespenster?» Ihr Blick wanderte zu dem Familienbild, das über dem Kamin hing. Neben Reggie, Nanette und einem bunt gefleckten Hund mit Schlappohren waren auch ihr Mann und ihre Tochter darauf zu sehen. «Aber auch wenn wir die Vergangenheit vermissen, heißt das doch nicht, dass wir die Gegenwart deswegen weniger schätzen.» Sie suchte Vickys Blick. «Glauben Sie einer alten Frau: Ich habe gesehen, wie Graham Sie anschaut, wenn er glaubt, dass Sie es nicht bemerken. Und ich habe auch gesehen, wie Sie ihn anschauen. Er mag sie. Und ich zumindest hätte mir in Ihrem Alter einen Mann wie ihn nicht entgehen lassen.» Nanette lächelte Vicky schelmisch an.

«Aber was soll das bringen?» Sie rührte mit dem Strohhalm in ihrem Pimm's. «Wir führen zwei vollkommen verschiedene Leben und wohnen außerdem viel zu weit auseinander. Es ist vollkommen unmöglich, dass wir zusammen sein können.»

Nanette schwieg einen Moment, bevor sie sagte: «Als ich neulich Ihr Bett gemacht habe, habe ich *Alice im Wunderland* auf Ihrem Nachttisch gesehen. Das Buch habe ich Reggie früher immer vorgelesen. Können Sie sich noch daran erinnern, was der Hutmacher Alice antwortet, als sie ihm sagt, dass etwas unmöglich ist?»

Vicky nickte, und ihre Kehle schnürte sich zusammen. «*Nur wenn man nicht daran glaubt*!», flüsterte sie.

Als Vicky am nächsten Morgen aufwachte, schlug sie nur unwillig die warme Decke zurück und schwang sich aus dem Bett. Sie hatte nicht gut geschlafen in dieser Nacht. Das Gespräch mit Nanette war ihr nicht aus dem Kopf gegangen. Erschwerend kam hinzu, dass nicht nur Hubert, sondern kurz danach auch noch ihre Mutter gestern Abend versucht hatten, sie zu erreichen. So als hätten die beiden sich abgesprochen. Dabei sprachen sie niemals freiwillig miteinander.

Am Ende der Woche würde Graham von seiner Büchertour zurück sein, hatte sie zu ihrem Vater gesagt. Das war heute. Und auch wenn sie behauptete, mit dem Ende der Woche Sonntag gemeint zu haben, blieben ihr nur noch zwei Tage. Bei dem Gedanken, schon so bald wieder in München zu sein, fühlte sie sich ganz elend.

Einen Moment lang blieb sie am Fenster stehen und schaute über die Dächer von Swinton, so wie sie es auch am Tag ihrer Ankunft getan hatte. Eine Woche war sie nun schon hier! Wie im Zeitraffer waren die Tage vergangen. Vicky mochte die Aussicht auf die sanft gewellte Hügellandschaft, sie mochte die Weite der Wiesen und des Marschlandes, die Nähe des Meeres und dass das Licht hier immer ein bisschen diffus und silbrig wirkte, selbst wenn die Sonne schien. Sie mochte die Menschen in Swinton, die so viel unkonventioneller und herzlicher waren als die in München; mit Ann Webster würde sie wirklich gerne befreundet sein. Und vor allem mochte sie Graham. Graham war liebevoll (sogar zu seiner zickigen Schwester), er war intelligent, er sah gut aus, war fantastisch im Bett ... Konnte es wirklich, trotz allem, was zwischen ihnen stand, eine Chance für sie beide geben?

Ja, zumindest, wenn du ihm die Wahrheit über deine Reise nach Schottland gestehst, bevor er von der Agentur erfährt, dass man dort noch nie von dir gehört hat, flüsterte eine Stimme in ihrem Kopf. Irgendwie hörte sie sich stark nach der von Nanette an.

Hatte die viele Arbeit im Laden in den vergangenen Tagen stets dazu geführt, dass die Stunden bis zum Feierabend ruckzuck vergingen, zogen sie sich heute schier endlos dahin. Immerhin hatte sie es anscheinend geschafft, Graham glaubhaft zu versichern, dass nur Müdigkeit der Grund für ihren abrupten Aufbruch gestern gewesen war. Falls er es ihr nicht glaubte, so ließ er es sich zumindest nicht anmerken.

«Sehen wir uns heute Abend?», fragte er sie, als sie ein paar kostbare Momente allein im Musikzimmer waren.

«Das wäre schön.» Vicky schlang die Arme um seine Taille. «Aber ich habe Rosie leider versprochen, zu dem Treffen ihres Buchklubs zu kommen. Und das ist heute Abend.»

«Dann komm doch einfach danach zu mir. Ich muss schließlich nicht wie Finlay um acht ins Bett.» Graham lächelte verschmitzt, und dann küsste er sie. Bereits dieser kurze Kuss reichte, um Vicky weiche Knie zu bescheren.

Den ganzen Tag über war sie überhaupt nicht bei der Sache. Einem Kunden wollte sie ein Buch über die Reparatur von Oldtimern in Geschenkpapier einpacken, obwohl der Mann ihr gerade lang und breit erzählt hatte, dass er sich für das nächste Jahr fest vorgenommen hatte, endlich seinen alten Benz in seiner Garage zu restaurieren. Einer Kundin konnte sie bei der Suche nach dem gewünschten Liebesroman nicht weiterhelfen, obwohl der direkt vor ihrer Nase stand, wie sie nur wenige Minuten später feststellte, als die Frau den Laden verlassen hatte. Und dass es sich bei dem Tagesgericht im *Craft* um Haggis handelte und nicht um eine überdimensionale Ofenkartoffel, merkte sie auch erst, als sie fast aufgegessen hatte. Dabei hatten die groben und weichen Stückchen in dem Schafsmagen und der fleischig-nussige Geschmack wirklich nichts mit dem einer Kartoffel gemeinsam.

«Alles in Ordnung?», fragte Graham, als Vicky ein Glas Wasser hinunterkippte, um den aufsteigenden Würgereiz zu unterdrücken.

«Ich habe mich nur verschluckt», stieß sie mit sicherlich hochrotem Gesicht hervor.

«Das glaube ich nicht. Du hast nicht gewusst, dass Haggis Schafsmagen ist, nicht wahr?» Graham grinste. «Hätte ich dich vorwarnen sollen?»

Vicky nickte. «Vielleicht hätte ich dir aber auch nur einfach sagen sollen, dass ich eigentlich Vegetarierin bin.»

«Du isst gar kein Fleisch?» Graham hob erstaunt die Augenbrauen. «Wieso hast du denn nie etwas gesagt?»

Vicky senkte die Lider. «Ich wollte dich nicht vor den Kopf stoßen, als du mir beim Schlittenfahren das Würstchen im Teigmantel mitgebracht hast. Genauso wenig wie deinen Vater, als er den Braten zum Abendessen gemacht hatte.»

«Und um uns nicht vor den Kopf zu stoßen, zwingst du dich dazu, Fleisch zu essen.»

«Es ist ja nicht so, dass ich mich davor ekele. Zumindest, wenn es nicht irgendwelche Innereien sind. Ich ... ich esse Fleisch aus ethischen Gründen nicht.»

«Aha! Hast du sonst noch irgendwelche dunklen Geheimnisse, von denen ich nichts weiß?» Graham wirkte amüsiert.

Ja, die hatte sie. Zumindest eins, und jetzt wäre ein ziemlich guter Zeitpunkt gewesen, es ihm zu gestehen. Aber Vicky musste sich erst noch in Ruhe einen Plan überlegen, wie sie das genau anstellen sollte.

«Finde es heraus!», sagte sie deshalb nur und zwang sich dabei zu einem Lächeln.

Weil ihnen nach dem Lunch noch ein wenig Zeit blieb, bis Graham den Buchladen wieder öffnen musste, bummelten sie ein Stück durch die Main Road. Swintons Hauptstraße war Vicky inzwischen so vertraut wie die Pinselstriche auf Van Goghs *Sternennacht*, das in ihrer Münchner Wohnung als Kunstdruck gegenüber von ihrem Bett hing. Da der Wind heute ziemlich eisig war und spitze Schneekristalle vor sich hertrieb, stellte sie den Kragen ihrer Jacke auf. Gleich würden sie den Fish-and-Chips-Laden passieren, dann *Flowers by Chrissy*, einen süßen kleinen Blumenladen, dessen Schaufenster mit einer fröhlichen Girlande aus kleinen Schneemännern, Weihnachtskugeln, Zuckerstangen und Nikolausstiefeln geschmückt war. Danach kam die Boutique, in der Vicky am Tag ihrer Ankunft eingekauft hatte, das *Cat with a Hat*, und von dort aus waren es nur noch ein paar Hundert Meter bis zu der Alten Molkerei, in der sich das *Vintage & Couture* von Ann befand und die Galerie … Schade, dass dieser E. Smith sich immer noch nicht bei ihr gemeldet hatte!

Kurz bevor sie *Gullivers Toy Store* erreichten, wo Graham nach einem Zauberwürfel für Finlay suchen wollte, klingelte sein Handy. Er nahm den Anruf an und stöhnte bereits nach den ersten Sätzen seines Gesprächspartners auf.

«Kannst du sie irgendwie daran hindern?», fragte er. «Gut! Aber sag ihr, dass halterlose Strümpfe bei einem Engel absolut inakzeptabel sind. Sie darf die Schaufensterpuppe nur aufstellen, wenn die ganz züchtig gekleidet ist. Am allerliebsten wäre mir aber, wenn sie sie wieder dahin zurückbringt, wo sie sie herhat. Wir haben genug von ihren Staubfängern im Laden herumstehen!»

«Halterlose Strümpfe! Engel! Du meine Güte! Mit wem hast du denn gerade telefoniert?», fragte Vicky, nachdem Graham aufgelegt hatte.

«Mit Eliyah. Isla hat irgendwo eine Schaufensterpuppe aufgetrieben, die ein Engelskostüm trägt. Aber der Rock ist so kurz, dass man die halterlosen Strümpfe sieht.»

«Wieso sagst du ihr nicht, dass sie dir nichts mehr für den Laden mitbringen soll?»

Graham zuckte mit den Schultern. «Isla meint es ja nur gut. Ich bin froh, dass sie mir ab und zu aushilft, und sie dekoriert doch so gerne.»

Vicky schüttelte belustigt den Kopf. «Du bist ein viel zu nachsichtiger Chef. Eliyah würde ich an deiner Stelle auch nicht erlauben, sich ständig in den Keller zu verziehen. Gibt es eigentlich irgendetwas, das dich auf die Palme bringt?»

«Ja, Lügen», antwortete Graham, ohne auch nur eine Sekunde über diese Worte nachzudenken. «Die kann ich nicht verzeihen. Bei allem anderen bin ich sehr tolerant.» Er legte seine Hand an die Türklinke des Spielwarenladens. «Kommst du mit rein, oder willst du draußen warten?»

«Ich komme mit», antwortete Vicky mit belegter Stimme. Es half alles nichts. Sie musste ihm die Wahrheit sagen! Und das so schnell wie möglich!

KAPITEL 31

Vicky

Langsam ging Vicky an den Regalen des Spielwarengeschäfts entlang. Die Spielzeuge sahen viel hochwertiger aus als der billige Plastikkram, der in den großen Kaufhäusern von München meistens verkauft wurde. Vicky nahm einen kunstvoll verzierten Holzzauberstab in die Hand und schwenkte ihn ein paar Mal durch die Luft. Schade, dass sie keine magischen Kräfte hatte! Denn dann würde sie sofort davon Gebrauch machen und die Zeit um neun Tage zurückdrehen, um in Swinton noch einmal ganz von vorne anzufangen.

Sie legte den Zauberstab zurück, und ihr Blick wurde von einem Einhorn mit einem pinkfarbenen Horn angezogen, das zwischen einem dicken Teddy und einem Pinguin im Regal stand. Aus einem Impuls heraus nahm sie es und kaufte es, bevor sie das Spielwarengeschäft verließ.

«Hier gibt es auch keine Zauberwürfel. Ich werde ihn wohl doch im Internet bestellen müssen», sagte Graham seufzend, als auch er wieder draußen war.

«Oh nein!» Vicky schlug sich die Hand vor den Mund. «Du denkst darüber nach, deine Seele an den Teufel zu verkaufen! Hast du keine Angst, in die Hölle zu kommen?», zog sie ihn auf, obwohl sie mit ihren Gedanken noch immer bei ihrem letzten Gespräch war.

«Doch, wahnsinnige Angst, aber um meinem Sohn seinen Wunsch zu erfüllen, gehe ich das Risiko ein», konterte Graham. «Was hast du dir denn da gekauft?» Er zeigte auf das Einhorn, das aus ihrer Handtasche lugte.

«Das ist leider nicht für mich, sondern für einen kleinen Jungen, der dem Weihnachtsmann am Samstag erzählt hat, dass er sich sehnsüchtig ein Einhorn wünscht. Seine Eltern wollen ihm diesen Wunsch aber nicht erfüllen. Oliver heißt er. Ich dachte mir, wenn ich es einpacke, eine Karte vom Weihnachtsmann dazulege und vor seine Tür stelle, können die Eltern es schlecht wieder zurückgeben.» Auf einmal war Vicky sich nicht mehr sicher, ob das wirklich eine gute Idee war, denn Graham sah sie verblüfft an. «Oder denkst du, dass das übergriffig ist?»

«Nein.» Jetzt lächelte er. «Ich kenne Oliver, er kommt oft mit seiner Mutter in den Laden, und ich bin mir sicher, dass du ihm eine riesige Freude damit machst. Und du hast absolut recht: Wer würde es wagen, ein Geschenk vom Weihnachtsmann abzulehnen?» Er legte den Arm um Vickys Schultern und küsste sie auf den Mund.

«Hey! Wir stehen mitten auf der Main Road. Hast du keine Angst, dass das jemand gesehen hat?», fragte sie verdutzt.

Graham schüttelte den Kopf. «Es kann ruhig jeder sehen, was für eine tolle Frau ich an meiner Seite habe.» Er schlang die Hände um ihre Taille und wirbelte sie herum. «Ich bin total verliebt in dich», flüsterte er ihr ins Ohr. Dann legte er ihr beide Hände an die Wangen und küsste sie noch einmal. Dieses Mal aber so langsam und zärtlich, dass Vickys Knie sich ganz weich anfühlten und ihr gesamter Körper von einer Gänsehaut überzogen wurde.

«Und ich in dich», flüsterte Vicky zurück.

Verflixt! Nanette hatte recht. Sie wäre wirklich dumm, wenn sie so einen Mann einfach ziehen lassen würde, nur weil tausend Meilen zwischen ihnen lagen. Wozu gab es Flugzeuge und Mietwagen? Und wenn sie nicht ackerte bis zum Umfallen, nur um Hubert zu beeindrucken, dann hatte sie mehrere Wochen Urlaub im Jahr!

Das Hochgefühl, das Vicky gerade noch mitten auf der Main Road angesichts von Grahams unerwarteter öffentlicher Zuneigungsbekundung überkommen hatte, hielt exakt eine halbe Stunde an. Und zwar bis zu dem Moment, als Vicky die leeren Bücherkartons hinausbrachte. Denn kaum hatte sie den letzten Karton zerkleinert und in die Papiertonne geworfen, die vor dem *Reading Fox* stand, kam Shona aus dem *Sweet Little Things* gerauscht.

«Warten Sie!» Mit gerecktem Kinn trat sie auf sie zu. Vicky schluckte. Sie konnte nicht behaupten, dass sie sich in Shonas Gegenwart jemals wohlgefühlt hätte, gerade jetzt fühlte sie sich aber besonders unwohl. Bestimmt wollte Grahams Schwester nicht nur ein bisschen Small Talk mit ihr machen, so entschlossen, wie sie aussah. Zwar trug sie einen engen Wollpullover zu einem kurzen Rock und kniehohen Stiefeln, aber hätte sie in einer Ritterrüstung auf dem Pferd gesessen und eine Lanze in der Hand gehalten, hätte sie nicht beeindruckender aussehen können. «Gut, dass ich Sie allein erwische. Ich muss mit Ihnen reden», kam Shona ohne Umschweife zum Punkt.

Oh nein! Vickys Hände fühlten sich auf einmal ganz feucht an. Die Agentur! Konnte Shona irgendwie mitbekommen haben, dass sie nicht die war, für die sie sich ausgab?

«Worüber möchten Sie denn mit mir reden?», fragte Vicky, und ihre Stimme vermochte es kaum, das laute Rauschen in ihrem Kopf zu übertönen. Sie hakte die Daumen in die Gürtelschlaufen ihrer Jeans, damit Grahams Schwester das Zittern ihrer Hände nicht bemerkte.

«Ich weiß, dass Sie was mit meinem Bruder haben. Ich habe vorhin gesehen, wie Sie ihn geküsst haben.»

Vicky wartete ab, ob noch etwas folgen würde, doch Shona hatte die Arme in die Seiten gestützt und sah sie abwartend an. Sollte das wirklich schon alles gewesen sein? Der Kuss. Fast hätte sie gelacht.

«Also eigentlich hat er mich geküsst und nicht umgekehrt.»

«Wie auch immer ...», entgegnete Shona schnippisch. «Wer wen geküsst hat, spielt auch gar keine Rolle. Ich sage Ihnen nur eins», ihr Blick bohrte sich in den von Vicky, «wenn Sie meinem Bruder das Herz brechen, dann bringe ich Sie um!» Ihr zuckersüßes Lächeln vermochte nicht darüber hinwegzutäuschen, dass sie ihre Worte im Ernstfall durchaus in die Tat umsetzen würde.

«Keine Sorge, ich habe nicht vor, ihm das Herz zu brechen!», entgegnete Vicky genauso eisig. Es war Zeit, Grahams Schwester endlich mal in ihre Schranken zu weisen. Graham war erwachsen, und das schon seit einer ganzen Weile.

Doch Shona fixierte nicht mehr sie, sondern starrte über ihre Schulter hinweg zur anderen Seite der Main Road.

Vicky drehte sich um, um zu sehen, was Shona noch mehr schockierte als die öffentliche Knutscherei ihres vergötterten Bruders. Es war ein verbeulter Kleinwagen. Oder vielmehr der junge Mann, der daraus ausstieg. Die Bartstoppeln auf seinen Wangen ließen vermuten, dass er sich schon ein paar Tage nicht mehr rasiert hatte. Genauso lange hatten seine braunen Haare höchstwahrscheinlich auch keine Bürste mehr gesehen. Seine schwarze Lederjacke war speckig, die Jeans am Knie zerrissen, die Turnschuhe ausgelatscht ... Aus welchem Loch war der denn gerade gekrochen! Trotzdem musste Vicky zugeben, dass er es schaffte, auf eine rockstarhafte Weise irgendwie heiß auszusehen. Ihr Blick schwenkte zu Shona, und die schien dasselbe zu denken. Ihre Augen waren weit aufgerissen, die Lippen leicht geöffnet.

«Nate», flüsterte sie, und sie schaute den Kerl mit einem Blick an, den Vicky irgendwo zwischen Überraschung, Entsetzen und vielleicht auch so etwas wie Sehnsucht ansiedelte. «Verdammt, was macht der denn hier!» Mit diesen Worten drehte sie sich auf dem Absatz um und eilte ins *Sweet Little Things* zurück.

Vicky schaute noch einen Moment verblüfft dem jungen Mann zu, wie er einen riesigen Rucksack von der Rückbank des Wagens nahm, ihn sich über die Schulter warf und im Eingang eines schmalen pistazienfarbenen Hauses verschwand.

«Hast du ein bisschen mit Shona geplaudert?», fragte Graham, als sie wieder in den Laden kam. Er stand im Eingangsbereich der Buchhandlung und sortierte einen Teil der Bücher, den sie aus Kirkcudbright mitgebracht hatten, in das Regal ein, auf dem auf einem Schild *Gerade eingetroffen!* stand.

Vicky schüttelte den Kopf und entschied sich dafür, ihm nichts von der Drohung seiner Schwester zu erzählen. «Wir kamen nicht dazu. Ein Mann ist aus seinem Auto gestiegen, sie hat ihn angestarrt, und dann ist sie Knall auf Fall wieder zurück ins Café gelaufen.»

«Ein Mann.» Graham runzelte die Stirn. «Wie sah er denn aus?»

«Dunkle Haare, Dreitagebart, nicht besonders gepflegt. Nate heißt er, glaube ich.»

«Nate!» Jetzt hatte sie seine volle Aufmerksamkeit. «Bist du dir sicher?»

«Zumindest hat Shona diesen Namen vor sich hingemurmelt. Und: *Verdammt, was macht der denn hier?* Wer ist denn dieser Nate?»

«Swintons verlorener Sohn. - Nathan Wood», fügte Graham hinzu, als Vicky ihn nur verständnislos anschaute. «Sagt dir der Name nichts?»

«Nein.»

«Er ist Schriftsteller. Sein Debütroman ist richtig durch die Decke gegangen, und seitdem wartet die Literaturwelt sehnsüchtig auf den Nachfolger. Aber Nate vertreibt sich seine Zeit lieber in den Pubs und Klubs von Edinburgh. Zumindest, wenn man der *Yellow Press* glauben kann.» Graham zog die Nase kraus. «Schade! Früher war er ein richtig netter Kerl.»

«Waren Shona und er mal zusammen?» Anders konnte Vicky sich die heftige Reaktion, die dieser Nathan Wood bei ihr hervorgerufen hatte, nicht erklären.

Er schüttelte den Kopf. «Sie waren befreundet. Shona

war mit seinem besten Freund zusammen. Aber der ist bei einem Autounfall ums Leben gekommen.»

Eine Kundin betrat den Laden und steuerte geradewegs mit einem Zettel in der Hand auf sie zu.

«Am besten erzähle ich dir das alles heute Abend in Ruhe.» Graham beugte sich zu ihr vor. «Ich freue mich schon!», flüsterte er ihr ins Ohr, und seine Lippen streiften kurz ihre Wange.

Heute Abend ... Normalerweise hätte auch sie sich wie verrückt auf ihr Date gefreut. Aber so ... Vicky seufzte. Vielleicht sollte sie Rosie absagen, um ihr Geständnis so schnell wie möglich hinter sich zu bringen. Auf Sherry, Häppchen und Gespräche über Bücher hatte sie sowieso keine große Lust. Aber Rosie und auch Nanette schienen sich so offensichtlich darüber zu freuen, dass sie an dem Treffen teilnahm, dass sie es nicht übers Herz brachte.

KAPITEL 32

Vicky

Vicky hatte Nanette versprochen, sie nach der Arbeit abzuholen, damit sie gemeinsam zum Lesekränzchen fahren konnten. Sie musste sowieso noch das Buch holen, in dem sie immer noch keinen einzigen Satz gelesen hatte. Und bei der Gelegenheit konnte sie sich gleich noch umziehen. Sie beschloss, den wollweißen Pullover und den dazu passenden Rock anzuziehen, das Outfit, das sie aus München mitgebracht und in Schottland noch kein einziges Mal getragen hatte. Seit ihrer Ankunft war sie auch kein einziges Mal mehr in ihren Mietwagen gestiegen. In Swinton war alles fußläufig zu erreichen. Zumindest, wenn man bequeme Schuhe trug. Da ihre hohen Stiefel aber alles andere als bequem waren, entschied Vicky sich, das Auto heute mal wieder zu benutzen.

«Bereit?», fragte Nanette. Sie sah großartig aus in dem engen burgunderroten Samtkleid mit der langen Perlenkette!

Vicky nickte, und sie verkniff es sich zu fragen, wie lange die Treffen des Buchklubs in der Regel dauerten.

Als Bürgermeisterin konnte Rosie es sich erlauben, das

Literaturkränzchen im Rathaus von Swinton stattfinden zu lassen. Da wegen des Weihnachtsmarkts alle Parkplätze rundherum besetzt waren, stellte Vicky den Wagen in einer Seitenstraße ab. Die letzten Meter würden sie zu Fuß gehen müssen. Dabei kamen sie am *Craft* vorbei, und die köstlichen Gerüche, die ihr entgegenschlugen, ließen ihren Magen unüberhörbar knurren.

«Ach je! Wann haben Sie denn zum letzten Mal etwas gegessen?», fragte Nanette.

«Zum Lunch», gab Vicky zu. Aber der lag inzwischen schon Stunden zurück. Sie konnte nur hoffen, dass Rosie – oder wer auch immer für die Verpflegung während des Lesekränzchens zuständig war – genügend zu essen mitgebracht hatte.

Munteres Geplauder und Lachen schallte Vicky entgegen, als Nanette und sie sich dem Raum näherten, in dem das Literaturkränzchen stattfand. Sie öffnete die Tür.

«Da seid ihr ja, ihr beiden! Wie schön!» Rosie kam ihr mit ausgebreiteten Armen entgegen. Sie hatte ein Glas Sherry in der Hand, und ihre runden Wangen leuchteten bratapfelrot.

«Möchten Sie auch ein Glas Sherry? Oder lieber ein Glas Wein? Wasser haben wir auch.» Rosie zeigte auf einen langen Tisch, auf dem neben den aufgezählten Getränken und Gläsern auch allerlei Häppchen, knuspriges Brot und Dips bereitstanden.

Vicky nickte. Angesichts des Geständnisses, das ihr heute Abend noch bevorstand, durften es auch gerne zwei oder drei Gläser sein.

Außer Rosie hatten sich noch sechs weitere Damen in dem kleinen Raum versammelt. Vier davon kannte Vicky:

Hughs Schwiegermutter Dorothy, Nancy Butcher, Catherine, die Ladenbesitzerin von *Cat with a Hat*, und Ann Webster. Vor allem Letztere wirkte ganz begeistert, Vicky zu sehen, denn sie stand spontan auf und umarmte sie.

«Danke, dass Sie mich heute Abend nicht allein lassen», flüsterte sie ihr zu. «Die Damen liegen mir schon ewig damit in den Ohren, einmal vorbeizuschauen, und ich habe mich nur breitschlagen lassen, weil Rosie meinte, dass Sie auch kommen.»

Nancy Butcher stand auch schon bereit, um sie zu begrüßen. Zumindest dachte Vicky das, als sie ihr vertraulich die Hand auf die Schulter legte. «Sagen Sie mal, kann es sein, dass ich Graham und Sie heute zusammen in der Stadt gesehen habe?», fragte sie jedoch, und sofort schwante Vicky Schlimmes.

Sie nickte. «Wir haben zusammen zu Mittag gegessen.»

«Nun ja, viel Auswahl gibt es ja leider in unserem Dörfchen nicht.» Rosie reichte Vicky den Sherry. «Nur Joes Fish-and-Chips-Bude. Aber ich habe gehört, dass in der Molkerei bald eines dieser neumodischen Dinger aufmacht, in denen Salate *Bowls* heißen und Obst- und Gemüsesäfte *Smoothies*. Hast du das auch gehört, Ann?»

«Ja, zwei Londoner wollen es eröffnen. Kelly und Clark heißen sie, meine ich.»

«Nein, Carl und Clark. Es sind zwei Männer. Sie werden auch zusammenwohnen.» Nancy wackelte bedeutungsvoll mit den Augenbrauen, richtete dann aber leider wieder ihre gesamte Aufmerksamkeit auf Vicky. «Sie und Graham scheinen sich ja auch sehr gut zu verstehen. – Sie haben Händchen gehalten.» Den letzten Satz trompetete sie so laut hinaus, dass selbst Dorothy aufhörte, das Büfett zu inspizieren. «Wer hat Händchen gehalten?», schrie sie der vollbusigen Frau mit den knallrot gefärbten Locken zu, die ihren Rollstuhl schob.

«Unser Graham und die junge Dame da haben Händchen gehalten», antwortete die genauso laut, und Vicky spürte, wie sie tiefrot wurde.

«Also wirklich, Nancy, du solltest dich schämen, Miss Lambach so in Verlegenheit zu bringen! Und du auch, Evelyn!», sagte Nanette zu der Rothaarigen, doch obwohl sie schnell den Kopf abwandte, sah Vicky ganz genau, dass sie schmunzelte.

«Nein! Sie und Graham, das ist ja wundervoll», quiekte Rosie. «Ich dachte mir gleich, dass Sie beide ein schönes Pärchen abgeben würden.»

«Ja, ähm ...» Weil sie keine Ahnung hatte, was sie sagen sollte, nahm Vicky einen großen Schluck von ihrem Sherry – an dem sie sich prompt verschluckte.

«Ach je, Sie Arme!» Ann klopfte ihr fürsorglich auf den Rücken, und als Vicky wieder Luft bekam, fügte sie hinzu: «Ich nehme an, Sie wissen jetzt, wieso ich mich bisher schwergetan habe, Mitglied in diesem illustren Klub zu werden.» Ann ließ ihren Blick streng durch den Raum schweifen, und Vicky sah, wie selbst Nancy betreten den Blick senkte. Nur Dorothy kam im Rollstuhl unerwartet flink zu ihr hinübergerollt. «Das haben Sie genau richtig gemacht, Miss Lambach», schrie sie. «Wäre ich in Ihrem Alter, würde ich so ein leckeres Kerlchen wie Graham auch nicht von der Bettkante stoßen. Aber verglichen mit mir ist ja inzwischen sogar Paul ein junger Hüpfer.» Sie lachte dröhnend. «Und jetzt will ich endlich was essen! Leg mir mal ein paar von den Fischhäppchen auf den Teller, Evelyn!»

Evelyn schob Dorothy zum Büfett, und auch die anderen Damen fingen damit an, sich ihre Teller mit Leckereien zu beladen.

Nur Ann blieb mit Vicky zurück. «Egal, was zwischen Ihnen und Graham läuft oder nicht, seien Sie froh, dass es so gekommen ist.» Sie zog eine Grimasse. «Jetzt, wo die Hyänenschar denkt, dass Sie mit Graham zusammen sind, werden sie Sie wenigstens mit ihren Verkupplungsversuchen verschonen. Mich wollte Nanette doch allen Ernstes vor Kurzem erst mit Joe vom Fischimbiss verkuppeln. Der Mann ist Mitte fünfzig und hat zwei Bypässe! Nanette meint, abgesehen davon sei er aber noch topfit. Und das in jeglicher Hinsicht. Ich will gar nicht wissen, woher sie diese Information hat ...» Ann gluckste, und Vicky stellte wieder einmal fest, wie unglaublich nett sie Islas Mutter fand.

«Ich muss Ihnen übrigens unbedingt noch etwas erzählen.» Ann strich sich die langen glatten Haare aus dem Gesicht. «Über diesen Smith konnte ich nichts mehr herausfinden, aber bei meinem letzten Gespräch mit Al hat der mir eröffnet, dass er schon im Januar seine Galerie schließen will. Er zieht zu seiner Tochter nach Bath. Deswegen will er auf seine Provision verzichten und alle Bilder im Laden deutlich günstiger verkaufen. Ich dachte, das könnte Sie interessieren.»

Das tat es. Aber nicht nur, weil sie die Bilder von E. Smith nun billiger bekommen konnte. «Wissen Sie eigentlich, ob es schon Interessenten für die Galerieräume gibt?»

«Bisher wohl noch nicht. - Wieso? Haben Sie Interesse?» Ann lächelte Vicky an.

Hatte sie das? Ja, wenn sie ehrlich zu Ann war - und zu sich selbst. Insgeheim träumte sie schon lange davon, eine eigene Galerie zu führen. Sie wollte Kunstwerke, die ihr Herz berührten, an Kunden vermitteln, die sie nicht nur als Anlageobjekte sahen oder als etwas, mit dem sie vor ihren reichen Freunden angeben konnten. Sie wollte Veranstaltungen organisieren, um lokale Künstler zu fördern. Aber das war natürlich alles nur eine Schnapsidee. Sie war keine Galeristin, sondern Auktionatorin. Hinter ihr stand ein Familienunternehmen. Ein Familienunternehmen, das zufällig auch noch eines der größten und renommiertesten Kunstauktionshäuser von ganz Deutschland war. Wie dumm müsste sie sein, all das einfach aufzugeben!

«Nein», antwortete Vicky mit einem energischen Kopfschütteln. «Es ... es war nur eine kleine Spinnerei. Ich lebe doch gar nicht hier.»

«Ach! Bei mir müssen Sie sich nicht dafür schämen.» Das Lächeln auf Anns Gesicht wurde breiter. «Ich mag kleine Spinnereien. Und große Träume. So hat es mit meinem Laden schließlich auch angefangen.»

Vicky war froh, dass Rosie sich zu ihnen gesellte und ihr sagte, dass sie sich beeilen müsste, wenn sie noch etwas vom Büfett haben wollte. «Dorothy hat doch tatsächlich schon die ganzen Fischhäppchen vertilgt. Ich frage mich, wo das alles bei ihr hingeht. Sie ist schlank wie eine Frühlingszwiebel - und dabei bewegt sie sich noch nicht mal», sagte sie mit einem Blick auf die alte Frau, die immer noch einen beachtlich gefüllten Teller auf ihren Oberschenkeln balancierte. «Ich würde morden dafür, so viel essen zu können, ohne zuzunehmen.» Rosie strich sich über die eigene viel fülligere Körpermitte.

Nachdem alle Speisen verzehrt worden waren und Rosie eine weitere Flasche Sherry geöffnet hatte, schoben alle ihre Stühle zu einem Kreis zusammen, um über den *Gesang der Flusskrebse* zu sprechen.

«Ich bin leider noch nicht dazu gekommen, das Buch zu lesen», gab Vicky zu und versprach, es so bald wie möglich nachzuholen. Und das meinte sie auch so, denn die Diskussionen der Damen über die Handlung, die Autorin und ihren Schreibstil weckten in ihr tatsächlich die Lust, nach all den Jahren mal wieder etwas anderes als Zeitungen und Journale durchzublättern.

Vor allem der Teil der Gesprächsrunde, in denen alle ihre Lieblingszitate aus dem Buch vorlesen sollten, gefiel Vicky. Die Geschichte war so voller wundervoller Bilder und Lebensweisheiten, und ausgerechnet ein Zitat, das die so robust aussehende Evelyn herausgesucht hatte (inzwischen wusste Vicky, dass sie Hughs Frau war), berührte sie tief: *«Jemanden zu berühren, hieß für sie, einen Teil von sich zu verschenken, den sie nie zurückbekommen würde.»*

War genau das mit ihr passiert?, fragte sich Vicky, als sie um halb zehn mit Nanette zum Auto zurückging und deren Geplapper nur mit halbem Ohr lauschte. Hatte sie Graham einen Teil ihres Herzens geschenkt, den sie nie wieder zurückbekommen würde? Sie befürchtete: ja, genauso war es.

Und noch etwas anderes verwirrte sie heillos: Anns Neuigkeit, dass Al seine Galerie schließen wollte und dass noch kein Nachfolger für die Räumlichkeiten gefunden war, hatte ihr einen Gedanken eingepflanzt, der viel zu schnell größer wurde: War ihr Traum von der eigenen Kunsthandlung vielleicht doch realisierbar? Hier in Swinton?

Ann hatte ihr zwar erzählt, dass die Galerie nicht gut lief, aber Vicky war sich sicher, dass man aus ihr etwas machen könnte. Schließlich bot Al seine Kunst nur in seinen Räumen in Swinton an, er hatte keine Homepage, keinen Social-Media-Auftritt, er organisierte keine Veranstaltungen. Doch sie würde all das tun! Und abends würde sie die Galerie absperren und nach Hause gehen, und anstelle einer leeren Wohnung würde sie ein Cottage betreten, das von Stimmen und Gelächter erfüllt war. In diesem Moment konnte sie sich sogar vorstellen, mit Paul zusammen zu kochen! Und das, obwohl sie sich in ihrem bisherigen Leben kaum je mehr als ein Ei selbst gekocht, sondern lieber Restaurants besucht oder Lieferdienste in Anspruch genommen hatte.

Ihre Gedanken waren wirklich total verrückt - aber war das nicht das ganze Leben? Und lohnte es sich nicht, über Verrücktheiten intensiver nachzudenken, wenn sie einen so glücklich machten, wie Vicky sich gerade fühlte? Was hielt sie eigentlich davon ab, diese Verrücktheit noch einmal ganz genau auf ihre Realitätstauglichkeit hin abzuklopfen?

Plötzlich fühlte sie sich so, wie das Marschmädchen Kya in *Der Gesang der Flusskrebse* sich gefühlt haben musste - *als wäre etwas Warmes in ihr Herz gegossen worden*. Dieses Zitat hatte Rosie herausgesucht.

Aus einem Impuls heraus griff Vicky nach Nanettes Hand und drückte sie, und Nanette schaute sie überrascht an.

«Alles in Ordnung?», fragte sie.

«Ja! In allerbester Ordnung», antwortete sie. Sobald sie Nanette zu Hause abgesetzt hätte, würde sie zu Graham fahren und ihm alles gestehen. Und dann würde sie endlich von vorne anfangen können. Ohne Lügen, ganz als sie selbst.

«Es war wirklich ein schöner Abend.» Noch einmal drückte sie Nanettes Hand, dieses Mal jedoch, um sich selbst Mut zu machen.

Sie blieben stehen, weil ein Taxi heranbrauste und sie am Überqueren der Straße hinderte. Zu ihrer Verwunderung bremste der Taxifahrer direkt neben ihr so abrupt ab, dass der Wagen ins Rutschen kam und der Schneematsch aufspritzte. Vicky sprang zurück, doch es war zu spät. Selbst im schummrigen Licht der Straßenlaternen erkannte sie, dass ihre Kleidung und auch die von Nanette über und über mit Dreck bespritzt war.

«Idiot!», schimpfte Nanette sehr undamenhaft, und Vicky wollte schon weiterwettern, als ihr die Beschimpfungen im Hals stecken blieben. Denn eine ihr nur allzu bekannte Gestalt stieg jetzt aus dem Taxi. Die Frau hielt sich sehr aufrecht, und ihre blonden Haare waren eher praktisch als modisch geschnitten.

«Überraschung!», rief sie und breitete die Arme aus.

Vicky starrte sie an. «Mama! Was machst du denn hier?»

KAPITEL 33

Vicky

«Was wohl? Ich will schauen, wie es dir geht», sagte Susanne.

Vicky starrte ihre Mutter verständnislos an.

«Dein Vater hat mich gestern angerufen», fügte Susanne erklärend hinzu.

«Ach! Ich wusste gar nicht, dass ihr noch miteinander redet!»

«Das tun wir normalerweise auch nicht. Er hat sein Leben, ich habe meins», sagte Susanne, und ihr spitzer Tonfall zeigte Vicky, dass ihr das nicht so egal war, wie sie es gerne hätte. «Er wollte nur wissen, ob ich etwas von dir gehört habe. Du hättest etwas Geschäftliches für ihn in Schottland zu erledigen, wärst aber seit deiner Ankunft quasi abgetaucht, und er würde dich nicht erreichen. Und als ich dich gestern auch nicht erreichen konnte, habe ich mir Sorgen gemacht.» Jetzt musterte sie Vicky von oben bis unten. «Aber das war wohl vollkommen unnötig. Deinen Magen-Darm-Virus scheinst du überwunden zu haben.»

«Stimmt. Meinem Magen geht es zum Glück wieder

besser. Du hättest mir eine Nachricht schreiben sollen, dass du vor lauter mütterlicher Sorge direkt ins nächste Flugzeug steigst und nach Schottland fliegst! Hast du dir ein Zimmer im Hotel gebucht?»

«Natürlich. Ich bin nicht davon ausgegangen, dass ich bei dir im Bett schlafen kann. Ich war gerade auf dem Weg ins …», Susanne nahm ein kleines schmales Notizbuch aus ihrer Handtasche und öffnete es, «… ins *Craft Hotel*, als ich dich entdeckt habe. Ist es noch weit bis dahin?»

«Nein, nur ein paar Meter weiter die Straße entlang. Du kannst es schon sehen.» Vicky zeigte auf den beleuchteten Eingangsbereich des Hotels, und erst jetzt registrierte sie so richtig, dass Nanette noch neben ihr stand.

«Entschuldigen Sie, Nanette! Ich war gerade so … überrascht über den Besuch meiner Mutter, dass ich Sie ganz vergessen habe.»

«Ach, das macht doch nichts. Und das kann ich natürlich verstehen. Sie haben ja offensichtlich so gar nicht mit diesem Besuch gerechnet.» Vicky sah Nanette deutlich an, wie unwohl sie sich fühlte.

«Nanette, das ist meine Mutter. Mama, das ist Nanette McDonald, die Dame, in deren Pension ich wohne», stellte sie die beiden der Form halber einander vor, bevor sie sich an Nanette wandte: «Wenn es Ihnen recht ist, dann bringe ich Sie schnell nach Hause. Meine Mutter kann in der Zwischenzeit schon mal im Hotel einchecken. Wir treffen uns dann im Pub des *Crafts*.»

«Aber die Mühe müssen Sie sich wirklich nicht machen, ich kann problemlos zu Fuß gehen», protestierte Nanette, doch Vicky bestand darauf, sie nach Hause zu fahren. Sie brauchte ein paar Minuten, um sich mit dieser neuen Situation zu arrangieren. Und um Graham zu schreiben, dass es sicher elf Uhr werden würde, bis sie bei ihm war.

Soll ich dann überhaupt noch kommen?, tippte sie, während sie mit Nanette zum Auto ging.

Natürlich, schrieb er prompt zurück. *Aber komm nicht zu mir nach Hause, sondern in den Fuchsbau. Ich habe für Finlay einen Babysitter engagiert und eine Überraschung für dich! x Graham*

Eine Überraschung! Vicky schluckte. Sie hatte einen Mann wie ihn wirklich nicht verdient.

Als Vicky wenig später den Pub betrat, saß Susanne in einer Nische direkt neben einem Tisch voller Männer, die sich lautstark über das Fischen unterhielten. Einer von ihnen war Hugh. Er winkte Vicky freundlich zu, und sie winkte zurück. Sie konnte sich nicht daran erinnern, in München jemals in eine Bar gekommen zu sein und irgendjemand gekannt zu haben, mit dem sie nicht verabredet war. Bei dem Gedanken, dass sie die Münchner Anonymität vielleicht bald hinter sich lassen würde, konnte sie ein breites Grinsen nicht unterdrücken.

«Ein anderer Tisch war leider nicht mehr frei», sagte Susanne mit Blick auf die lärmende Männerrunde. Vor ihr stand bereits ein Glas Rotwein. «Kannst du etwas empfehlen?» Sie nahm ihre Lesebrille aus einem Etui und öffnete die Speisekarte.

«Der Shepherd's Pie und die Meeresfrüchte-Pastete sollen gut sein. Und die Burger. Ich habe hier bisher nur die Gemüselasagne bestellt.»

«Dann nehme ich den Shepherd's Pie.» Susanne klappte die Karte wieder zu. «Gemütlich ist es hier ja.» Sie ließ ihren Blick durch den Pub schweifen. «Jochen ist ganz neidisch, dass ich zu dir nach Schottland geflogen bin. Bevor wir uns kennengelernt haben, war er einmal für ein paar Tage auf Rothirschjagd in den Highlands, und er schwärmt heute noch von der Landschaft und der anheimelnden Stimmung in den Pubs. Seine Jagdtruppe hat damals in einem Schloss logiert. Wie hieß es noch einmal? Mir fällt der Name nicht ein, aber es muss irgendwas mit *Castle* gewesen sein.»

«Etwas mit Castle. Das ist ja wirklich ungewöhnlich!», spottete Vicky. Trotz ihrer guten Laune hatte sie nicht vor, mit ihrer Mutter weiter Small Talk zu machen.

Die Bedienung, ein hübsches dunkelhaariges Mädchen, das Vicky noch von ihrem letzten Besuch im Pub kannte, kam zu ihnen und nahm ihre Bestellung auf. Da Vicky von den Köstlichkeiten der Buchklub-Ladys immer noch pappsatt war, bestellte sie nur ein Glas Rotwein.

«Wieso bist du wirklich da?», fragte sie, nachdem das Mädchen gegangen war. «Dass du dir Sorgen um meine Gesundheit gemacht hast, kaufe ich dir nicht ab.»

Susanne nahm einen Schluck von ihrem Wein. «Ich will mit dir über den Traum sprechen, von dem du mir am Telefon erzählt hast», sagte sie dann. «Ich weiß, von welchem Zimmer du träumst.»

Was? Hatte Vicky gerade richtig gehört? In ihrem Kopf begann es zu rauschen, ihr Herz schlug schneller, und ihre Hände fühlten sich auf einmal ganz verschwitzt an. «Du kennst das Zimmer!» Fassungslos starrte sie ihre Mutter an.

Susanne nickte. «Wenn ich gewusst hätte, wie sehr dir die Sache nachgeht, dann hätte ich es dir schon länger erzählt …» Vicky sah, dass ihre Mutter schluckte. «Aber du hast nie etwas darüber gesagt, deshalb wollte ich die ganze Angelegenheit einfach nur so schnell wie möglich abhaken und nicht mehr daran denken.»

«Wo ist dieses Zimmer? Hier in Schottland?» Vickys Mund war trocken geworden.

«Nein. Es ist an der Ostsee. In einem kleinen Dorf zwischen Lübeck und Wismar. Als du vier warst, bin ich mit dir dorthin gefahren, weil ich eine Affäre hatte und dein Vater mich deswegen verlassen wollte.»

«Du hattest eine Affäre!» Vicky konnte nicht glauben, was sie gerade gehört hatte. Bei ihrem Vater hätte sie das nicht weiter verwundert, aber Susanne …

«Weißt du, es war nicht leicht damals.» Ihre Mutter drehte an dem schlichten goldenen Beisteckring an ihrem Mittelfinger, den Jochen ihr vor ein paar Jahren geschenkt hatte. «Dein Vater war nicht immer so wie heute. Jetzt steht die Arbeit für ihn an erster Stelle, und dann kommt erst mal eine ganze Zeit lang nichts. Er war früher sogar mal so ziemlich das genaue Gegenteil.» Sie lächelte versonnen. «Ein Träumer! Jemand, der einfach nur in den Tag hineinlebte, ohne an morgen zu denken. Das Antiquitätengeschäft seines Vaters hat nie viel abgeworfen, aber das war ihm egal. Ihm lag nichts an Geld. Er liebte das Geschäft, und er liebte dich.»

«Ich weiß. Daran kann ich mich erinnern.» Wie immer, wenn Vicky an die ersten unbeschwerten, glücklichen Jahre ihrer Kindheit dachte und an Hubert, wie er damals gewesen war, stieg Wehmut in ihr auf. «Es war so schön damals, und ich habe mich immer gefragt, wieso er sich von einem Tag auf den anderen so sehr verändert hat.»

Ihre Mutter legte beide Hände um ihr Rotweinglas, so als wolle sie sich daran festhalten. Als sie weitersprach, war ihre Stimme brüchig. «Ich hatte es so satt, die Alleinverdienerin in der Familie zu sein und den ganzen Tag nur zu schuften, damit wir über die Runden kamen, während er in den Tag hineinlebte, nachmittags mit dir auf den Spielplatz ging oder Ausflüge unternahm. Und dann habe ich Alexander kennengelernt. Er war ein Kunde von mir, ich habe die Finanzierung für eine Immobilie im Münchner Süden für ihn aufgestellt. Er hatte eine Firma und ein schickes Auto, er machte mir Komplimente und schickte mir Blumen in die Bank. Ich habe mir vorgestellt, wie einfach ein Leben an seiner Seite wäre.»

«Und Papa hat alles herausgefunden?» Es war lange her, dass sie ihren Vater *Papa* genannt hatte, fiel Vicky auf.

Susanne nickte. «Einer seiner Kunden hat Alex und mich beim Mittagessen gesehen. Er ist natürlich aus allen Wolken gefallen. Keine Sekunde hat er daran gedacht, dass die vielen Extratermine, die ich hatte, mit einem anderen Mann zusammenhingen. Dazu hat er zu sehr in seiner eigenen Welt gelebt.» Ihre Stimme klang jetzt bitter. «Ich habe versucht, ihm zu erklären, wieso ich mich mit Alex eingelassen hatte. Dass ich es so satthatte, den ganzen Tag arbeiten zu müssen, dass ich mich nach einem Mann sehnte, der sich auch mal um mich kümmerte und nicht nur um unser Kind und um den alten Kram, den er in seinem Laden angesammelt hatte.» Sie schwieg eine Weile und trank einen Schluck Wein. «Und dann bin ich mit dir an die Ostsee gefahren, damit er das Ganze verdauen und in Ruhe darüber nachdenken konnte. Ich dachte, dass er uns irgendwann nachreisen würde, um uns zurückzuholen. Ich hatte gehofft, er würde meine Gründe verstehen, zumindest ein bisschen. Aber er ist nicht gekommen.»

Dann war es also ihr Vater gewesen, auf den sie damals so sehnsüchtig gewartet hatte! Die Bedienung brachte ihr Glas Rotwein. Dankbar nahm Vicky einen Schluck.

«Nach zehn Tagen sind wir wieder zurückgefahren», fuhr Susanne fort. «Ich wollte noch einmal mit Hubert über alles sprechen, doch er weigerte sich. Es sei für ihn abgehakt, meinte er. Und dann fing er an, seine Antiquitäten nicht mehr nur im Laden zu verkaufen. Er hat auf das Internet gesetzt zu einem Zeitpunkt, als das noch kaum jemand getan hat. Den Rest kennst du.» War ihr Blick die ganze Zeit auf ihr Glas gerichtet gewesen, schaute sie das erste Mal wieder zu Vicky. «Es tut mir so leid.» In ihren Augen schimmerten Tränen.

«Das muss es nicht.» Vicky nahm die Hand ihrer Mutter und drückte sie. «Ich kann mir vorstellen, dass es damals nicht leicht für dich war. Und ich kann jetzt auch Hubert ein bisschen besser verstehen. Er wollte dir zeigen, dass auch er es zu etwas bringen konnte. Er wollte, dass du stolz auf ihn bist.» Sie atmete tief ein und wieder aus. Ihr Brustkorb fühlte sich an, als wäre er in ein Stahlkorsett gepresst worden. «Genauso wie ich will, dass er stolz auf mich ist.» Müde massierte sie sich die Schläfen. «Gott! Ich bin auf dem besten Weg, genauso zu werden wie er. Ich wollte unbedingt die Dependance in Berlin leiten. Bei der Silvestergala wollte Hubert seinen Nachfolger verkünden. Und das wäre vermutlich nicht ich gewesen, sondern Patrick.» Vicky suchte den Blick ihrer Mutter. Doch Susanne wirkte abgelenkt und schaute ständig zwischen ihr und einem unbestimmten Punkt rechts hinter ihr hin und her. Vermutlich, weil sie sehnsüchtig auf das Essen wartete. Aber es tat so gut, das alles endlich einmal auszusprechen, deshalb redete Vicky einfach weiter: «Dann hat Hubert das Foto von dem Buch gesehen und gleich erkannt, dass es sich dabei vermutlich um die Erstausgabe handelt. Es wäre eine Sensation, wenn wir die versteigern könnten! Sie würde nicht nur Millionen bringen, sondern auch das Kunsthaus Lambach noch bekannter machen. Er wollte, dass ich nach Schottland fliege, um ihm das Buch zu besorgen. Aber das kann ich vergessen. Das Buch ist nicht verkäuflich, und weißt du was ...»

«Vicky», unterbrach ihre Mutter sie. «Entschuldige, aber ich glaube, da möchte jemand etwas von dir.»

Was? Wer denn? Vicky drehte sich um, und ihr Herz setzte für einen Taktschlag aus.

Hinter ihr stand Graham.

KAPITEL 34

Graham

Wie lange stehst du schon da?», fragte Vicky mit tonloser Stimme, nachdem sie ihn gefühlt sekundenlang nur wortlos angestarrt hatte.

«Lange genug.» In Grahams Kopf rauschte es, und er war nicht dazu in der Lage, auch nur einen einzigen klaren Gedanken zu fassen.

Er hatte nur auf ein Ale ins *Craft* gehen wollen, und er war überrascht gewesen, Vicky dort mit einer älteren Frau sitzen zu sehen, wo sie doch zum Treffen des Buchklubs gehen wollte. Aber er hatte sich auch gefreut, und wie immer hatte sein Herz bei ihrem Anblick unwillkürlich angefangen, schneller zu schlagen. Jetzt klopfte es immer noch schnell, aber anders als zuvor schmerzte nun jeder einzelne Schlag.

Langsam nahm doch ein Gedanke in seinem Gehirn Gestalt an und türmte sich in ihm auf.

«Du hast mir die ganze Zeit nur etwas vorgemacht.»

«Nein! Ich kann das alles erklären!» Vicky sprang auf.

«Kein Bedarf! Ich habe alles gehört, was ich wissen muss.» Graham drehte sich auf dem Absatz herum. Er wollte nur noch weg. Keine Sekunde länger hielt er es in ihrer Nähe aus!

Doch Vicky lief ihm nach. Vor der Tür des Pubs holte sie ihn ein. «Warte, Graham! Ich muss wirklich mit dir reden!»

«Warum? Weil alles nicht so ist, wie es aussieht?» Graham lachte bitter. «Erspar uns beiden bitte diese Floskel!»

«Aber in diesem Fall ist es keine Floskel!» Auf Vickys Gesicht hatten sich hektische rote Flecken gebildet. «Ich wollte mit dir reden. Heute! Um dir die Wahrheit zu sagen!»

«Nun, die weiß ich jetzt!» Es wunderte Graham selbst, wie kalt sich seine Stimme anhörte. «Alles war gelogen. Du bist überhaupt nicht wegen der Aushilfsstelle in den Laden gekommen, sondern weil du herausfinden wolltest, ob ich weiß, wie viel meine *Alice-im-Wunderland*-Ausgabe wert ist. Und um sie mir im Idealfall für einen Spottpreis abzuluchsen. Was mich nur noch interessieren würde ...» Er zwang sich, ihr direkt in die Augen zu blicken. «Auf welchem Foto hast du das Buch gesehen?»

Graham sah, wie Vicky schluckte, und es dauerte einen Moment, bis sie ihm antwortete. «Es lag in dem Umschlag mit dem Brief, den Finlay an Patricia geschrieben hat. Der Lebensgefährte unseres Pförtners hat auf einem Parkplatz in Schottland den Luftballonbrief gefunden und ihn mit nach Deutschland genommen.»

Der Brief! Graham atmete gegen den Druck in seinem Brustkorb tief ein. «Das ist so erbärmlich!», stieß er dann hervor. Er wollte schon gehen, doch eine Frage hatte er noch. «In einer Galerie scheinst du also nicht zu arbeiten, sondern in einem Auktionshaus?»

«Ja, in dem meines Vaters», flüsterte Vicky. «Er wollte, dass ich das Buch besorge.»

«Natürlich!» Graham schnaubte. «Und was hättest du dafür bekommen? Einen Anteil vom Erlös?»

Vicky zuckte mit den Achseln. «Vielleicht. Darüber haben wir nie gesprochen.» Jetzt, wo das Kind sowieso schon in den Brunnen gefallen war, konnte sie ihm auch gleich alles erzählen. «Aber ich hätte eine Filialleiterstelle in Berlin bekommen.» Sie senkte den Blick, weil sie sich so sehr schämte.

Graham schwieg einen Moment, bevor er mit rauer Stimme fragte: «Hast du mir eigentlich in irgendeinem Punkt die Wahrheit gesagt?»

Jetzt sah Vicky ihn wieder an. «Ja, das habe ich. Es stimmt, dass ich aus München komme, es stimmt, dass ich in England Kunstgeschichte studiert habe, es stimmt, dass *Alice im Wunderland* wegen meines Vaters eine ganz besondere Bedeutung für mich hat ...» Ihre Stimme brach, und ihre Augen füllten sich mit Tränen. «Und es stimmt auch, dass ich mich in dich verliebt habe.»

Nun war es an Graham zu schlucken. Zu gern hätte er sie an sich gezogen, seine Nase in ihren Haaren vergraben, tief ihren Duft eingeatmet und das Gefühl des Nach-Hause-Kommens verspürt, das er in den letzten Tagen immer dann empfunden hatte, wenn er sie in den Armen gehalten hatte. Aber damit war es jetzt vorbei. Dieses Gefühl würde sich nicht mehr einstellen. Jetzt nicht mehr!

«Du hast alles kaputtgemacht», sagte er. Mit diesen Worten ließ er Vicky stehen, und dieses Mal folgte sie ihm nicht.

Ohne sich noch ein einziges Mal nach ihr umzudrehen, ging Graham zum Fuchsbau. Er schloss die Tür auf und betrat den viel zu stillen Laden, um durch sein schier endloses Labyrinth von Gängen zum hinteren Bereich zu gelangen, wo sich der Garten befand.

Vicky hatte einmal zu ihm gesagt, wie gern sie den Garten im Sommer sehen würde. Wenn in den Beeten alles blühte. Und wie schön sie es sich vorstellte, in einer lauen Nacht unter dem mit Rosen bewachsenen Pavillon zu sitzen und ein Glas Sekt oder Wein zu trinken. Beete in voller Blüte und Rosen am Metallgerüst des Pavillons hatte er ihr zu dieser Jahreszeit nicht beschaffen können, aber den Sekt. Er hatte sich extra einen Heizpilz von Pebbles ausgeliehen. Und Windlichter von Isla. Sie säumten den Weg bis zum Pavillon. Vorhin noch, als er sie aufgestellt hatte, war es ihm vorgekommen, als warteten die Kerzen darin nur darauf, von ihm angezündet zu werden. Jetzt hätte er die lächerlichen Gläser am liebsten weggekickt, und nur der Umstand, dass sie nicht ihm gehörten, hielt ihn davon ab.

Auf dem Tisch stand bereits der Sektkühler. Die Sektflasche lag noch im Kühlschrank bereit. Und in dem Steinhaus, in das sich Pat immer so gerne zurückgezogen hatte, um ungestört zu schreiben, brannte bereits ein Feuer im Kamin. Damit Vicky und er es nachher schön warm hatten, wenn sie es sich auf der alten Couch darin gemütlich machten. Sogar hier drinnen hatte er Kerzen aufgestellt, auf dem Couchtisch und auf den Fensterbänken.

Der alte Pebbles hatte ihm einen höchst befremdeten Blick zugeworfen, als er die vielen Kerzen auf den Verkaufstresen gelegt hatte. «Soll ich ins Lager gehen, um zu schauen, ob ich noch ein paar dahabe?», hatte er ungewohnt ironisch gefragt, und Graham hatte nur dämlich gegrinst. Was war er nur für ein Idiot gewesen! Graham nahm die

Papiertüte, in der er die Kerzen hierhergebracht hatte, und warf sie, eine nach der anderen, wieder hinein.

Dann setzte er sich auf die Couch, zog die Beine an und starrte minutenlang auf die fröhlich flackernden Flammen.

Vicky hatte den Brief gelesen. Den Brief, den sein kleiner Junge im Musikzimmer des *Reading Fox* geschrieben und an einen Herzluftballon gehängt hatte. Weil er hoffte, dass der Wind ihn zu Pat in den Himmel tragen würde. Stattdessen hatte ihn eine Frau in die Hände bekommen, die ihn die letzten neun Tage belogen und betrogen hatte wie noch nie jemand zuvor. Eine Frau, die ihn kurzzeitig hatte glauben lassen, dass man die große Liebe mehr als einmal im Leben finden konnte. Aber all das war nur eine Illusion gewesen ...

In Grahams Kehle begann es zu brennen, und dann erlaubte er sich etwas, das er schon ewig nicht mehr getan hatte. Wegen Finlay, wegen seines Dads, wegen Shona, wegen all seiner Freunde und weil er nach all der Zeit, die seit Pats Tod vergangen war, nicht mehr so ein dämlicher Trauerkloß hatte sein wollen.

Er fing an zu weinen.

KAPITEL 35

Vicky

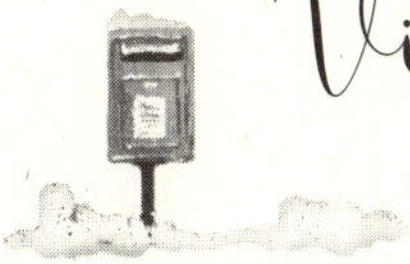

Schluss. Aus. Vorbei. Vicky saß auf ihrem Bett im Hillcrest House und starrte auf den schmutzigen Umschlag in ihrer Hand. Ihre Träume waren genauso geplatzt wie der Ballon, der daran hing, dachte sie sarkastisch.

Sie zog das Foto aus dem Umschlag, und das Herz wurde ihr beim Anblick von Finlays süßem Zahnlückenlächeln schwer. Genauso hatte er sie immer angelächelt! Was Graham ihm wohl erzählte, wieso sie nicht mehr im Laden arbeitete und auch nicht mehr zu ihnen nach Hause kam?

Ihr Blick wanderte weiter zu dem Buch, das Finlay auf dem Foto in den Händen hielt. Es war noch gar nicht so lange her, da war es der Gegenstand gewesen, den sie am allermeisten auf der Welt begehrte. Jetzt erfüllte sie der Anblick mit heftiger Abneigung. Sie war so dumm gewesen zu glauben, dass dieses Buch der Schlüssel zum Ziel all ihrer Wünsche wäre! Dabei waren ihr die Filialleiterstelle und das höhere Gehalt doch im Grunde sowieso nie wirklich wichtig gewesen.

Als Hubert damals von einem Tag auf den anderen keine Zeit mehr für sie gehabt hatte, war etwas in ihrer Kinderseele zerbrochen, das auch im Erwachsenenalter nie richtig geheilt war. Weil sie den Verdacht nicht loswurde, dass sie selbst daran schuld war, dass er sich so verändert hatte. Sie hatte geglaubt, er hätte sich mit ihr gelangweilt oder sie hätte irgendetwas falsch gemacht.

Im Grunde war es ihr bei allem, was sie getan hatte, immer nur um Huberts Anerkennung gegangen.

Das ist so erbärmlich, hatte Graham gestern zu ihr gesagt, und er hatte so recht gehabt. Das, was sie getan hatte, war erbärmlich. *Sie* war erbärmlich gewesen. Wie Tyson nach einem saftigen Stück Fleisch gierte, hatte sie danach gegiert, dass Hubert stolz auf sie war. Aber wieso hätte er das sein sollen, wo sie doch nie mehr als eine leicht lenkbare Marionette für ihn war?

Nun zog Vicky den Brief aus dem Umschlag. Es dauerte einen Moment, bis sich die verschwommene Tinte vor ihren Augen zu Worten formte.

Ich vermisse dich, und ich wünsche mir zu Weihnachten am allermeisten, dass du mir zurückschreibst. Und einen Zauberkasten, aber das muss nicht sein, hatte Finlay Patricia am Ende seines Briefs geschrieben.

Vicky wischte sich mit den Fingerspitzen die Tränen von den Wangen. Sie stand auf und ging zu dem schmalen Schreibtisch. Dann nahm sie den Kugelschreiber und den Notizblock, die Nanette für ihre Gäste bereitgelegt hatte, und fing an zu schreiben.

Vicky schrieb den ganzen Bogen voll, und als sie ihn zusammen mit dem Zauberkasten in das bunte Weihnachtspapier packte, das sie bei Pebbles gerade noch gekauft hatte, fühlte sie sich zumindest ein klein wenig leichter. Seinen sehnlichsten Wunsch konnte sie Finlay nicht erfüllen, aber vielleicht würde er sich auch über den Zauberkasten freuen. Und Oliver musste sie auch noch sein Einhorn zukommen lassen. Auch das Stofftier packte Vicky in das bunte Papier. *Alles Liebe vom Weihnachtsmann!*, schrieb sie auf eine Karte, die sie ebenfalls bei Pebbles gekauft hatte, und dann machte sie sich auf den Weg ins Dorf. Bis sie ihre Mutter im *Craft* abholen musste, hatte sie noch ein bisschen Zeit.

Die Familie Miller wohnte in einer Seitenstraße der Main Road in einem Haus mit einem großen Garten. Vicky legte das Päckchen in die Astgabelung eines Baumes und huschte dann so schnell wie möglich wieder zu ihrem Mietwagen.

Von der Bottany Street war es nur ein Katzensprung bis zum *Reading Fox*, und sie war sich nicht sicher, ob sie sich wünschen sollte, dass Graham dort war oder nicht. Letztendlich überwog der Wunsch, ihn wenigstens noch ein letztes Mal zu sehen, die Angst, dass er ihr das Paket um die Ohren schlug. Doch als sie die grün gestrichene Eingangstür des Fuchsbaus erreichte, baumelte ein Schild vor dem Glaseinsatz. *Closed.*

Vicky stieß einen Fluch aus. Daran, dass die Läden in Swinton zur Mittagszeit geschlossen wurden, hatte sie gar nicht mehr gedacht, und bis drei Uhr konnte sie nicht mehr warten, wenn sie ihren Flieger zurück nach München am frühen Abend erreichen wollte. Sie klopfte an die Tür, denn manchmal blieb Eliyah über Mittag im Laden und nahm dort seinen Lunch ein. Doch niemand machte ihr auf. Was sollte sie denn jetzt machen? Das Paket einfach vor die Tür legen? Nein! Selbst wenn die Kriminalitätsrate in Swinton gleich null war, wie dessen Einwohner immer betonten, so war ihr das Risiko zu groß, dass irgendein Passant das Paket mitnahm.

Vicky ließ ihren Blick schweifen, bis er an der zuckergussrosafarbenen Fassade des *Sweet Little Things* hängen blieb. Zwar war Grahams Schwester so ziemlich der letzte Mensch, den sie jetzt sehen wollte, aber bei ihr konnte sie sich zumindest sicher sein, dass sie sich mit dem Geschenk ihres Neffen nicht auf und davon machte.

Alle Tische waren besetzt, und Weihnachtsmusik dudelte aus den Lautsprechern, als Vicky das Café betrat. Shona stand an einem der Tische und stellte einen Teller Cupcakes mit weißen Engelsflügeln vor ein älteres Ehepaar.

«Lassen Sie es sich schmecken!», sagte sie mit einem herzlichen Lächeln, das jedoch sofort verblasste, als sie Vicky sah.

«Was wollen Sie denn hier? Wenn Sie ein Paket abgeben wollen, müssen Sie zu Nancy gehen», zischte Shona sie an, kaum dass Vicky das Paket aus der Papiertüte genommen hatte.

Vicky fragte sich sofort, ob es wirklich so eine gute Idee gewesen war, das Café zu betreten. Wie viel wusste Shona? «Ich habe etwas für Finlay», sagte sie. «Können Sie es ihm geben? Aber bitte nicht vor Weihnachten!» Vicky schob das Paket in die Tüte zurück und hielt sie ihr entgegen.

Shona betrachtete sie einen Moment mit unverhohlener Abneigung, dann riss sie ihr die Tüte förmlich aus der Hand. «Kann ich sonst noch etwas für Sie tun?», fragte sie kühl, und Vicky schüttelte den Kopf. «Gut!» Shona drängte Vicky zum Ausgang.

Graham hat ihr alles erzählt, dachte sie beklommen,

als die Tür des Cafés hinter ihr zufiel. Mit einem Herzen, das so schwer war, dass es sich wie ein ganzer Felsbrocken anfühlte, stieg Vicky in den Wagen.

Vor dem *Craft* stand bereits ihre Mutter mit ihrer Reisetasche und wartete auf sie.

«Dass mein Trip nach Schottland so kurz werden würde, damit hatte ich wirklich nicht gerechnet!», sagte Susanne beim Einsteigen.

Sie hatte sich kaum angeschnallt, da brauste Vicky schon davon und ließ Swinton und alles, was ihr in den letzten Tagen so sehr ans Herz gewachsen war, hinter sich zurück.

«Bist du sicher, dass es die richtige Entscheidung war, einfach zu gehen?», fragte ihre Mutter, als sie die Ortsgrenze passierten. Bereits gestern, als Vicky ihr tränenreich die ganze Geschichte erzählt hatte, hatte sie sie beschworen, noch einmal das Gespräch mit Graham zu suchen.

Doch Vicky schüttelte den Kopf. Sie wusste, dass das keinen Zweck hatte, denn er würde ihr nicht zuhören. Lügen waren das Einzige, das er nicht verzeihen konnte, und sie hatte ihm eine ganze Menge davon aufgetischt.

Hatte bei ihrer Ankunft in Swinton der Nebel, dick wie Graupensuppe, Vicky die Sicht erschwert, strahlte die Sonne heute hell vom Himmel und gab den Blick frei auf eine Landschaft, die schöner nicht hätte sein können. Es war ein Hohn.

«Es ist wunderschön hier!» Susanne drückte sich förmlich die Nase an der Fensterscheibe platt. «Das Meer, all diese hübschen Häuschen, die Hügel und die Berge dahinter …»

«Ja, es ist wie ganz Schottland in Miniaturausgabe, alles ist da», sagte Vicky, und sie musste blinzeln bei der Erinnerung an den Moment, als Graham diese Worte zu ihr gesagt hatte: auf dem nächtlichen Schlittenberg, kurz vor ihrer gemeinsamen Abfahrt. Der Abfahrt, die damit geendet hatte, dass sie beide im Schnee gelegen und Vicky das erste Mal aus nächster Nähe in Grahams wunderschöne blaue Augen geschaut hatte.

Zwischen zwei Hügeln tauchten am Ende der Straße die imposanten Mauern von Swinton Manor auf.

«Was ist das denn für ein Gebäude? Das habe ich mich gestern schon gefragt. Es sieht nicht so aus, als würde darin noch jemand wohnen.»

«Es hat Nanette gehört, der Frau, in deren Pension ich gewohnt habe», sagte Vicky, als ihre Stimme wieder fest genug für eine Antwort war. «Aber nach dem Tod ihres Mannes konnte sie es nicht mehr halten, und sie hat es verkauft.»

«Dass der neue Besitzer es einfach verfallen lässt …» Susanne schüttelte den Kopf. «Daraus könnte man sicher ein hübsches Hotel machen.»

«Das habe ich mir auch gedacht. Vielleicht wird es das auch irgendwann noch werden. Es privat zu unterhalten, dürfte schwierig werden.» Vicky fuhr langsamer, um noch einen letzten Blick auf das imposante Gebäude zu werfen. «Ich hatte eigentlich vor, einmal dort vorbeizufahren, um es mir aus der Nähe anzuschauen.» Aber dazu war sie nicht gekommen, genauso wenig wie zu ihrem Galopp am Strand. Sie war zu einigem nicht mehr gekommen. Vicky schniefte.

«Ach, Mäuschen!» Susanne nahm eine Packung Papiertaschentücher aus ihrer Handtasche und reichte Vicky eins davon. «Es tut mir alles so leid. Wenn ich nicht gekommen wäre ...»

«Du kannst nichts dafür», unterbrach Vicky sie. Die einzige Person, die etwas für den ganzen Schlamassel konnte, das war sie selbst. Wieso hatte sie Graham nicht schon viel früher die Wahrheit gesagt?

Auf der Mietwagenstation am Flughafen wurde Vicky von demselben Mitarbeiter begrüßt wie vor zehn Tagen. Wieder trug er einen Weihnachtspulli, doch dieses Mal war statt des Rentiers ein Schneemann darauf. Einen Moment zögerte sie, als er sie nach dem Autoschlüssel fragte, doch dann warf sie ihn förmlich auf die Theke. Auch wenn ihre Mutter anderer Ansicht war: Es hatte keinen Zweck zurückzufahren. Mit ihr und Graham war es vorbei!

Als sie in München landeten, war es bereits dunkel.

«Soll ich dich nach Hause fahren?», fragte Susanne, als sie ihre Koffer in Empfang genommen hatten. «Mein Wagen steht im Parkhaus.»

Vicky schüttelte den Kopf. «Das ist lieb von dir, aber ich rufe mir ein Taxi. Auf Firmenkosten!» Sie lächelte schief.

«Kommst du an Weihnachten?», fragte ihre Mutter.

«Ja», antwortete Vicky, obwohl ihr im Moment nur danach war, sich ins Bett zu legen, die Decke über den Kopf zu ziehen und bis zum neuen Jahr nicht mehr aufzustehen. Und es waren ja zum Glück noch fast drei Wochen bis dahin.

«Super!» Susanne strahlte. «Dann machen wir es uns so richtig schön, ja?»

Vicky nickte. Dann nahm sie ihre Mutter noch einmal fest in den Arm und lief zum Taxistand.

«Lehnbachgärten», rief sie dem Fahrer zu und stieg ein.

Vicky konnte es gar nicht erwarten, endlich wieder zu Hause zu sein und sich verkriechen zu können. Doch während sich das Taxi durch den Münchner Innenstadtverkehr quälte, wurde ihr klar, dass sie zuvor noch etwas anderes erledigen musste.

«Warten Sie kurz!», wies sie den Taxifahrer an, als er vor der Apartmentanlage anhielt. «Ich muss nur schnell etwas holen. Und danach fahren Sie mich bitte in die Brienner Straße!»

Der Erste, dem Vicky im Kunsthaus Lambach begegnete, war ausgerechnet Patrick. Wie immer waren seine aschblonden Haare akkurat gescheitelt, und natürlich trug er das obligatorische Outfit von Menschen, die wie er im Nobelstadtteil Grünwald wohnten: teure Jeans, Segelschuhe und einen Wollpullover mit V-Ausschnitt über dem Hemd. Und wie immer arbeitete er – genau wie Hubert und wie Vicky früher – auch am Wochenende!

«Schon wieder zurück?», begrüßte er sie mit einem süffisanten Grinsen. «Und so leger gekleidet ...»

«Ja, sie haben mich schon früher entlassen», entgegnete Vicky und konnte sich angesichts seines verdatterten Gesichtsausdrucks ein Grinsen nicht verkneifen. Woraus entlassen? Aus dem Krankenhaus? Aus dem Entzug? Gefängnis? Darüber sollte dieser Lackaffe jetzt erst einmal nachdenken. «Ist Hubert in seinem Büro?»

Er nickte, und Vickys Heiterkeit verschwand. Gegen einen kleinen Aufschub hätte sie nichts einzuwenden gehabt. Sie eilte durch die langen, mit dicken Teppichen ausgelegten Gänge des Auktionshauses und klopfte wenig später an Huberts Bürotür.

«Herein!»

Vicky öffnete die Tür. Ihr Vater saß am Schreibtisch und war über einen Stapel Papiere gebeugt.

«Ach!» Hubert nahm seine Lesebrille ab. «Du hattest gar nicht geschrieben, dass du heute zurückkommst. Aber du hast dich ja sowieso recht rargemacht.» Sein Blick wanderte an ihr herunter, von ihrem dicken Wollpullover über ihre Jeans bis zu den klobigen schwarzen Boots. «Wie siehst du eigentlich aus? Kommst du direkt vom Wandern, oder was?»

«Ich komme direkt vom Flughafen. Hätte ich mich für den Rückflug in Schale werfen sollen?»

Hubert machte sich nicht die Mühe, ihr auf diese Spitze zu antworten. «Hast du das Buch?», fragte er.

«Ja», sagte Vicky. Sie öffnete ihre Handtasche und legte ihm *Alice im Wunderland* auf den Tisch.

Huberts Augenbrauen schossen in die Höhe. «Willst du mich auf den Arm nehmen?»

Sie schüttelte den Kopf. «Kommt es dir bekannt vor?»

«Nein. Und ich glaube nicht, dass ich das bestellt habe.» Mit unwilligem Blick nahm er das alte Kinderbuch, um es ihr zurückzugeben, doch dann wurden seine Züge auf einmal weich. «Das habe ich dir mal geschenkt. Es muss an deinem vierten oder fünften Geburtstag gewesen sein.»

«An meinem vierten. Du meintest damals, es wäre nie zu früh für die richtig guten Bücher.»

«Verrückt!» Hubert schlug das Buch auf. «Daran habe ich schon Jahre nicht mehr gedacht.» Er blätterte durch die Seiten. «Auch eine schöne Ausgabe.» Ein Lächeln lag auf seinem Gesicht. «Ich hatte sie in einem Antiquariat am Gärtnerplatz entdeckt. Den Laden gibt es schon lange nicht mehr.» Er tippte auf das Lesezeichen, das aus den schon leicht vergilbten Seiten ragte. «Liest du es gerade?»

«Nein, es steckt seit fünfundzwanzig Jahren an dieser Stelle. Bis dorthin hast du mir die Geschichte vorgelesen.» Vicky zog sich einen Stuhl heran und setzte sich. «Mama hat mir alles erzählt», stieß sie hervor. «Von ihrer Affäre und dass sie damals mit mir an die Ostsee gefahren ist. Dass du nicht gekommen bist, um uns zu holen, und dass du danach ein anderer Mensch geworden bist.»

Bei ihren letzten Worten war Hubert merklich blasser geworden. Vicky suchte seinen Blick. «Es tut mir leid, dass du damals gedacht hast, dass du nicht gut genug bist», sagte sie mit rauer Stimme, als sie ihn fand. «Für mich warst du nämlich gut genug. Der allerbeste und tollste Papa, den ich mir hätte wünschen können.»

Für einen Moment sahen sie sich schweigend an, und Vicky sah, dass Huberts Augen feucht geworden waren. Er schluckte, suchte nach Worten und schien sie nicht zu finden. Doch Vicky hätte sich in diesem Moment sowieso nicht in der Lage gefühlt, ihm zuzuhören. Deshalb stand sie auf und griff noch einmal in ihre Handtasche. Dieses Mal nahm sie eine Klarsichthülle heraus, in der ein handgeschriebenes Blatt Papier steckte.

«Was ist das?», fragte Hubert mit belegter Stimme.

«Meine Kündigung.»

KAPITEL 36

Vicky

Die restliche Adventszeit kam Vicky vor wie eine Ewigkeit. Was wahrscheinlich daran lag, dass sie kaum etwas anderes tat, als im Bett zu liegen, Essen beim Lieferservice zu bestellen, zu lesen und ihre Liebesfilme auf Netflix zu schauen. Irgendwann, als sie schon tagelang keinen Schritt mehr vor die Tür gemacht hatte, rief sogar Dawid bei ihr an.

«Alles in Ordnung, Fräulein Vicky?», fragte er.

«Nein», antwortete Vicky, aber danach überwand sie sich immerhin dazu aufzustehen, sich zu duschen und anzuziehen. Wenn sie noch einmal mehr *Tatsächlich Liebe* schaute, würde sie den kompletten Text mitsprechen können. Sie hatte den Weihnachtsfilm schon immer gemocht, aber in diesem Jahr liebte sie ihn besonders, zeigte er doch auf eine sehr tröstliche Art, dass Happy Ends sogar in schier aussichtslos scheinenden Situationen möglich waren. Und dass das Leben immer irgendwie weiterging.

Auch wenn sie momentan noch überhaupt keine Ahnung hatte, wie. Sie war fast dreißig. Sie hatte keinen Job. Ihre Wohnung wurde von ihrem Vater finanziert, und sie hatte keinen blassen Schimmer, wo sie im neuen Jahr hinwollte.

Das hieß … eigentlich wusste sie es doch. Doch der einzige Ort, an dem sie sich mehr als alles andere zu sein wünschte, war ausgerechnet der, zu dem sie nicht konnte.

Vicky warf einen Blick in den Kühlschrank. Normalerweise war er leer, doch von ihrer Essenslieferung gestern Abend waren noch ein paar Ziegenkäse-Bällchen und etwas Baguette übrig. Auf der Arbeitsplatte aus glänzendem Granit stand noch die Flasche Pimm's, die sie sich aus einer sentimentalen Stimmung heraus im Internet bestellt hatte. Sie goss sich ein Glas davon ein und ging auf die Dachterrasse hinaus. Nach den Tagen in der trocken-warmen Luft ihrer Wohnung spürte sie die Kälte wie Nadelspitzen auf der Haut, und die frische Luft brannte in ihren Lungen. Ein heißer Punsch wäre besser gewesen als der kalte Pimm's.

Vicky lehnte sich mit dem Glas in der Hand gegen die Brüstung. Von ihrem Peter-Pan-Zimmer im Hillcrest House hatte sie über den Flickenteppich der bunten Dächer bis zu den Highlands schauen können. Hier wurde der Blick auf die Berge von grauen Hauswänden gebremst.

Sie nahm einen Schluck aus ihrem Glas und verzog das Gesicht. Pur und ohne die Apfel- und Orangenscheiben und alles, was Nanette sonst noch hineingemixt hatte, schmeckte das Kräuterzeug einfach nur scheußlich. Trotzdem trank Vicky noch einen großen Schluck.

Das Dorf am Meer fehlte ihr fürchterlich! Sie sehnte sich nach der Stille von Swinton und nach dem unglaublichen Licht, das an der Küste immer etwas diffus wirkte, egal, wie hell die Sonne schien. Sie sehnte sich danach, mit

Nanette beim Frühstück in deren minzfarbener Küche zu sitzen oder mit Finlay in dessen Tipi zu liegen …

Vicky sehnte sich nach dem Fuchsbau, sie sehnte sich nach Ann, die eine Freundin hätte werden können, nach Isla, Mick, Tessa, Gertie, Liam, Rosie, Reggie, Eliyah, Hugh und all den anderen verschrobenen Einwohnern des Bücherdorfs. Ja, sie sehnte sich sogar ein bisschen nach Sheriff Paul! Sie wollte im *Craft* tanzen, auf Pepper am Strand entlanggaloppieren, im Meer baden, wenn es die Temperaturen zuließen, und jeden Morgen neben Graham aufwachen.

Außerdem hätte sie gern mehr über die tragischen Ereignisse erfahren, die sich vor fünfzig Jahren auf Swinton Manor abgespielt hatten. Sie hätte gern gewusst, wer dieser E. Smith war und wer die Räume der Galerie übernahm. Der Galerie, die vielleicht ihre hätte werden können, wenn sie nicht so verdammt blöd gewesen wäre!

Vicky kippte den Rest des Pimm's in einem Zug herunter und ging wieder hinein.

Den Weihnachtsabend verbrachte sie, wie versprochen, bei ihrer Mutter, Jochen und den Hunden in Wolfratshausen. Eine Hündin hatte ein paar Wochen zuvor Welpen bekommen, und Vicky konnte sich gar nicht sattsehen an den munteren, zuckersüßen Welpen, die überall herumtapsten, bei ihrem Anblick stets mit ihren winzigen Schwänzen wedelten und sich nicht mehr einkriegten vor Begeisterung.

«Tim und Theo sind noch zu haben», sagte ihre Mutter einmal lächelnd, als Vicky wieder einmal belagert von den Hündchen auf dem Boden saß, doch sie schüttelte nur den Kopf. Sie war sicher nicht so blöd, einen Jagdhund in der Stadt halten zu wollen.

Nach der schönen Zeit mit den vielen Spaziergängen, die sie mit ihrer Mutter und den Hunden unternommen hatte, fiel es Vicky nach den Feiertagen doppelt schwer, wieder nach München zurückzukehren. Als ihr in ihrer Wohnung an einem Nachmittag die Decke auf den Kopf fiel, ging sie zu Fuß durch den Englischen Garten zu der Reitschule, die dort lag. Vielleicht würden ein paar Reitstunden sie auf andere Gedanken bringen? Doch die Tiere standen dort in kleinen, dunklen Boxen, und wenn sie einmal herauskamen, dann nicht auf Koppeln, wo sie sich austoben konnten, sondern nur auf winzige Kiesplätze. Vicky streichelte einem großen Schimmel die Stirn, der den Kopf zwischen den Gitterstäben herausgestreckt hatte. Wie viel schöner war es doch in Swinton, Pferd zu sein!

Endlich kam der 31. Dezember, und Vicky konnte das alte Jahr beerdigen, um im neuen noch einmal vollkommen neu anzufangen. Wie auch immer dieser Neuanfang aussehen würde.

Sie hatte sich gerade ein Bad eingelassen, als es an der Tür klingelte.

Sie verdrehte genervt die Augen. Sicher war das mal wieder Dawid! Der Pförtner schaute jeden Tag unter den fadenscheinigsten Vorwänden einmal bei ihr vorbei, obwohl sie ihm schon mehrmals versichert hatte, dass es ihr inzwischen wieder ganz hervorragend ging. Verübeln konnte sie ihm nicht, dass er ihr nicht glaubte. Ihre Haut war fahl, weil sie so wenig an die frische Luft kam, und da sie sich nicht dazu durchringen konnte, zum Friseur zu gehen, war ihr Haaransatz dunkel nachgewachsen. Außerdem hatte sie Pickel auf der Stirn – ein Problem, von dem sie eigentlich gedacht hatte, es schon vor über zehn Jahren losgeworden zu sein. Mit einem bedauernden Blick auf die nach Sandelholz und Patschuli duftenden Schaumwölkchen auf dem Badewasser schlüpfte sie in ihren Bademantel.

«Wie Sie sehen, lebe ich immer noch!» Vicky riss die Tür auf. Doch dort stand nicht Dawid, sondern ihr Vater.

«Das sehe ich», sagte er trocken. «Aber seit wann siezt du mich?»

«Ich dachte, es wäre Dawid», antwortete Vicky peinlich berührt. «Seine christliche Nächstenliebe treibt ihn jeden Tag einmal zu mir nach oben. Und was führt dich zu mir?» Anstatt einen Schritt zurückzutreten und Hubert damit zum Eintreten aufzufordern, blieb sie im Türrahmen stehen. Sie musterte Huberts Smoking und Fliege. «Hast du dich für mich so in Schale geschmissen?»

«Ich komme, um dich abzuholen.»

«Vergiss es!» Vicky verschränkte die Arme vor der Brust. «Ich habe dir gesagt, dass ich nicht zur Gala gehe. Ich arbeite nicht mehr für das Kunsthaus Lambach.»

«Bis heute um zwölf Uhr tust du es noch. Bis dahin bist du offiziell lediglich im Urlaub.»

«Du sagst es: Ich bin im Urlaub und somit eigentlich gar nicht da.»

«Vielleicht entscheidest du dich, doch da zu sein. Ich habe dir nämlich ein Angebot zu machen.» Hatte Hubert ihrem Blick das ganze Wortgefecht über ungerührt standgehalten, senkte er nun für einen Sekundenbruchteil die Lider. «Ich möchte dir die Filialleiterstelle in Berlin anbieten.»

Vicky schluckte. «Wow!», brachte sie schließlich hervor. «Damit habe ich nicht gerechnet.»

«Schön, dass ich dich immer noch überraschen kann.» Hubert nestelte an einem Manschettenknopf. «Und es überrascht dich vielleicht auch, dass ich genau weiß, dass diese Stelle dein ganz großer Traum ist, auch wenn du viel zu stolz bist, um es mir gegenüber auszusprechen. Und du weißt ja, dass ich dir nie etwas schenken wollte, weil ich weiß, dass das, was wir uns hart erarbeiten, viel mehr wert ist. Und die Stelle ...» Er machte eine kurze Pause. «Die hast du dir erarbeitet. Ich bin unglaublich stolz auf das, was du in den letzten Jahren erreicht hast! Überhaupt auf alles, was du in deinem Leben erreicht hast.»

Vicky atmete tief ein und mindestens doppelt so lange wieder aus. Da waren sie, die Worte, nach denen sie sich all die Jahre verzehrt hatte! Aber wieso sagte er sie gerade jetzt? Wieso um Himmels willen machte er ihr dieses Angebot ausgerechnet jetzt? «Es *war* mein ganz großer Traum», sagte sie leise, als sie sich wieder dazu in der Lage fühlte, in ganzen Sätzen zu sprechen. «Aber inzwischen haben sich meine Träume geändert.» Das Bild eines großen Zimmers erschien vor ihrem inneren Auge. Ein offenes Feuer flackerte im Kamin, und von der breiten Fensterbank aus hatte man eine wundervolle Aussicht auf das Meer. Letzte Nacht hatte sie wieder davon geträumt, aber als die Türklinke langsam nach unten gedrückt wurde, war sie nicht aufgewacht, sondern hatte gesehen, wie Graham eintrat.

Vicky blinzelte, um das Bild zu vertreiben, dann sagte sie entschlossen: «Ich freue mich wirklich unglaublich über dein Angebot – du kannst dir gar nicht vorstellen, wie sehr. Aber das Leben in Berlin ... das ist nicht mehr das Leben, das ich führen möchte.» Angespannt wartete sie auf seine Reaktion, doch er nickte nur.

«Das habe ich mir bereits gedacht. Aber ich wollte zumindest versuchen, dich für die Stelle zu gewinnen. Du wärst die beste Nachfolgerin gewesen, die ich mir hätte vorstellen können. Die allerbeste!» In seiner Stimme lag weder Vorwurf noch Enttäuschung, sondern eher eine Art verständnisvolle Resignation. «Weißt du schon, wie es für dich weitergeht? Wie es aussieht, haben wir beide im neuen Jahr erst einmal mehr Zeit.» Er grinste schief.

Vicky schüttelte den Kopf. «Ich warte immer noch auf eine Erleuchtung. Mitternacht wäre heute eine gute Zeit dafür. Heißt es nicht, dass in der Neujahrsnacht das Tor zwischen Vergangenheit und Zukunft weit geöffnet ist?»

«Ich dachte, das würde eher für die Zeit zwischen den Jahren gelten. Und in der Neujahrsnacht sollten böse Geister vertrieben werden. Aber du weißt, dass ich mit solch esoterischem Kram nichts anfangen kann.»

«Böse Geister vertreiben hört sich auch gut an.» Vicky hatte da ein paar, die sie nicht unbedingt mit ins neue Jahr nehmen wollte. Ihren Perfektionismus zum Beispiel, den krankhaften Ehrgeiz, das Gefühl, nie gut genug zu sein, egal, wie sehr sie sich anstrengte.

«Ich habe übrigens mit deiner Mutter telefoniert.» Hubert versuchte, seine Hände in die schmalen Taschen seiner Anzughose zu zwängen.

«Schon wieder! Passt auf, dass Jochen und Eva nicht eifersüchtig werden», entgegnete Vicky ironisch.

«Wir haben uns einmal ganz in Ruhe ausgesprochen», fuhr er unbeirrt fort. «Es war höchste Zeit dafür.» Er schaute sie an, aber sein Blick war lange nicht so selbstsicher wie sonst. «Weißt du, als sie mir damals von dem Seitensprung erzählt hat, da ... da ist etwas in mir zerbrochen. Deine Mutter war meine große Liebe, und ich habe nie auch nur eine Sekunde daran gezweifelt, dass wir miteinander alt werden würden. Der Gedanke, dass ich ihr nicht gut genug war …» Hubert schluckte. «Aber ich bin von einem Extrem ins andere gefallen. Irgendwie war ich noch nie gut darin, das richtige Maß zu finden. Glaub mir, wenn ich könnte, würde ich die Zeit gerne zurückdrehen und alles besser machen.»

«Ach, ich glaube, so schlecht bin ich trotz alldem nicht geraten.» Nun war es Vicky, die sich ein schiefes Grinsen abrang. «Nein, wirklich. Ich finde, du warst ein guter Vater. Und du bist es immer noch. Außerdem hat das Schicksal dir ja die Chance gegeben, dich bei Carlos noch einmal als Superdaddy zu versuchen. Und wie du gerade schon gesagt hast: Im neuen Jahr haben wir beide erst einmal ziemlich viel Zeit. Ich wollte schon immer mit Klettern anfangen, und bisher habe ich noch keinen Kletterkumpel gefunden.»

«Kletterkumpel!» Hubert lachte auf. «Ja, mal schauen! Noch gehöre ich ja nicht zum alten Eisen.» Er sah auf die Uhr. «Ich muss jetzt los! Eva wartet. Willst du wirklich nicht mitkommen? Mir ist nicht wohl bei dem Gedanken, dass du den Abend ganz allein hier verbringst, und …»

«Keine Angst! Ich stürze mich nicht von der Dachterrasse», unterbrach Vicky ihn. «Ich werde mich auf die Couch legen, mir Filme anschauen, mir etwas beim Lieferservice bestellen, Pimm's trinken und um Mitternacht von der Dachterrasse aus das Feuerwerk anschauen.»

«Sicher?», fragte Hubert zweifelnd.

«Ganz sicher. Es wird ein fantastischer Jahreswechsel werden!»

«Ich glaube dir kein Wort.» Er grinste kurz, doch dann wurde seine Miene wieder ernst. «Deine Mutter hat mir auch erzählt, dass du und der Vater dieses Jungen, der den Brief geschrieben hat … dass ihr …»

«Das stimmt», unterbrach Vicky ihn. «Aber ich möchte nicht darüber sprechen. Und ich bin längst darüber weg, es war nur … nur …» *Liebe.* Das Wort schoss ihr durch den Kopf, obwohl sie doch nach einem ganz anderen gesucht hatte. In ihren Augen begann es zu brennen.

«Ich weiß», sagte Hubert überraschend sanft, und das, was er danach tat, war noch viel überraschender, denn er breitete die Arme aus und zog sie an sich.

«Ich verschmiere dir den ganzen Smoking», protestierte Vicky. Doch als Hubert sie unbeirrt weiter festhielt, wurde ihre Gegenwehr weniger. Sie ließ sich gegen ihn sinken und schmiegte den Kopf in seine Schulterbeuge. Sie nahm seinen vertrauten Geruch wahr – es war so lange her, dass sie ihn das letzte Mal gerochen hatte –, und zum ersten Mal seit ihrer Abreise aus Swinton weinte sie hemmungslos.

KAPITEL 37

Shona

Guten Morgen! Gibt es bei dir um diese Zeit schon Kaffee?» Dad steckte seinen Kopf zur Tür herein, und Tyson flitzte auf seinen kurzen Beinen ins Café, um sich auf die Suche nach seiner großen Freundin Bonnie Belle zu machen. Doch Shona hatte die alte Hündin heute Morgen zu Hause gelassen.

«Natürlich. Sonst würde ich jetzt nicht hier stehen.» Ohne mindestens eine Tasse am Morgen kam Shona nicht auf die Beine. Sie drückte auf einen Knopf ihrer Vollautomatik, und ein Zischen ertönte. Jahrelang hatte sie den Kaffee immer von Hand aufgebrüht, aber seit das *Sweet Little Things* immer besser lief, benutzte sie diese Maschine. Inzwischen verkaufte Shona ihre Cupcakes nicht mehr nur hier in Swinton - im Café und im *Craft* –, sondern auch in Newton Steward. Wenn es so weiterging, würde sie sich im nächsten Jahr wohl oder übel Hilfe holen müssen. Große finanzielle Sprünge konnte sie sich trotzdem nicht erlauben.

«Wieso bist du denn schon auf?» Shona stellte das heiße Getränk auf den Tresen. Für Tyson füllte sie einen Napf mit

Wasser, wobei sie ganz genau wusste, dass er viel lieber das Butterplätzchen bekommen hätte, das sie zu jedem heißen Getränk reichte.

«Ich konnte nicht schlafen. Der Ischias.» Ihr Vater rieb sich die schmerzende Stelle. Dann nahm er auf einem der hohen Hocker Platz und rührte Zucker in den Kaffee. «Molly hat gesagt, dass Nate wieder weg ist. Ihr Filius will den Jahreswechsel in Bangkok verbringen», sagte er, ohne den Blick von seiner Tasse zu wenden.

«Nein, auf Bali», korrigierte Shona ihn.

«Ach!» Paul schaute auf. «Hast du mit ihm gesprochen?»

«Nein, aber Molly war auch bei mir.» Nate würde dort in einer Holzhütte in den Bergen wohnen, in der es weder Elektrizität noch fließendes Wasser gab, hatte sie ihr erzählt. Shona fiel es schwer, diese Art des Urlaubs mit dem zusammenzubringen, was die Klatschpresse über ihren ehemals besten Freund schrieb.

«Was ist eigentlich damals zwischen euch schiefgelaufen?» Dad legte den Teelöffel auf den Rand der Untertasse und stützte den Kopf in seine Handfläche.

Shona stieß ein Geräusch aus, das fast so laut war wie das Zischen der Kaffeemaschine vorhin. «Was zwischen uns schiefgelaufen ist? Er hat mich alleingelassen und sich auf den Weg nach Edinburgh gemacht, als ich ihn am allermeisten gebraucht habe! Das dürfte alles über unsere Freundschaft aussagen, oder?» Es erschreckte sie, wie bitter ihre Stimme klang.

Dad legte den Kopf schief. «Meinst du nicht, dass es damals auch für ihn nicht leicht war? Alfie war sein bester Freund.»

Alfie ... Dass es nach all den Jahren immer noch so wehtat, seinen Namen zu hören ... Shona schluckte. «Er hätte trotzdem nicht einfach gehen dürfen. Alfie war kaum unter der Erde, da ist er schon abgehauen.»

«Vielleicht solltest du mal mit ihm darüber sprechen, wenn er aus Burma zurückkommt.»

«Aus Bali.»

«Wie auch immer. Der Kerl sieht aus, als ob er einen Freund gebrauchen könnte. Ich bin richtig erschrocken, als ich ihn letztens bei Pebbles getroffen habe. Molly hat gesagt, dass er in Edinburgh ... ein paar Probleme hatte.»

Ja, und welche genau das waren, das wusste jeder, der die *Yellow Press* las, nämlich: Whiskey und Weiber. Koks war auch im Angebot. «Ich hatte damals auch ein paar Probleme», fauchte Shona. «Sein bester Freund war nämlich zufällig *mein* Freund. - Es war so verdammt früh», fügte sie leise hinzu.

Dad nickte. «Ja, das war es. Viel zu früh», sagte er, und Shona sah ihm deutlich an, dass er an Mum dachte. Obwohl sie schon so lange tot war, spürte Shona, dass er sie noch immer vermisste, besonders zur Weihnachtszeit. In all den Jahren hatte es keine einzige Frau geschafft, Mums Platz in seinem Herzen einzunehmen. Genau wie Patricia den Platz in Grahams Herzen besetzt gehalten hatte, bis diese Deutsche aufgetaucht war.

Shonas Blick wanderte zu der Papiertüte, die neben Dads Barhocker stand. Das Paket, das diese Deutsche ihr gegeben hatte, befand sich darin. Die Tüte hatte die ganze Zeit in der Küche neben den Mülleimern gestanden. Heute Morgen war Shona zu dem Entschluss gekommen, dass der letzte Tag des Jahres ein ausgesprochen guter Zeitpunkt war, das blöde Ding endlich zu entsorgen.

«Was ist das?», fragte Dad, der ihrem Blick gefolgt war und nun ebenfalls in die Tüte schaute. «Ein verspätetes Weihnachtsgeschenk?»

Shona schüttelte den Kopf, und aus einem Impuls heraus antwortete sie: «Diese Viktoria Lambach hat es bei mir vorbeigebracht, bevor sie wieder zurück nach Deutschland geflogen ist. Es wäre ein Geschenk für Finlay, hat sie gesagt.» Sie verdrehte die Augen. «Ich denke, darauf kann er gut verzichten.»

Dad rutschte von seinem Hocker herunter, und Tyson sprang auf. «Hat dein Bruder mit dir darüber gesprochen, wieso sie so Knall auf Fall nach Deutschland zurückgekehrt ist?»

Shona schüttelte den Kopf. Sie hatte schon ein paarmal nachgehakt, aber nie eine Antwort erhalten.

Dad griff nach seiner Jacke. «Wann kommst du denn heute Abend heim? Gleich nach der Arbeit?»

Shona seufzte. Auch wenn sie nicht sicher war, ob ihr Vater ohne sie klarkommen würde, musste sie den Punkt *eigene Wohnung suchen* ganz dringend ganz oben auf ihre Liste der guten Vorsätze fürs nächste Jahr setzen. Wenn Dad ihr solche Fragen stellte - und das tat er oft –, dann fühlte sie sich wieder, als wäre sie zwölf Jahre alt. «Nein, ich habe noch eine Verabredung.»

«Mit einem jungen Mann?», fragte ihr Vater neugierig.

«Nein, mit einem alten.»

«Was?» Seine Augenbrauen schossen in die Höhe. «Wie alt?»

«Das war ein Witz!» Shona schob ihn nachdrücklich in Richtung Tür. Sie musste wirklich dringend ausziehen. Mit zweiunddreißig noch zu Hause zu wohnen und wie ein kleines Mädchen von den Argusaugen des Vaters bewacht zu werden, war einfach entwürdigend. Aber von welchem Geld sollte sie eine eigene Wohnung bezahlen?

Shona war wirklich froh, als Tyson und Paul wieder draußen waren und sie in Ruhe weiterarbeiten konnte. Die Shortbreads, die sie vor einer halben Stunde aus dem Backofen geholt hatte, sollten inzwischen abgekühlt sein und mussten noch geschnitten werden. Sie hatte ein neues Rezept ausprobiert und dem Teig etwas Zitronenschale und Ingwer beigemischt. Es schmeckte gar nicht so schlecht.

Auf dem Weg in die Küche fiel Shonas Blick auf die Tüte mit dem Paket.

Können Sie es Finlay geben?, hatte die piekfeine Schnepfe gefragt, und wenn Shona die Tüte nicht genommen hätte, wäre sie die Frau wohl nicht so schnell wieder losgeworden.

Bereits bei ihrer ersten Begegnung auf dem Golfplatz, als Graham Vicky angeschaut hatte, als wäre sie eine überirdische Erscheinung, hatte Shona gewusst, dass die ganze Sache kein gutes Ende nehmen würde. Auch Alfie hatte auf diesen Typ Frau gestanden. Auf Frauen, deren blondes, zartes, engelsgleiches Aussehen kaschierte, dass sie in ihrem Inneren knallhart waren, dass sie genau wussten, was sie wollten, und keine Skrupel hatten, alles dafür zu tun, es zu bekommen. Und wohin das führte, hatte sie am eigenen Leib spüren müssen.

Shona schluckte. An Weihnachten war sie nicht wie all die Jahre zuvor auf dem Friedhof gewesen. Sie hatte sich gesagt, dass irgendwann einmal Schluss sein müsste mit all der Trauer und den Schuldgefühlen. Wenn sie ganz ehrlich zu sich war, war es aber vor allem die Angst gewesen, dort Nate zu begegnen. Denn das hätte sie nicht gepackt.

Wieso dachte sie jetzt schon wieder an Alfie und Nate? Ach ja, wegen der Deutschen. Sie hatte wirklich keine gute Wirkung auf sie. Entschlossen nahm Shona die Tüte und ging mit ihr nach draußen. Dort öffnete sie die Mülltonne und warf alles hinein. Dabei sah sie, dass sich neben dem Paket noch etwas anderes in die Tüte befand: ein Brief.

Shona hatte den Deckel der Mülltonne schon wieder zufallen lassen und war auf dem Weg zurück ins warme Café, als sie sich noch einmal umdrehte. Sie wusste, dass es nicht richtig war, aber den Brief ... den würde sie ja doch gerne mal lesen. Vielleicht verstand sie dann, wieso ihr Bruderherz seit der Abreise dieser Schnepfe mit einem gebrochenen Herzen herumlief und sich, wenn überhaupt, dann nur zu einem äußerst gezwungenen Lächeln hinreißen ließ. Selbst an Weihnachten.

Auch ohne hellseherische Talente hatte Shona das vorhergesehen. Ihre Gedanken wanderten zurück zu dem Abend Anfang Dezember, an dem sie mit Bonnie Belle noch eine Abendrunde gedreht hatte und dabei am Honeysuckle Cottage vorbeigekommen war. Durch das erleuchtete Fenster hatte sie gesehen, wie diese Frau mit Graham, Finlay und sogar Dad zusammen am Esstisch gesessen hatte – sie hatten ausgesehen wie eine glückliche Familie. Darüber war sie so geschockt gewesen, dass sie geklingelt und ihren Bruder darum gebeten hatte, herauszukommen und mit ihr zu sprechen.

«Sie wird dich nur unglücklich machen!», hatte sie zu ihm gesagt, und Graham war stinksauer geworden. «Ich will doch nur nicht, dass sie dir das Herz bricht. Du hast doch sowieso schon so viel ertragen müssen», hatte sie irgendwann gerufen, und vor lauter Frust darüber, dass ihr Bruder offenen Auges in sein Unglück rannte, waren ihr die Tränen gekommen. Erst da waren Grahams Züge auf einmal wieder weicher geworden, und er hatte sie in den Arm genommen. «Du musst dich nicht mehr um mich kümmern, so wie nach Mums Tod. Oder nach dem von Pat. Ich komme jetzt allein klar», hatte er ihr zugeflüstert und: «Ich verspreche dir, dass ich mir mein Herz nicht brechen lasse.»

Shona schnaubte. Das Versprechen hatte er definitiv nicht halten können.

Sie ging noch einmal hinaus und fischte den Brief aus dem Müll. Zu ihrer Überraschung stand nicht *Für Graham* darauf. Sondern *Für Finlay*. Shona riss den Umschlag auf und fing an zu lesen.

Lieber Finlay!
Ich weiß, dass Du Dir vom Weihnachtsmann mehr als alles andere einen Brief von Deiner Mama gewünscht hast. Aber Du weißt ja auch, dass der Weihnachtsmann leider nicht im Himmel, sondern am Nordpol wohnt, und der Himmel ist außerdem so wahnsinnig hoch, dass niemand – weder der Weihnachtsmann mit seinem Schlitten noch ein Luftballon – ihn erreichen kann, um Deiner Mama von Deinem Wunsch zu erzählen und ihren Brief an Dich abzuholen. Aber weißt Du was? Auch wenn sie nicht mit Dir in Kontakt treten kann, weiß ich doch ganz genau, dass sie immer bei Dir ist.
Ich habe Dir doch erzählt, was mein Papa zu mir

gesagt hat, als ich so traurig darüber war, dass meine Oma gestorben ist. Erinnerst Du Dich noch daran? Er hat gesagt, dass die Erinnerungen wie Sterne in der Nacht sind und ganz hell in meinem Herzen funkeln. Und dass wir die Menschen, die wir wirklich lieben, nicht vergessen werden. Er hat auch noch etwas anderes gesagt: Die Menschen, die wir lieben, sind nicht nur in unseren Erinnerungen bei uns. Wenn wir wollen, können wir sie spüren.
In jedem Sandkorn, in jedem Windhauch, in jedem Sonnenstrahl, im Duft jeder Blume, im Rauschen des Regens und im Funkeln der Sterne.
Deine Mama ist bei Dir. Immer und überall.
Voller Stolz schaut sie auf Dich hinunter. Mit jedem Sonnenaufgang sagt sie Dir Guten Morgen, mit jedem Sonnenuntergang Gute Nacht, und irgendwann – auch das weiß ich genau – werdet Ihr zwei Euch wiedersehen.
Auch wenn ich ganz plötzlich wieder zurück nach Deutschland musste und es leider keine Möglichkeit mehr gab, Dir Auf Wiedersehen zu sagen, so möchte ich, dass Du weißt, dass auch ich in meinen Gedanken bei Dir bin und sehr, sehr stolz, einen so tollen Jungen wie Dich kennengelernt zu haben!
Und natürlich Gertie, Pepper und Tyson!
Frohe Weihnachten wünscht Dir
Vicky

PS: Der Weihnachtsmann hat mir einen Zauberkasten für dich gegeben. Damit du ganz schnell genauso gut zaubern lernst wie Harry.

Oh Gott! Mit so ziemlich allem hatte Shona gerechnet, aber nicht mit solchen Worten. Sie presste eine Hand auf den Mund. Verdammt! Aber wie hätte sie denn wissen sollen, dass diese piekfeine Schnepfe mehr Tiefe besaß als ein Teelöffel ... Und dass sie zu solchen Worten in der Lage war ... Zu solch einfühlsamen und auch wunderschönen Worten ...

Wenn wir wollen, können wir sie spüren. In jedem Sandkorn, in jedem Windhauch, in jedem Sonnenstrahl, im Duft jeder Blume, im Rauschen des Regens und im Funkeln der Sterne.

Heiß brannten Tränen hinter Shonas Lidern. Vor Trauer um die Menschen, die sie in ihrem Leben schon verloren hatte – und das waren einige. Aber auch vor Scham. Was war sie nur für ein schrecklicher, vorurteilsbehafteter Mensch? Und wie hatte sie es wagen können, Finlay und auch Graham diesen Brief vorzuenthalten?

Durch das Fenster sah Shona, wie Graham mit dem Schlüssel in der Hand auf den Buchladen zuging, um ihn aufzusperren.

Schnell griff sie in die Mülltonne, um auch die Papiertüte mit dem Paket wieder herauszuholen.

Shona wischte sich mit dem Handrücken die Tränen aus den Augenwinkeln. Dann rannte sie mit dem Paket auf die Straße. «Warte!», schrie sie.

«Was ist denn los?», fragte Graham.

Wortlos streckte sie ihm die Tüte und den Brief entgegen. «Das hier hat mir Vicky für Finlay gegeben, bevor sie nach Deutschland zurückgeflogen ist.»

«Was? Ich verstehe nicht ...» Graham wirkte vollkommen verwirrt. «Und wieso hast du es dann jetzt noch?»

«Ich dachte, es wäre besser, wenn Finlay ihr Geschenk

und den Brief nicht bekommt. Wenn *du* das alles nicht bekommst», antwortete Shona niedergeschlagen. «Weil sie dich doch so unglücklich gemacht hat. Ich dachte, dann wirst du noch unglücklicher. Aber jetzt ...» Sie holte tief Luft. «Jetzt finde ich, dass du den Brief lesen solltest.» Sie streckte Graham den Brief hin. «Es tut mir unendlich leid.»

Zögernd steckte Graham den Schlüsselbund wieder in seine Jackentasche zurück und nahm den Brief.

Mit angehaltenem Atem beobachtete Shona, wie er Vickys Zeilen las und sein Gesicht dabei immer blasser wurde. Als er endlich fertig war - so lange, wie er gebraucht hatte, musste er den Brief mindestens zweimal gelesen haben –, ließ er ihn sinken.

«Was soll ich denn jetzt machen?», fragte er Shona hilflos, und sie zuckte genauso ratlos mit den Achseln.

«Ich weiß es nicht. Ich weiß ja nicht, was zwischen euch vorgefallen ist, aber ...» Sie holte tief Luft, und bevor sie es sich anders überlegen konnte, sagte sie schnell: «Denkst du, dass heute von Glasgow oder Edinburgh noch ein Flugzeug nach Deutschland geht?»

KAPITEL 38

Vicky

Im Bademantel und mit Lammfellhausschuhen an den Füßen tapste Vicky nach draußen. Hier auf der Dachterrasse hatte sie sich gestern vom alten Jahr verabschiedet, und hier wollte sie das neue Jahr begrüßen. Sie ließ den Blick über die Dächer Münchens schweifen, und zum ersten Mal seit ihrer Abreise aus Schottland fühlte sie sich nicht mehr hundeelend.

Den Morgen nach der Silvesternacht hatte Vicky schon immer geliebt. Den Moment, wenn das neue Jahr wie ein leeres Buch vor ihr lag, das nur darauf wartete, von ihr vollgeschrieben zu werden. Um Mitternacht, im Angesicht des von Raketen erhellten Himmels, hatte sie sich geschworen, es mit einer besseren Geschichte zu füllen als der vom letzten Jahr.

Den Silvesterabend allein zu verbringen, war lange nicht so trostlos gewesen, wie Vicky befürchtet hatte. Tatsächlich hatte sie im Laufe der einsamen Stunden ein paar Ideen bekommen, wie es für sie weitergehen konnte. Denn wenn es möglich war, in Swinton eine Galerie zu eröffnen, dann war es das in Deutschland auch. Obwohl sie die natürlich nicht so auf dem Silbertablett präsentiert bekommen würde, wie es bei der von Al gewesen war. Aber Vicky hatte heute Morgen im Bett ein bisschen das Internet durchstöbert, und es gab tatsächlich einen kleinen Laden in einem Altbau am Gärtnerplatz, der leer stand und der sich mit seinen hohen, lichtdurchfluteten Räumen und dem Stuck an den Decken gut für ihr Projekt eignen würde.

Es gibt nur einen richtigen Weg. Den eigenen. Eine Postkarte mit diesem Spruch darauf hatte einen Tag vor Vickys Abreise nach Schottland in dem mit Samt ausgeschlagenen Klarinettenkasten eines Musikers gelegen.

Die Worte waren seitdem immer mal wieder in ihren Gedanken aufgeflackert. Jetzt war sich Vicky zum ersten Mal seit Jahren sicher, dass der Weg, den sie nun einschlagen wollte, wirklich ihr eigener war. Zu lange war sie Träumen hinterhergejagt, die nicht ihre eigenen waren. Die, wenn sie so darüber nachdachte, die Träume von überhaupt niemandem waren, denn auch Hubert hatte sie nie dazu gedrängt, das Auktionshaus zu übernehmen. Ja, das Kunsthaus Lambach war sein Lebenswerk, aber sie musste ihm wirklich zugutehalten, dass er ihr dieses Lebenswerk nie – weder bewusst noch unbewusst – aufgebürdet hatte. Sie selbst hatte gedacht, dass sie es sich aufbürden musste! Um sich seine Liebe und seine Wertschätzung zu sichern. Dabei hatte sie die doch sowieso die ganze Zeit besessen!

Ein Zitat aus *Alice im Wunderland* kam Vicky in den Sinn. *Den Schrecken des Augenblicks werde ich nie vergessen*, sagte der Herzkönig an einer Stelle der Geschichte zur Herzkönigin, und ihre lapidare Antwort war: «Du wirst ihn vergessen, es sei denn, du errichtest ihm ein Denkmal.» Vicky musste lächeln. Das Buch war, wie Graham gesagt hatte, wirklich voller Weisheiten. Außer Spinnen gab es keinen wirklichen Schrecken in ihrem Leben. Vielmehr hatte Vicky nach der Trennung ihrer Eltern selbst dem Gedanken ein Denkmal gesetzt, dass ihr Vater sie nicht genügend geliebt hatte, um um sie und ihre Mutter zu kämpfen.

Klar, Hubert hatte wirklich verdammt hohe Maßstäbe an sich selbst und an andere, und er war wirklich kein Meister darin, seine Gefühle durch Worte auszudrücken. Aber, und das war viel, viel mehr wert: Er hatte seine Gefühle durch Taten ausgedrückt. Auch das war Vicky im Laufe der letzten Nacht mithilfe von viel zu viel Pimm's klar geworden. Er hatte ihr seine Liebe gezeigt, indem er ihr nie etwas geschenkt hatte, sondern sie für alles, was sie im Leben erreichen wollte, hart hatte arbeiten lassen. Ein Zeichen seiner Liebe war auch gewesen, dass er ihr vor der Fahrt zu ihrer ersten Abiturprüfung die Ed-Sheeran-CD in die Stereoanlage ihres alten VWs eingelegt hatte, die sie sich damals so sehr gewünscht hatte. Und er hatte sie mehrmals während ihres Studiums in England besucht, einmal sogar, nachdem sie ihm von ihrem Liebeskummer mit Adam erzählt hatte. Damals hatte Hubert sich netterweise sogar angeboten, zu Adams neuer Wohnung zu fahren, um ihm eine reinzuhauen.

Bei der Erinnerung konnte Vicky gar nicht anders, als breit zu grinsen. Und auch als sie kurz darauf ihre Oma verloren hatte, hatte Hubert ihr Halt gegeben, obwohl er selbst voller Kummer über den plötzlichen Tod seiner noch so rüstigen und lebenslustigen Mutter gewesen war. Das Gedicht, das sie in ihrem Brief an Finlay frei zitiert hatte, hatte Hubert für die Traueranzeige ausgesucht.

Finlay … Auch wenn Vicky wusste, dass es naiv von ihr war – ein wenig hatte sie ja schon gehofft, dass er sich noch einmal wegen des Pakets und des Briefs bei ihr melden würde. Schließlich hatte Graham ihre Adresse.

Vicky schüttelte den Kopf, um den Gedanken an ihn zu vertreiben, und stöhnte schmerzhaft auf. Die letzten beiden Pimm's waren eindeutig zu viel gewesen.

Es klingelte, und Vicky verzog das Gesicht. Das war sicher schon wieder Dawid, der sich vergewissern wollte, dass sie noch lebte. Mann! Dass sie sich nicht mal am Neujahrstag in ihrer Wohnung verkriechen konnte, ohne dass er sich Sorgen um sie machte!

Missmutig ging sie zur Gegensprechanlage. «Ja?» Vicky gab sich keinerlei Mühe, ihre Gereiztheit zu verbergen.

«Fräulein Vicky?» Natürlich war es Dawid!

«Ja», antwortete sie schnippisch. «Oder wohnt hier sonst noch jemand?»

«Nein, ähm, selbstverständlich nicht. Ich … ich wollte Sie nur etwas fragen», stotterte der Portier, und sofort tat es Vicky leid, dass sie ihn so angefahren hatte.

«Fragen Sie!», sagte sie in freundlicherem Tonfall.

«Ich weiß, es ist noch früh, aber bei mir in der Lobby steht ein Mann mit einem kleinen Jungen, und die beiden wollen zu Ihnen nach oben. Darf ich sie rauflassen?»

Wie bitte? Fast wäre Vicky der Hörer aus der Hand gerutscht. Ein Mann mit einem Jungen! Konnte das … Nein, das wäre zu verrückt!

«Hat der Mann seinen Namen gesagt?», erkundigte sich Vicky über den Donnerhall ihres Herzschlags hinweg. Der Hörer in ihrer Hand zitterte.

«Ja, er sagt, er heißt Gershwine, Graham Gershwine.»

«Erskine», verbesserte Vicky ihn mit tonloser Stimme. Er war es wirklich! Und Finlay war auch dabei. «Schicken Sie die beiden herauf?» Sie hatte schon fast wieder aufgelegt, als ihr noch etwas einfiel. «Warten Sie! Halten Sie die beiden noch etwas auf. Zwei Minuten! Nein! Besser fünf. Mindestens! Ich ... ich muss noch etwas erledigen.» Sie drückte fahrig den Hörer in die Halterung der Gegensprechanlage, und als dieser wieder hinunterfiel, ließ Vicky ihn einfach hängen.

Sie musste dringend noch etwas klar Schiff machen, bevor Graham und Finlay kamen! Auf dem Wohnzimmertisch standen noch die ganzen Pimm's-Zutaten, die sie gestern kurz vor Ladenschluss noch schnell gekauft hatte, inklusive der leeren Flasche, und die Pappschachteln vom Lieferservice. Sie selbst trug noch ihren Pyjama und einen Bademantel. Sie war nicht gewaschen, gekämmt, geschminkt. Nicht einmal die Zähne hatte sie sich geputzt! Wieso hatte Graham sie nicht vorwarnen können?

Obwohl Vicky überhaupt nicht wusste, welche Baustelle sie zuerst beseitigen sollte, war ihr immer noch galoppierendes Herz angefüllt mit Glück: Graham war hier! Er war wirklich hier! So richtig konnte sie es immer noch nicht glauben.

Vicky schaffte es immerhin, sich anzuziehen, sich zu kämmen, die Zähne zu putzen und die leere Pimm's-Flasche und die Essenschachteln in den Müll wandern zu lassen, bevor es an der Wohnungstür klingelte.

Sie holte tief Luft, strich sich noch einmal mit den Händen über die Haare und machte auf.

Da standen sie. Graham und Finlay, Hand in Hand, und alle Worte, die Vicky sich gerade noch während des Zähneputzens zurechtgelegt hatte, waren unvermittelt aus ihrem Kopf verschwunden.

«Hi!», war das Einzige, was sie herausbrachte. Dann schlang sie die Arme um ihren Oberkörper, damit die beiden nicht sahen, wie ihre Hände zitterten.

«Hi!», sagte auch Graham, was für ein weiteres Gespräch nicht besonders hilfreich war, aber zum Glück ergriff nun Finlay die Initiative.

«Ich habe den Zauberkasten bekommen, den der Weihnachtsmann bei dir für mich abgegeben hat, und ich kann jetzt eine Rose in einem Zylinder verschwinden lassen.» Er lächelte sein schönstes Kleine-Jungs-Zahnlückenlächeln, und Vicky schmolz trotz des seltsamen Gefühlswirrwarrs in ihrem Inneren dahin.

«Wow! Und du bist hier, um mir diesen Trick zu zeigen?» Sie vermied den Blick auf Graham bei dieser Frage. Überhaupt hatte sie ihn bisher nur ganz kurz angeschaut, um sich zumindest einen winzigen Hauch Souveränität zu bewahren.

«Nein, Daddy wollte nicht, dass ich den Zauberkasten mitnehme, weil er zu groß ist. Wir sind nur mit Handgepäck gereist.» Finlay seufzte schwer. «Wir sind hier, weil Daddy dir etwas geben will.» Er löste seine Hand aus der von Graham und stupste ihm mit dem Ellbogen in die Seite.

«Du wolltest mir etwas geben?» Nun musste Vicky Graham notgedrungen doch anschauen, und das war nicht gut. Das war gar nicht gut! Seine Vergissmeinnicht-Augen, die Brille, das Grübchen, das sein Kinn in zwei Hälften teilte, dieser wunderschöne Mund ... Sie hatte ihn so sehr vermisst! Ihn und auch Finlay.

«Ja», Graham räusperte sich, «du bist so schnell abgereist, dass ich dir gar nicht mehr dein Zeugnis geben konnte.»

«Mein Zeugnis?» Vicky ließ ihre Augenbrauen nach oben schnellen.

«Dein Arbeitszeugnis», ergänzte Graham. Er hielt eine Klarsichthülle mit einem Bogen Papier darin hoch. «Alle meine Aushilfen bekommen eins.»

«Ich habe ihm dabei geholfen, es zu schreiben», krähte Finlay und strich sich die inzwischen viel zu langen braunen Haare aus den Augen.

«Na, da bin ich gespannt.» Vicky löste die verschränkten Arme, um den Bogen entgegenzunehmen, und nun war das Zittern ihrer Hände nicht mehr zu übersehen.

«Du musst nicht aufgeregt sein. Wir haben nur nette Sachen geschrieben», sagte Finlay, und mit diesen Worten entlockte er ihr ein kleines Lächeln.

«Danke! Das beruhigt mich wirklich.» Vicky befeuchtete sich die trockenen Lippen mit der Zungenspitze und begann zu lesen. «*Viktoria Lambach hat vom 26.11. bis zum 3.12. im Antiquariat* The Reading Fox *ausgeholfen, und sie hat sich in dieser kurzen Zeit für Mitarbeiter, Kunden und vor allem für mich unentbehrlich gemacht.* - Oh!» Sie schaute zu Graham auf. «Das ist wirklich nett!» Die Enge in ihrem Brustkorb begann nachzulassen. Aus irgendeinem Grund schien er ihr verziehen zu haben. Zumindest ein wenig.

Graham nickte. «Und es geht sogar noch netter weiter.» Sein rechter Mundwinkel zuckte.

«Noch netter? Das kann ich mir kaum vorstellen. Aber ich lese mal weiter: *Viktoria Lambach war eine überaus engagierte und freundliche Aushilfe, die außerdem noch wunderschön aussieht und ganz toll küsst.* – Die wunderschön aussieht und ganz toll küsst ...» Vicky konnte nicht anders, als laut aufzulachen. «Das ist aber wirklich mal ein sehr persönliches Arbeitszeugnis.»

Finlay nickte mit ernster Miene. «Den Satz hat Gertie Daddy diktiert. Aber der letzte Satz ist wieder von ihm.» Er nahm Vicky den Bogen ab und las laut vor: «*Ich vermisse Viktoria Lambach sehr. Seit ihrer Abreise nach Deutschland ist der Schnee weniger weiß gewesen, die Weihnachtsbeleuchtung weniger fu... fun-kel-nd* – das ist aber ein schwieriges Wort –, *und auch das Schlittenfahren hat ohne sie viel weniger Spaß gemacht. Mein Sohn Finlay und ich würden uns freuen, wenn sie im neuen Jahr wieder Teil unseres Lebens wäre.*» Finlay machte eine kleine Pause, dann schaute er fragend zu ihr auf. «Und? Was sagst du?»

«Wow!», antwortete Vicky, und sie war wirklich vollkommen überwältigt. «Also wenn mir nach diesem Zeugnis nicht alle Türen offen stehen, dann weiß ich auch nicht. Und wie praktisch, dass ich es gerade jetzt bekomme. Ich habe nämlich vor einem knappen Monat meinen alten Job gekündigt.»

«Den Job im Auktionshaus?», fragte Graham überrascht.

Sie nickte.

«Ach!» Er schwieg einen Moment, bevor er sagte: «Ich könnte mir vorstellen, dass Finlay ein bisschen fernsehen will nach der langen Reise. Oder?»

Auch wenn Finlay nicht sonderlich begeistert aussah, nickte er. «Ich will *Oggy Oggy* schauen! Auch wenn ich eigentlich schon viel zu groß dafür bin.»

Vicky führte die beiden ins Wohnzimmer und schaltete Finlay die Animationsserie auf ihrem Flachbildschirm an.

«Der Fernseher ist ja fast so groß wie eine Kinoleinwand», sagte Finlay beeindruckt, und auf einmal schien es ihm nicht mehr so viel auszumachen, ihnen nicht mehr weiter zuhören zu können.

«Natürlich! Du hast sogar eine Dachterrasse!» Graham lächelte schief. «Können wir rausgehen? Ich kann mich nicht daran erinnern, jemals eine Dachterrasse betreten zu haben.»

«Klar.» Vicky schob die Glastür auf, sie traten hinaus bis an die Brüstung, und Graham ließ seinen Blick schweifen. Dank der klaren Sicht konnte man heute ganz in der Ferne schwach die schneebedeckten Gipfel der Alpen erkennen.

«Wahnsinn, diese Aussicht!», sagte er. Vicky nickte, und danach herrschte eine Zeit lang unbehagliche Stille zwischen ihnen.

Schließlich war es Graham, der das Schweigen brach.

«Was ist mit der Filialleiterstelle in Berlin, jetzt, wo du gekündigt hast?»

«Die hat jemand anders bekommen», antwortete Vicky. «Aber das ist in Ordnung», beeilte sie sich dann zu versichern. «Ich habe sie nie gewollt. Ich meine, nie wirklich gewollt. Ich habe immer nur geglaubt, dass ich sie unbedingt wollte. Weil ich nicht darüber nachgedacht habe, dass es noch einen anderen Weg für mich geben könnte. Bis ich nach Swinton gekommen bin.»

«Ach! Das ist ja ein Zufall.» Graham suchte ihren Blick. «Ich habe nämlich auch ein paar Sachen anders gesehen, bevor du nach Swinton gekommen bist. Jetzt weiß ich, dass es totaler Unsinn ist, so stark an allem festzuhalten, was doch längst vorbei ist, und dass Pat nicht gewollt hätte, dass ich ihr Leben für sie weiterlebe und meins dafür aufgebe. *Das Leben geht weiter* bedeutet nicht, dass man den geliebten Menschen nicht mehr vermisst, sondern dass man sich irgendwann für die Freude anstatt für den Schmerz entscheidet.» Grahams Finger wanderten über das Geländer zu denen von Vicky, und als er sie fand, legte er seine Hand auf ihre und umschloss sie fest. «Und das ist mir dank dir auch gelungen.» Er lächelte. «Der vorletzte Satz stammt übrigens nicht von mir, sondern von Nanette.»

«Sie ist eine sehr kluge Frau.»

«Genau das hat Nanette auch über sich gesagt.» Sein Lächeln vertiefte sich. «Und sie meinte, dass ich total verrückt nach dir bin.»

«Ist sie der Grund, wieso du zu mir nach Deutschland geflogen bist?»

«Nein, Shona. Sie hat mir gestern das Paket und den Brief gebracht, und als ich den gelesen habe, war mir klar, dass ich ein ganz schöner Idiot sein müsste, eine Frau wie dich einfach so gehen zu lassen. Nur weil mein Stolz ein bisschen angekratzt ist.»

Das war sehr beschönigend ausgedrückt. Sie hatte ihn hintergangen und nach Strich und Faden belogen. «Es tut mir so leid. Ich wünschte wirklich, ich hätte ...», begann Vicky unglücklich, doch Graham schüttelte den Kopf und legte ihr den Zeigefinger auf die Lippen.

«Das ist jetzt nicht mehr wichtig. Wichtig ist nur, dass du jetzt bei mir bist.» Er zog sie an sich.

Graham hatte recht, und es war in diesem Moment auch nicht wichtig, dass Vicky noch so viele Fragen an ihn hatte. Wieso Shona ihm das Paket und den Brief erst gestern gegeben hatte zum Beispiel. Wichtig war nur, dass er sie wieder in seinen Armen hielt, dass er ihr tief in die Augen schaute und dass seine Lippen ihre berührten.

Vicky schlang ihre Arme um seinen Hals.

NOCH EIN PAAR WORTE ZUM SCHLUSS …

Es gibt nur einen richtigen Weg.
Den eigenen.

Vicky hat eine Postkarte mit diesem Spruch in dem samtbezogenen Klarinettenkasten eines Musikers gesehen, dem sie am Ende eines kalten Winternachmittags vor dem Eingang zu ihrer Apartmentanlage ein paar Minuten gelauscht hat.

Ich bin auf Pinterest auf diesen Spruch gestoßen, und wie Vicky hat er auch mich zum Nachdenken gebracht. Darüber, ob der Weg, den ich eingeschlagen habe, denn wirklich mein eigener ist.

Es ist noch gar nicht so lange her, da hätte ich zugeben müssen: Nein! Inzwischen darf ich sagen: Ja! Ja, ich glaube wirklich, dass der Weg, den ich nach langem Umherirren eingeschlagen habe, mein eigener ist! Und das ist ein ziemlich gutes Gefühl. Doch es war ein langer Weg (und er hat zwei längere Social-Media-Pausen erfordert), bis ich an dieser Gabelung angelangt war und mich zum Glück für die richtige Abzweigung entschieden habe.

In einer Zeit, die so wahnsinnig schnell ist und in der so

wahnsinnig viele Eindrücke auf uns einströmen, ist wohl die wahre Kunst, hin und wieder Momente der Stille zu finden. Momente, die es uns ermöglichen, tief in uns hineinzuhorchen, um das Flüstern unserer eigenen Stimme zu hören und mit ihrer Hilfe herauszufinden, was wir - und nur wir selbst - uns denn wirklich von unserem Leben erträumen, worum es sich lohnt zu kämpfen und was wir loslassen sollten, was bleiben darf, wovon wir mehr brauchen und was endlich wegkann.

Was in meinem Leben definitiv bleiben darf und wovon ich auch gerne noch ein bisschen mehr haben könnte, das sind meine Geschichten.

Ich möchte diese letzten Seiten dazu nutzen, euch ein bisschen über die Entstehung dieses Buches zu erzählen und mich bei den Menschen zu bedanken, die mich dabei begleitet haben.

Mein allererster Dank geht an meinen Mann. Er hat mir nämlich die Idee zu diesem Buch geliefert. Vor ein paar Jahren ist er kurz vor Weihnachten im Internet auf die Geschichte eines kleinen Jungen gestoßen, der seiner Mutter per Luftballon einen Brief in den Himmel geschickt hat, in dem er sich nichts mehr wünscht, als von ihr eine Antwort auf diesen Brief zu erhalten.

«Vielleicht inspiriert dich das!», meinte er - und das hat es. :)

Der zweite Dank geht an meine Lektorin Sünje Redies. Sie hat sich in diese Geschichte und den Schauplatz so sehr verliebt, dass sie mich gefragt hat, ob ich mir vorstellen könnte, noch weitere Geschichten rund um das entzückende Bücherdorf anzusiedeln. Niemals wäre ich von allein auf diesen Gedanken gekommen, aber als ich erst einmal angefangen hatte zu überlegen, kamen mir ganz schnell noch mehr Ideen. Es wird also weitergehen mit dem kleinen Bücherdorf …

Ein großer Dank geht auch an meine Agentin Petra Hermanns, denn sie ist wirklich eine absolute Traumagentin. Petra Hermanns drängt sich niemals auf, aber sie ist immer da, wenn ich sie brauche. Manchmal frage ich mich sogar, ob sie vielleicht einen siebten Sinn dafür hat, denn gerade in den Momenten, in denen ich etwas kämpfe, meldet sie sich oft bei mir.

Normalerweise würde ich an der Stelle sicher auch meiner Mutter oder meinem besten Freund Marco dafür danken, dass sie mit mir auf Rechercherreise gegangen sind. Aber da das Reisen durch die Pandemie immer noch schwierig ist, musste ich mich dieses Mal auf all die Eindrücke und Erfahrungen stützen, die ich auf meinen früheren Reisen nach Großbritannien gewinnen durfte. Vielleicht war das gar nicht so schlecht. Denn so konnte ich mein ganz persönliches hyggeliges Bücherdorf erschaffen. Allerdings eines, das inspiriert wurde von einem echten Ort:

Das reale Vorbild für Swinton-on-Sea ist das schottische Bücherdorf Wigtown. Seit ich einen Artikel in der Zeitschrift *Flow* darüber gelesen habe, war mir zu hundert Prozent klar, dass meine Geschichte dort und nirgendwo sonst spielen musste. Dort gibt es doch tatsächlich bei einer Einwohnerzahl von knapp tausend Personen um die zehn Antiquariate. Außerdem findet einmal im Jahr im Herbst ein großes Literaturfestival statt.

Wer sich ein bisschen mehr über dieses ganz besondere Dorf informieren möchte: Im Internet gibt es eine ganze Menge Zeitungsartikel und Blogbeiträge darüber. Außerdem haben sowohl die Amerikanerin Jessica Fox mit *Bücher mit Aussicht* als auch ihr Ex-Freund, der Buchhändler Shaun Bythell, mit *Tagebuch eines Buchhändlers* zwei Bücher über das Leben in Wigtown geschrieben, die mir - auch ohne dass ich vor Ort war - unglaublich viel Inspiration für diese Geschichte geliefert haben.

Normalerweise bin ich beim Schreiben der Danksagung immer ein bisschen traurig. Bedeutet es doch, dass es Zeit ist, Abschied zu nehmen von lieb gewonnenen Figuren und von Orten, an die ich mich gedanklich wahnsinnig gerne hingeträumt habe.

Dieses Mal muss ich nicht traurig sein! Denn sobald ich diese letzten Zeilen an meine Lektorin geschickt habe, darf ich noch ein bisschen weiterträumen. Shona (die viel netter ist, als sie in diesem Buch wirkt, versprochen!) und Nate (ich liebe ihn!) haben nämlich auch eine Geschichte zu erzählen. Genau wie Büchernerd Eliyah und Vintage-Shop-Besitzerin Ann. Außerdem wollt ihr doch sicher wissen, wer E. Smith ist, ob Vicky wirklich eine Galerie in Swinton eröffnet und was vor fünfzig Jahren zu dem ganz großen Schicksalsschlag geführt hat, der Nanettes Leben in ein Vorher und ein Nachher geteilt hat.

An dieser Stelle sage ich Swinton und all seinen liebenswert-schrulligen Einwohner:innen nicht Lebewohl, sondern ich sage ihnen Auf Wiedersehen!

Von euch muss ich mich zum Glück gar nicht verabschieden. Wenn ihr über Swinton, über all meine anderen

Projekte und über mich auf dem Laufenden bleiben wollt, dann können wir uns auf Instagram, Facebook, Pinterest und auf meinem Blog treffen. Ich freue mich immer wahnsinnig über eure lieben Nachrichten, über eure Empfehlungen und Rezensionen! Sie sind es, die mir zeigen, dass ich nicht nur für mich schreibe, sondern dass es dort draußen Menschen gibt, denen ich mit meinen Geschichten eine richtig gute Zeit verschaffe! Und das ist neben dem Privileg, überhaupt Geschichten schreiben zu dürfen, das allergrößte Geschenk!

So, jetzt ist aber wirklich Schluss! Ich bin dann mal weg, um zu schauen, was Shona und Nate so alles anstellen, und um mit Nanette vor dem Kaminfeuer einen Winter-Pimm's zu trinken!

Eure Katharina

Katharina Herzog

Das kleine BÜCHERDORF
Frühlingsfunkeln

Niemand würde vermuten, dass die toughe Shona nicht nur ein Café in Swinton führt und fantasievolle Cupcakes backt, sondern auch einen Blog betreibt, in dem sie nie abgeschickte Briefe veröffentlicht. Einer dieser Briefe ist von ihr selbst. Sie hat ihn an Alfie, ihren verstorbenen Freund, geschrieben, an dessen Tod sie sich schuldig fühlt. Womit sie allerdings nicht gerechnet hätte: Eines Tages bekommt sie eine Antwort darauf, und der unbekannte Schreiber scheint sie besser zu kennen, als ihr lieb ist.

Nathan Wood, Bestsellerautor, gefallener Sohn und Enfant terrible von Swinton, hat den Ort vor Jahren verlassen, nach dem Tod seines besten Freundes Alfie. Shona, Nathan und Alfie waren von Kindheit an unzertrennlich, doch irgendwann wurden die Dinge kompliziert – und schmerzhaft. Als Nathan nach einigen wilden Jahren in Edinburgh nun unerwartet nach Swinton zurückkehrt, möchte er Shona endlich seine Gefühle gestehen. Doch dafür müsste er enthüllen, was er damals getan hat …